혼례

오탁번 소설 5

혼례

초판 1쇄 인쇄 | 2018년 12월 10일
초판 1쇄 발행 | 2018년 12월 14일

지은이 | 오탁번
펴낸이 | 지현구
펴낸곳 | 태학사
등 록 | 제 406-2006-00008호
주 소 | 경기도 파주시 광인사길 223
전 화 | (031)955-7580~2(마케팅부) · 955-7585~90(편집부)
전 송 | (031)955-0910
전자우편 | thaehak4@chol.com
홈페이지 | www.thaehaksa.com

저작권자 © 오탁번, 2018

값은 뒤표지에 있습니다.

ISBN   978-89-5966-513-6   04810
ISBN   978-89-5966-122-0   (세트)

오탁번 소설 5

혼례

태학사

언젠가 어느 학생이 날 보고 〈죽은 시인의 사회〉에 나오는 영화
배우와 닮았다는 말을 했다. 나중에 비디오테이프를 빌려서 그 영
화를 보고 나서야 나는 학생이 말한 뜻을 알아차리고 실소를 했다.
생김새가 아니라, 내가 평소에 하는 꼴이 그 배우와 흡사한 것이었
다. 사실은 그 영화가 나오기 전부터도 내 강의실 풍경은 좀 야릇하
기는 했었다. 획일적이고 딱딱한 강의는 차마 하지 못 했다. 그러니
까 내가 그 영화배우를 닮은 게 아니라, 그가 나를 닮았다고 해야
맞는 말이었다.

창작론 강의실에서는 학생들과 담배도 노나 피웠고, '자목련이
있는 데는 어디?'나 '중앙도서관 앞에 있는 은행나무는 몇 그루?'
같은 시험문제를 내기도 해서 학생들을 깔깔 웃게 만들기도 했다.
교양국어 시간에는 두꺼운 국어교재를 가져오지 못하게 했다. 왜
이렇게 교재가 두꺼운지 아느냐. 교수들이 인세를 많이 받으려고
책값을 올리기 위해서 한 짓이다. 나도 공범이며 종범이다. 학생들
은 이런 수에 넘어가면 안 된다. 강의시간에 다루는 부분만 찢어서
가져와야지 새 교재가 아깝다고 그냥 들고 오는 학생은 낙제를 시

킨다고 엄포를 놨다.

교재에 실린 글을 다룰 때도 주제와 내용을 요약해서 일방적으로 가르치는 게 아니라, 글의 잘못된 부분을 수정하라고 했다. 그러니까 교재가 틀려먹었다는 점을 하나하나 따져보는 시간이었다. 한 단원이 끝나면 그걸 찢어서 코를 풀기도 했고 어떤 학기에는 종이 비행기를 접게 해서 강의실에서 날리기도 하였다.

얼마 전 오랜만에 이어령 선생을 만났다. 이런저런 이야기 끝에 내가 정년하고 10년이 되도록 이렇게 오래 살 줄 몰랐다고 말하자, 당신은 젊었을 때 서른 살까지 산다는 것은 상상도 안 했다고 했다. 이처럼 그와 나, 암울한 시대를 살아온 사람들 모두가, 앞뒤 재지 않고 죽음을 코앞에 둔 것처럼 절실하게 살아왔다. 순간마다 죽음을 예감하며 이어가는 생명력은 헤아릴 수 없는 문학적 상상력의 원천인지도 모른다.

나의 의식 속에서는 언제나 어린 시절의 꿈과 가족의 사랑 그리고 전쟁의 공포와 현실에 대한 분노와 좌절이 그때그때 아름답게 또 참혹하게 꿈틀거린다. 나는 그놈들을 불러내어 너나들이하면서 소설을 썼다. 소설 한 편을 끝내면 등장인물과 함께 죽었다가 담날 새벽이면 다시 눈을 뜨고 현실과 몽상을 가로지르는 작두날 위에 섰다.

2018년 겨울
오탁번

차례

혼례

1

아침에 일어나서 가게 문을 열고 밖을 내다보고서야 인숙이는 6동에 사는 오 씨가 죽은 것을 알게 되었다. 장의사에서 나온 청년이 하얀 지등을 6동 현관에 달고 있었다. 지등에 씌어 있는 〈근조〉라는 검은 글자를 보자 인숙이는 코허리가 시큰해져서 손을 얼굴로 얼른 가져갔다. 오 씨가 그렇게 갑자기 세상을 떠났다니 정말 거짓말 같다. 기운이 남아놓아서 안달이 나는 사람처럼 보이던 오 씨가 그토록 갑자기 저승으로 가버리다니 알 수 없는 일이다. 오 씨가 앓아누웠다는 뉴스가 퍼진 것은 지난밤의 일이었다. 그 불길한 뉴스는 오 씨가 사는 6동뿐만이 아니라 인숙이네가 가게를 내고 있는 5동까지 삽시간에 전해졌다. 이곳 D동 시민 아파트촌에 자리 잡은 9개 동의 층마다 무서운 가스처럼 퍼져 들어간 이 불길한 뉴스는 주민들의 등골을 오싹하게 만들었다.

남부 지방에서 발생한 전염병이 수도까지 침입했다는 보도는 없었으나, 그러나 며칠 전부터 아파트촌에서 설사와 구토, 복통으로 앓는 환자가 발생하기 시작하자 주민들 사이에는 갖가지 쑥덕공론이 무럭무럭 피어나기 시작했다. 민심이 흉흉해질까 봐 당국에서 사실대로 발표를 하지 않아서 그렇지 전염병이 이미 아파트촌에 침입한 것은 틀림없다는 것이었다. 이미 남부 지방에서는 전염병으로 죽은 사람이 3백여 명이며, 격리되어 치료를 받는 환자가 5백여 명이라는 소식이다. 극심한 한해로 거의 쑥밭이 된 남부 지방의 농촌은 엎친 데 덮친 격으로 이달 초에는 극심한 풍수해를 입었다.

벼 이삭이 패기 시작한 들은 물바다가 됐고 농민들은 추수 때를 기다릴 것도 없게 되어 남부여대하고 이농을 한다. 이런 때에 창궐하기 시작한 것이 전염성 질환이었다. 전염병이 퍼지는 속도는 무섭게 빠르다. 영양실조에 걸린 농민들은 두 손을 번쩍 들고 물똥을 몇 번 싸다가 죽어 버린다. 보건 당국의 방역 대책도 구멍이 뻥뻥 뚫려서 아무짝에도 쓸모가 없다. 예방 주사약이 모자라서 충분한 방역을 바랄 수도 없을 뿐만 아니라 이번에 창궐한 전염병은 치사율이 30퍼센트이므로 환자 10명 가운데 3명은 꼼짝없이 저승으로 가야 된다. 그러나 치사율이라는 것은 모든 의학적인 수단을 강구한 다음에 따질 문제이지 이번 형편으로는 치사율을 논할 계제가 아니다.

서남해안 일대는 오염 지구로 선포되어 출입이 제한돼 있고 한해다 풍수해다 하여 엉망진창이 된 남부 지방에서 발신되는 뉴스는 신문과 방송의 보도를 우울하게 만든다. 그러나 아직 수도에는 전염병이 침입하지 않았다. 시민들은 한편으로 남부 지방의 전염병 창궐을 안타까워하면서도 아직 수도에는 침입하지 않았다는 것을 다행으로 생각하고 있다. 그런데 사실은 어떠한가. D동 아파트 주민들은 이따위 말을 엿 먹어라 하는 태도로 흘려 버린 지가 이미 며칠이 된다. 전염병 증세와 꼭 같은 증세로 앓는 환자가 이 동 저 동에 독버섯처럼 솟아 나오고 있기 때문이다. 더구나 어젯밤에는 오 씨가 저승으로 갔다. 그렇게 펄펄하던 오 씨가 설사를 몇 번 찍찍하더니 제까닥 저승으로 갔다. 아파트 주민들의 입에서는 노골적으로 보건 당국을 비난하고 시를 비난하는 욕설이 튀어 나오게 마련이다.

인숙이는 가게 문을 드르륵 뚝딱하며 모두 열고 나서, 방에서 늦잠을 자는 오빠 인수를 호들갑스럽게 깨웠다.

"오 씨가 죽었대요, 오 씨가!"

"어젯밤에 죽었는데 왜 수선을 떨어?"

인수는 드러누운 채로 아항 하고 하품을 하며 대꾸했다.

"애야, 뭘 그러니?"

머리가 하얗게 센 인수 남매의 어머니인 당산댁이 끼어들었다.

"오 씨가 죽었대요!"

인숙이가 큰 소리로 말했다. 당산댁은 환갑이 지난 노인으로 귀가 꼭 먹었다.

"에이그……."

알아듣고 하는 탄식인지 아니면 그냥 대답 삼아 하는 탄식인지 알 수가 없다.

"사람 목숨이 파리 목숨 같으니 참 큰일이야. 인숙아, 파리는 좀 덜하니?"

"아직은 아침이니까."

인숙이네 가게는 잡화상이다. 눈깔사탕, 껌, 비스킷, 사과, 복숭아, 토마토, 수박, 미역, 김, 연필, 공책, 지우개, 성냥, 무, 배추, 상추, 소주, 정종, 오징어. 파리 떼가 어찌나 모여드는지 잡아도 잡아도 끝이 없다. 매일 수백 마리씩 잡아도 이튿날이면 또 마찬가지. 인수는 요 며칠째 파리를 잡느라고 눈코 뜰 새가 없다. 이건 날개 달린 파리가 아니라 구더기같이 수물수물거리다가는 파리채로 딱, 때리면 찍 하고 똥을 싸며 죽는다.

"빌어먹을."

인수는 방에서 가게로 툭 튀어 나온다. 고무신 바닥으로 만든 파리채를 들고 벽에 붙은 파리를 툭툭 후려잡으면서 밖을 내다본다.

"인숙아, 나 6동에 갔다 오마. 조의금이라도 전해야지."

"조심해요, 오빠. 전염병이라는데."

"나 같은 놈을 전염병이 잡아갈까? 그런데 한 5천 원이면 될까?"

인수는 흰 봉투에 5천 원짜리 한 장을 넣는다. 인수는 밖으

로 나와서 연탄재가 산더미같이 쌓인 밑을 지나 6동으로 들어
간다. 인수의 어깨에 부딪힌 지등이 뒤딱뒤딱 흔들리다가 멈
춘다.

"콩나물 있어요?"

가게 문에서 들리는 젊은 여자 목소리. 인숙이가 부엌에서
쪼르르 달려 나온다. 콩나물 그릇에서 콩나물을 한 움큼 집어
서 종이에 싸며 손님에게 말한다.

"오 씨가 갑자기 세상을 떠났군요. 아줌마 사는 동엔 아직
없어요?"

"앓는 사람은 몇 있지만 아직은. 우린 어제 예방 주사를 맞
고 왔지요."

"예방 주사를 어디서 맞나요?"

"보건소에서 놔주던데요."

젊은 여자는 콩나물을 받아 들고 인숙에게 2백 원을 건넨다.
인숙이는 2백 원을 돈통에다 집어넣고 부엌으로 다시 들어가
서 소반 준비를 한다.

오후에 오 씨의 장례식이 거행됐다. 예식이라기보다도 하나
의 마지막 절차가 거행됐다고 해야 옳겠다. 상주도 없이 주민
들이 지켜보는 가운데 보건소의 구급차에 실려 오 씨는 간단
히 사라져 버렸다. 오 씨는 슬하에 일점혈육이 없는 노인. 아
들이 하나 있었는데 지난여름 베트남에서 가슴이 벌집이 되어
죽었다. 유골이 지금 국립묘지에 안장돼 있다.

"불쌍한 노인이군, 쯧쯧."

"쯧쯧."

"쯧쯧."

동민들이 혀를 차며 한마디씩 한다.

"남의 일 같지 않아."

"맞았소. 우리도 언제 저런 신세가 될지 몰라요."

"흉흉한 세상이야……."

점심때가 되자 인숙이는 비로소 한가해졌다. 푹푹 삶아 대는 더운 대낮이면 손님이 뜸해지기 마련이다. 가끔 아이스크림을 찾는 어린아이들뿐. 인숙은 부엌으로 들어가서 점심상을 차려 당산댁에게 갖다 드렸다.

인숙이는 점심 생각이 통 없다.

"뭘 하느라고 여태 안 오지?"

인숙이가 투덜거린다. 도매상으로 과자를 사러 간 인수가 세 시간이 돼도 돌아오지 않기 때문이다. 인숙이는 파리채로 툭툭 파리를 잡으면서 밖을 내다본다. 언덕 아래로 국민학교 교사의 지붕과 교회당의 첨탑이 보인다. 그 아래로는 시내버스가 다니는 아스팔트 길. 시민 아파트에서 버스 타는 데까지 내려가려면 부지런히 가도 20분이 걸린다. 그래도 내려갈 때야 내려가는 맛이 있지만 올라올 때는 그야말로 고역이다. 땀과 짜증이 비 오듯 한다. 시민 아파트이니까 높은 지대에 지은 것은 할 수 없지만 40도의 오르막길을 낑낑거리며 올라오자면 숨이 턱에 닿는다. 인수는 매일 한 차례씩 자전거를 끌고 그 길을 오르내린다. 도매상에서 물건을 많이 해올 때는 인숙이가 뒤에서 밀어줘도 잘 올라오지 못한다.

"아줌마."

2층에 사는 꼬마가 인숙을 부른다. 다섯 살 된 꼬마는 이름이 진이라고 하는데 귀엽게 생겨 먹었다. 인숙은 가게 안으로 들어온 진이를 안으면서,

"왜? 아이스크림?"

하고 묻는다.

"아니, 아니, 엄마가 오천 원 달래."

"오천 원을?"

인숙이가 어리둥절해 하는데 진이 엄마가 들어온다.

"아이구 아가씨, 돈 오천 원만 꿔 줘."

인숙은 진이를 내려놓고 돈통에서 5천 원을 꺼낸다.

"크림을 한 통 월부로 샀더니 매일 돈을 받으러 와서 그래."

진이 엄마는 스물다섯 살. 고향은 충청도. 시골에서 일찍 시집을 가서 살다가 3년 전에 서울로 이사를 온 여자다. 얼굴은 참호박 같고 키는 미투리만 하다. 야무지게 생겼지만 인심은 좋아서 인숙이네와 친하게 지낸다. 진이 아빠 김 씨는 자동차 운전수인데 벌써 몇 달째 운전수 노릇을 못 하고 있다. 택시 운전을 하다가 교통사고를 내고 차주한테서 해고당했다. 그러나 요즘은 보링과 세차를 하는 무슨 공업소엔가 나가서 그럭저럭

밥벌이는 하고 있다.

진이 엄마는 돈을 받고도 그대로 가게 안에 앉아 남산만 한 배를 안고 또 그 이야기를 꺼낸다. 해산달을 목전에 둔 임산부 답지 않게 목소리도 기운차다.

"그래, 아가씨 잘 생각해 봤수?"

인숙이는 진이에게 사탕을 한 개 집어 주면서 진이 엄마의 말을 귓등으로 흘린다. 아직 오빠도 장가를 가지 않았는데 내 가 시집을 갈 수 있는가. 인숙의 생각은 전이나 지금이나 변한 게 없다.

"어제저녁에도 와서 조르고 갔다우. 그 총각이 생긴 건 그래 도 마음씨는 그만이라우. 돈도 잘 벌구."

"나는 시집 안 갈래요."

인숙이는 웃으면서 말한다. 진이 엄마가 인숙의 신랑감으로 소개하는 청년은 무슨 과자 공장에서 기술자로 일하는 허 씨 라는 사람으로 인숙이도 먼빛으로 본 적이 있다. 인수의 말에 의하면 허 씨는 그 생김새가 뜨물에 물 탄 듯해서 아무런 특징 도 없다고 한다. 진이 엄마가 허 씨와의 혼담을 꺼낸 이야기를 오빠에게 하자 그냥 허허 웃어 버린 일이 있다.

"요즘 세상엔 다들 오래비보다 먼저 시집을 가지 않우?"

진이 엄마는 젖가슴을 풀어 헤치고 부채질을 획획 하면서 인 숙이의 얼굴을 빤히 쳐다본다.

"아가씨가 지금 몇 살이더라?"

"열 아홉 살이에요."

인숙이는 파리채로 파리를 잡으며 심드렁하게 대꾸한다. 목소리는 비록 심드렁하지만 내심으로 호기심이 없는 것도 아니다. 꿍꿍이속이 있으면 직접 와서 결판을 내지 못하고 진이 엄마만 조르고 있는 걸 보면, 위인이 시원시원한 데는 없지만 은근한 구석은 있는가 보았다. 언젠가 허 씨가 진이네 집에서 나오는 것을 보고 인숙이는 용기를 내서 딱 마주쳐 보았는데 그때 허 씨 청년 꼴 좀 봐. 얼굴이 금방 붉어지고 허둥지둥하며 엉거주춤. 인숙이는 코웃음을 치고 가게 안으로 쏙 들어와 버렸다. 하긴 인숙이도 이제 시집을 갈 때가 점점 다가오고 있다고 생각하고 있다. 인숙이와 함께 양재 학원에 다닌 친구들 가운데 몇은 벌써 시집을 가서 배가 고무풍선같이 되었고 몇은 약혼을 했다.

"열아홉 살. 참 좋은 때구면."

진이 엄마는 인숙의 얼굴을 빤히 쳐다보면서 말한다. 부채질을 할 때마다 풍만한 젖이 뭉클뭉클 흔들린다.

"내가 진이 아빠한테 시집을 올 때가 열일곱 살이었는데 이것저것 다 알았다우. 그런데도 첫날밤엔 얼마나 무서운지 혼났지 뭐유."

"뭐가 그리 무서워요."

"에이그 망측스러워라. 처녀가 못 하는 소리가 없네."

진이 엄마는 까르르 웃는다. 웃다가 냉큼 일어나서 밖으로 나간다. 인숙이도 코웃음을 친다. 여중 다닐 때 컴컴한 골목에 지켜 섰다가 러브레터를 주고는 말없이 사라지던 창식이. 양재 학원을 다닐 때 자꾸 엉기던 순남이. 하긴 인숙이에게 달라붙던 남자들도 많았는데 모두 다 용두사미가 되었다. 인숙이가 양재 학원에서 일을 배우고 미미 양장점에 취직을 한 것이 벌써 3년 전이다. 미미 양장점에서 한 달에 받은 돈은 15만 원. 그 돈으로 계를 들어서 시민 아파트 입주금을 냈고 인수가 제대하고 와서 온갖 고생을 해가며 모은 돈으로 가게를 차렸다. 인수 남매는 열심히 일을 하면서 어머니 당산댁을 편히 모시고 어떻게 해서라도 가난을 벗어나려고 안간힘을 쓰고 있다. 그러자니 자연히 연애라는 젊은이들만의 환락과 비애에 깊숙이 빠져들 겨를도 없었다. 요즘은 미미 양장점에 안 나가는 대신 집에서 가게를 보면서 이웃에서 주문이 들어오면 원피스, 투피스, 남방셔츠 등을 만들어 준다. 지난달에 월부로 미싱을 한 대 샀으니까 그럭저럭 한 달 수입이 그 전이나 마찬가지. 말하자면 무허가 양장점을 개업한 셈이다.

꼬마에게 아이스크림을 팔고 있는데 인수가 자전거를 끌고 언덕을 올라오는 모습이 보인다. 인숙은 얼른 밖으로 나가서 자전거를 뒤에서 민다.

"왜 이리 늦었어요."

"무슨 일이 좀 생겨서 그랬다."

남매는 가게 앞에 자전거를 세우고 도매상에서 가져온 과자를 안으로 들여놓는다.

"빌어먹을 세상 같으니."

"왜요? 무슨 일인데요?"

"글쎄, 강제로 끌려가서 예방 주사 맞고 오느라고 이렇게 늦었지 뭐야……."

인수는 땀을 닦으며, 도매상에서 과자를 사가지고 로터리를 돌아오는데 마침 보건소에서 나와서 행인들에게 예방 주사를 놔주더라는 이야기를 했다. 예방 접종을 하지 않으면 지나가지 못하게 하더라는 것이다. 자전거는 무겁고 땀은 흐르고 해서 짜증이 났지만 인수는 자전거를 길 위에 받쳐 놓고 접종을 받았다는 것이다. 그런데 자전거를 아무 데나 세워 놓았다고 해서 교통순경에게 붙잡혔다가 사정사정해서 돈 만 원을 주고 풀려났다.

"빌어먹을 세상이야."

"오빠 큰 고생 했네요."

"……."

인숙이도 오빠의 말을 듣고 우울해진다.

"얘야, 무슨 소리냐?"

당산댁이 방에서 가게를 내다본다.

인수 남매는 후닥닥 놀란 듯 흠칫하며 어머니를 바라본다.

"아무것도 아니에요!"

"에이그……."

당산댁이 웅얼거리며 다시 방으로 얼굴을 돌린다.

"점심 먹을 시간이다."

"뭘 먹을래요?"

"뭐 라면이나 하나 해주렴."

"그래요. 나는 아침밥 남은 걸로 물밥을 해 먹어야지."

인숙이는 부엌으로 들어간다. 인수는 담배를 한 대 피워 물고 파리채로 파리를 잡는다. 주사 맞은 팔이 지끈지끈 쑤시기 시작한다. 인수는 파리채를 놓고 장부를 꺼낸다. 과자 도매상에 깔린 외상값을 계산해 보다가 깜짝 놀란다.

"벌써 육십만 원이 넘었다."

인수는 금방 우울해진다. 도매상에 너무 많이 외상을 졌다. 술 도매상, 과자 도매상을 합하면 백만 원이 훨씬 넘는다. 거기다가 배달원에게 진 외상도 많다. 당장 가게를 처분해서 외상을 갚는다면 겨우 맞아떨어질 것 같다.

"이거 장사는 안 되고 야단났군."

인수는 장부를 탁 덮는다.

"너도 요새는 주문이 안 들어오지?"

"통 안 들어와요."

인숙이가 받는 주문이라는 것은 다름 아닌 여자들의 여름옷이다. 한때는 원피스, 투피스가 제법 주문이 들어와서 괜찮더니 그나마 뜸해졌다.

2

오후 3시경이 되자 이번에는 7동에서 왁자지껄하는 소란이 일어났다. 인숙이가 밖을 내다보고 있을 때 주민들이 7동으로 뛰어가면서 외쳤다.

"박 씨가 죽었다!"

"영길 아버지가 죽었다!"

7동 쪽에서 울음소리와 사람들이 큰 소리로 떠드는 소리가 어지럽게 섞여 들려 왔다.

"영길 아버지가 누구예요?"

인숙이가 오빠에게 묻는다.

"두부 공장 다니던 사람이야. 키가 크고 뚱뚱한 사람이지 ……."

인수는 맥이 풀려서 대답한다.

"무슨 전염병이래요?"

"몰라. 아직 의학적으로도 확실히 병균이 뭔지 모르나 봐. 증세는 꼭 콜레라 같은데 콜레라도 아니래. 아까 로터리에서 주사를 놔주는 의사도 그러더군. 아주 무서운 병인가 봐."

"이러다가는 아파트촌이 쑥밭이 되겠어요."

"정말 큰일이야. 빌어먹을."

인수 남매는 맥이 빠져서 멍하니 7동 쪽을 바라본다. 아낙네가 악을 쓰면서 통곡하는 소리가 들려온다.

"보건 당국은 도대체 무얼 하고 있는지 한심하다."

인수는 혼잣말로 중얼거린다.

"아까 거리에 나가서 들으니까 이번 전염병이 특히 아파트촌에 심하다더군. 다들 불결해서 그런가 봐. 변소는 변소대로 꽉 찼지, 쓰레기는 산더미같이 쌓였지, 하수도는 막혔지……."

"정말 큰일이에요."

"우리도 언제 저승으로 갈지 모르겠다."

"끔찍한 소리도 다 하네……."

"……."

인수는 이마의 땀을 씻으며 밖을 내다본다. 허연 괴물처럼 우뚝우뚝 치솟은 아파트 건물이 여름 햇빛을 반사한다. 언덕 아래 일망무제로 퍼져 나간 수많은 지붕들. 지붕 위에는 하늘이 있는 게 아니라 거대한 먼지와 매연이다. 인수는 스물다섯 살, 제대한 지 1년 6개월. 아버지를 여의고 편모슬하에서 야간 중학교까지 마쳤다. 혈육이라고는 인숙이뿐. 얼른 돈을 벌어서 장가를 들고 인숙이를 시집보내고 어머니를 모셔야 한다. 그러나 구멍가게를 해서 돈을 벌기는커녕 입에 풀칠하기가 바쁘다.

"두부 한 모 주세요."

여자 손님. 가게를 쑥 들어서면서 150원을 내민다. 인숙은 방에서 재봉틀을 돌리며 스커트를 만든다. 가게에 있던 인수가 두부 모판에서 한 모를 베어 신문지에 싼다. 여자는 두부를 받아 들고 코를 힝힝거리며 냄새를 맡는다.

"아이고 이 두부가 이상하네요."

"상했습니까?"

인수는 두부를 도로 받아 들고 냄새를 맡는다. 퀴퀴하게 썩은 냄새.

"미안합니다. 오늘 아침에 가져온 두부인데 벌써 상했군요
……."

인수는 두부를 쓰레기통으로 화난 듯 내던진다. 여자가 난처한 표정을 짓는다. 인수는 두부 모판에 코를 갖다 대고 흥흥거린다. 퀴퀴한 썩은 냄새. 인수는 두부 모판을 통째로 들어 쓰레기통에 버린다.

"그럼 배추 한 단만 주세요."

여자는 계속해서 난처한 표정을 지으며 배추 더미를 가리킨다.

"아주머니는 몇 동에 계세요?"

인수가 배추를 건네며 말한다.

"4동이에요. 거기도 난리가 났어요. 오늘 벌써 두 명이 죽었어요."

"전염병으로요?"

"그럼요. 설사를 몇 번 하다가는 그만 눈 깜짝할 사이에 죽었대요."

"예방 주사를 안 맞았나요?"

"웬걸요. 보건소에 가니까 주사약이 없다고 다음날 오라던

데요."

인수는 주사 맞은 왼팔을 쓱쓱 쓸어 본다. 지끈지끈하며 쑤
신다. 여자는 배추를 들고 가게 밖으로 나간다.

"인숙아, 너도 주사를 맞아라."

"보건소에도 약이 없다면서요?"

"아냐. 로터리로 나가 봐라."

"그만둬요. 이 더운데 거기까지 내려갔다 오려면 정말 무슨
병이 걸리게요."

"하긴……."

인수는 땀을 씻는다. 한참 후에 인수는 7동으로 간다. 조금
전에 죽은 박 씨는 4층에 살고 있었다. 인수가 사람들을 헤치
고 박 씨네 집으로 가까이 가자 복도 끝에서 지독한 분뇨 냄새
가 풍겨 나온다. 통풍이 안 되는 복도는 그야말로 지옥이나 다
를 바 없다.

"길 형 아니우?"

인수가 어깨를 치는 청년을 돌아다보니까 허 씨이다. 허 씨
라면 바로 인숙이를 맘에 있어 하는 그 청년.

"허 형이 웬일이요?"

인수는 그와 인사를 나눈다.

"우리 매형입니다. 누나가 불쌍하게 됐습니다."

"그렇게 되시던가요? 참 안됐습니다."

인수는 진심으로 조의를 표한다. 박 씨의 아내는 눈이 통통

부은 채로 정신을 잃은 듯 멍하니 사람들을 쳐다본다. 방 안에 시체가 있다고 한다. 사람들은 복도에 모여 서서 쑥덕공론이 한창이다.

"자 이거 어떻게 일을 서둘러야죠?"

쉰 살쯤 돼 보이는 안경 쓴 사내가 사람들을 둘러본다.

"빨리 어떻게 손을 써야지 시체를 그냥 내버려 두면 큰일입니다요."

"보건소에는 연락했나요?"

"지금 막 사람을 보냈으니까 곧 구급차가 올 겁니다."

"여보시오, 젊은이, 박 씨의 처남 된다고 했지요."

"네……."

"그럼 서둘러서 염습을 합시다."

안경 쓴 사내가 서두르며 말한다. 전염병으로 죽은 사람의 시체를 그대로 방치해 둘 수는 없는 일이다. 빨리 염습을 해서 딴 장소로 옮기고 소독을 철저히 해야 한다. 이런 일은 누구나 알고 있지만 누구 하나 먼저 방으로 들어가서 시체에 손을 대려고 하지 않는다,

"허 형, 일을 서두릅시다."

마침내 인수가 이렇게 말한다. 허 씨와 인수가 방으로 들어가자 안경잡이도 뒤따라 들어온다. 시체는 아랫목에 홑이불로 덮여 있다. 염습이라야 아무런 격식도 없이 진행된다. 홑이불로 시체를 둘둘 말고 수건으로 다리와 허리와 팔을 묶는다. 퀴

퀴한 냄새가 코를 찌른다.

"구급차가 왔어요!"

밖에서 소리친다. 허 씨와 인수가 시체를 마주 들고 밖으로 나온다. 박 씨 부인과 박 씨의 조무래기 아들딸들이 울며불며 뒤를 따른다. 구급차 안에는 어느 동네의 누구 시체인지 세 구가 이미 들어 있었다. 보건소 직원이 흰 마스크를 하고 박 씨네 방과 복도와 변소에 소독약을 뿌린다.

"도대체 어떻게 된 겁니까?"

주민들이 보건소 직원을 둘러싸고 말한다.

"저도 잘 모르겠습니다. 사망자가 발생하면 조속히 처리를 하라는 지시만 내려왔지 그 밖의 일은 통 모르겠습니다. 어젯밤부터 철야 근무령이 내렸답니다."

보건소 직원은 주민들한테 둘러싸여 난처한 얼굴이 된다.

"백 명 이상의 집회는 일체 금지하라는 지시도 내렸고요, 시내의 영화관도 휴업 조치가 내렸습니다."

주민들은 전황을 듣듯 불안한 표정으로 그의 말을 듣고 있다.

"아직도 병명이 밝혀지지 않았습니까?"

"네, 지금 세계 보건 기구에 협조 의뢰를 했습니다."

"예방 접종은 해주나요?"

"외국에 주문한 약이 내일쯤 도착한답니다. 여러분, 이거 정말 미안합니다."

그는 난처해져서 머리를 벅벅 긁고 사망자의 신원을 수첩에

적는다. 성명, 생년월일, 현주소, 사망 시간.

"유가족 되시는 분은 오후 일곱 시까지 화장장으로 오셔서 유골을 찾으시기 바랍니다."

앰뷸런스는 곧 떠나갔다. 부릉부릉 하는 엔진 소리가 언덕 아래로 사라지자 주민들은 무거운 침묵 속으로 잠겨 들었다. 소독약 냄새도 잠시 후에 사라지고 다시 분뇨 냄새와 땀 냄새가 가득 찼다. 주민들이 하나둘 자기 집으로 흩어져 갔다. 박씨의 유족들은 정신 나간 사람처럼 멍하니 천장을 쳐다보며 방바닥에 털썩 주저앉았다.

"길 형, 오늘 수고가 많았소."

인수에게 허 씨가 하는 말. 인수는 허 씨와 헤어져 가게로 돌아왔다. 가게에서는 가게대로 소란이 일어났던 모양이다.

"무슨 일이야?"

"두부 배달원이 왔다 갔는데 두부값을 내라고 막 윽박지르지 않아요."

인숙은 두부 배달원과 아귀다툼을 했나 보았다. 눈이 새빨갛게 퉁퉁 부었다.

"이따가 다시 온대요. 망할 자식 같으니라구. 다 상한 두부를 갖다 놓고 뭐가 시원찮아서……."

인수는 손을 씻고 담배를 피워 문다. 시체에서 풍기던 역겨운 냄새가 아직도 코끝에서 맴돈다. 속이 메스껍고 울렁울렁한다.

"허 씨를 만났다."

"그 멍청이 같은 사람?"

"박 씨의 처남이 된다더군. 그러나저러나 그 집도 야단났지. 새끼들은 줄호박 같고 참 큰일이야."

인숙이는 문득 허 씨의 모습을 머리에 그려 본다. 꾸부정한 어깨에 순하디순하게 생겨 먹은 허 씨. 그래도 꿍꿍이속은 있어서 진이 엄마를 그렇게 조른다니 참 알 수 없는 일이다. 인숙이는 허 씨에게 시집을 가는 공상을 해 보다가 그만 피시시 웃는다.

"허 씨는 지금 뭘 하고 먹고 산대요?"

"왜? 생각이 있니?"

"아이 오빠두, 내가 아무려면 그런 멍청이 같은 사람한테 시집을 갈까 봐요?"

"멍청이 좋아하는구나. 사람은 무던해 보이더군. 요즘도 과자 공장에 다니나 보더라. 왕자 비스킷 공장이라지 아마?"

"왕자 비스킷?"

인숙이는 가게 앞에 흩어진 연탄재를 비로 쓱쓱 쓸어서 쓰레기통에 넣으며 비실비실 웃는다. 갑자기 생각난 듯 인숙이가 가게로 들어와서 입을 연다.

"오빠, 참 내 말 좀 들어 봐요."

"무슨 말?"

"거 있잖아요?"

"뭐가 있어?"

"내 친구 희숙이 말이에요."

"눈 똥그란 애?"

"응, 걔 어때요?"

인수는 가게의 먼지를 털며 인숙의 말을 귓등으로 흘려버린다. 희숙이라는 아가씨를 인수가 처음 본 것은 제대하고 돌아와서였다. 그러나 군대에 있을 때부터 이미 아는 사이였다. 편지를 통해서였다. 인숙이와 양재 학원에 함께 다닐 때 인숙이의 소개로 군에 있는 인수에게 위문편지를 보냈다. 군 복무에 얼마나 수고가 많으십니까 하는 상투적인 편지에서 시작되어 차츰 연애편지 쪽으로 변해 갔다. 그러다가 인수가 제대를 한 다음 처음 상면을 했다. 인수는 희숙에게 끌리던 마음이 이때부터 차츰 사라지기 시작했다. 눈이 똥그랗고 예쁘다면 예쁠 수도 있는 여자였지만 어딘가 마음에 들지 않았다. 먹고 살아갈 일이 태산 같은 인수로서는 그 여자에게 딱 장가를 든다면 또 모르거니와 그렇지 않을 바엔 일찌감치 교제를 끊는 게 옳다고 생각되었다. 나중에 이야기를 들으니까 희숙이도 인수가 마음에 딱 들지 않아서 별 미련이 없는 모양이었다. 그러다가 얼마 전부터 희숙이는 인숙이를 통하여 적극적으로 인수에게 가까이하려고 해왔다. 희숙이가 왜 갑자기 그러는지 인수로서는 알 수가 없었다.

"응, 걔 어때요?"

"글쎄, 새삼스럽게 어떻긴."

"오빠에게 시집오고 싶은가 봐요."

"정말……."

인수는 가게를 말끔히 청소하고 나서 소변을 보러 2층 변소로 올라갔다. 1층과 2층의 주민들이 공동으로 쓰는 변소인데 수세식이긴 해도 수도가 잘 나오지 않아서 엉망진창이었다. 인수는 소변을 보면서 낙서가 어지러운 더러운 벽을 한참이나 바라본다. 이때 대변소에서 흥얼흥얼하는 노랫소리가 들려 나온다. 여자 목소리. 흔히 부르는 유행가. 인수는 빙긋 미소를 띠며 바지 단추를 채운다. 남녀 구별 없이 변소를 함께 사용하기 때문에 아파트 주민들은 대개 변소에서 서로 딱 마주친다. 젊은 남자가 들어가서 용변 중인 변소 앞에 젊은 여자가 기다렸다가 남자가 나오면 생끗 웃고 안으로 쏙 들어간다. 변소 벽에는 방첩과 방범 표어들이 나붙어 있고 붉은 글씨로 변소를 청결히 하자는 공고문도 나붙어 있다.

변소 문이 열린다. 진이 엄마. 인수를 보고 호들갑을 떤다.

"길 씨, 얼굴 잊어버리겠네."

"본 지가 그렇게 오래됐던가요? 진이 아빠도 일 잘 나갑니까?"

"뭐 매일 그 타령이라우."

"진이 엄마 노래 솜씨가 보통이 아닌데요?"

"호호. 뭘, 놀리시느라구 그러시지."

"하하."

"참, 길 씨, 인숙 아가씨 시집 안 보내우?"

"왜 안 보내요? 어디 좋은 총각 있어요?"

그들은 변소에서 나와 복도를 천천히 걷고 있다. 2층 입구쪽에서 왼편으로 두 번째가 진이네 집이다.

"허 씨 말이에요. 그쪽에서는 몸이 부쩍 달아오르나 본데 아가씨 맘이 시원치 않은 것 같우. 어떻게 오빠가 잘 타일러서 얼른 시집을 보내시우. 여자는 스무 살 되기 전에 바로 임자 만나 가야지……."

인수는 몇 마디 의례적인 말을 건네고 아래층 가게로 내려왔다. 가게에는 두부 배달하는 청년이 와서 기다리고 있다. 인수는 쓰레기통에 버린 두부를 보이면서 도대체 어떻게 된 일이냐고 했지만 그 청년은 신통한 대답은 안 하고 두부 값을 지불해 주기를 요청했다.

"그게 말이 되우? 다 썩은 두부를 갖다 놓고 돈을 내라니. 이걸 그냥 먹고 식중독이라도 일어나면 당신이 책임지겠소?"

"아무튼 나는 배달해 주고 수금하는 게 책임이니 어떡합니까? 그런 사정은 직접 공장에 가서 따지세요."

"좋소. 두부값은 며칠 후에 줄 테니 그리 아시오."

두부 배달원은 더 이상 군소리하지 않고 시원시원하게 갔다. 인숙이는 방에서 재봉을 하다가 가게를 빠끔히 내다 보고 입을 샐쭉거린다.

"오빠두 뭘 그렇게 마음이 약해요? 그까짓 것 야단쳐서 보내지."

"그 사람이야 무슨 죄가 있니? 공장에 있는 놈들이 도둑놈이지."

고춧가루를 사러 오는 여자, 사탕을 사러 오는 꼬마, 소주를 사러 오는 청년, 심심찮게 가게는 부산하다.

"인숙아, 너 허 씨라는 사람 봤니?"

"똑똑히 못 봤어요."

"좀 전에 진이 엄마를 봤는데 또 그 소리더라."

"쳇 오빠, 그보다도 희숙이 어떻게 할래요?"

두 남매는 서로 상대방의 배우자를 구해 주려고 경쟁을 하는 것 같다. 경쟁을 하는 것 같다고는 해도 더욱 열성을 떠는 것은 인숙이 쪽이다. 오빠가 얼른 장가를 가야 할 텐데 중이 제 손으로 삭발 못 한다고 옆에서 누가 서두르지 않으면 서른 살이 확 넘어도 이 타령이 그 타령일 것이다. 돈 없고 배운 것 없을수록 자식이나 일쩍 두어야 하는 법. 그런데 인수는 다른 청년들과는 달리 여자 꽁무니를 쫓아다니거나 히히덕거리지 않을 뿐만 아니라 아예 장가갈 눈치를 보이지 않는다. 하긴 인수라는 사람이 원래 끊고 자르는 데가 없다. 그러니 자연 인숙이 혼자만 몸이 부쩍 달아오른다. 노약한 어머니가 언제 돌아가실지 예측 불허. 그럴수록 인수가 얼른 장가를 들어 생전에 며느리를 거느리게 해드려야 하지 않겠는가. 인숙이는 아예 이번 기회에 희숙이와 성사가 되도록 해야겠다고 생각한다. 희숙이가 맺힌 데는 없어도 제 새끼 잘 낳아 깔끔하게 키울 재목은 된다. 양재 학원 다닐 때도 인숙은 늘 운동화를 신고 희숙은 늘 하이힐을 신었다. 인숙은 아직 나일론 스타킹을 신어 본 적이 없다. 여름 이면 맨종아리, 겨울이면 긴 바지로 지내는데 희숙은 꼭 스타 킹을 신고, 화장품도 없는 게 없다. 미장원에도 자주 다니면서 미용에 전력을 기울이니까 희숙은 생긴 것보다도 돋보일 때가 많다. 희숙이 이렇게 분수에 넘칠 만큼 외양을 가다듬는 것을 인숙이는 떨떠름하게 생각해 왔다. 그러나 요즘 인수에게 갑자 기 열을 올리는 것을 보고 인숙은 그런 것에 개의하지 않았다. 시집와서 시어머니 모시고 살림을 하면 그런 성격도 모두 변 하리라는 판단에서였다.

"오늘 밤에 희숙이가 놀러 온다고 했어요. 오늘 아주 결정을 내려요."

인숙이가 가게로 나오며 약속을 받아 내려는 듯 자못 딱 끊 어지게 인수에게 말한다.

3

저녁때가 되자 가게는 다시 붐비기 시작한다. 저녁 찬거리를 사러 온 아낙네들이 대부분으로 배추와 무, 멸치와 시금치, 조미료, 고춧가루 등을 찾는다. 인숙이는 원피스를 부랴부랴 다 만들어 놓고 가겟일을 보느라고 이마에 땀이 구슬같이 맺혔다. 오후 6시가 되면 가게는 눈코 뜰 새 없이 바쁘지만 돈벌이는 개코도 안 된다. 배추 한 단에 3백 원인데 이익은 50원이다. 무와 시금치 등속도 마찬가지. 채소류는 시장에서 가져온 지 이틀만 지나면 시들어 버리고 색깔이 누렇게 떠서 못 쓰게 된다. 한 단 팔아야 50원이 남는 장사에 이렇게 되면 손해 보기 십중팔구이다. 그렇다고 채소류를 안 갖다 놓을 수도 없는 것이다. 채소류가 없으면 아낙네 손님들을 잃게 되기 때문이다.

"멸치 2백 원어치만 줘요."

톡 바라지게 생긴 젊은 여자가 가게로 들어온다. 처음 보는 얼굴이다. 인숙이는 멸치를 봉지에 넣어 준다.

"이것밖에 안 돼요?"

"많이 드린 거예요."

"에이그, 이 동넨 아예 사람 살 곳이 못 되는군."

젊은 여자는 2백 원을 내면서 혼잣말 비슷하게 그러나 인숙이가 들으라는 듯 종알거린다. 인숙은 이마에 흐르는 땀을 닦으며 톡 쏘아 줄까도 하다가 꾹 참고 만다.

"새로 이사 오셨나 보지요."

"지금 막 왔다우. 에이그, 이런 아파트도 사람 살라고 지었는지."

이상하다. 지금 막 이사를 왔다니 알 수 없다. 이삿짐이 들어오는 것을 본 적도 들은 적도 없다. 시민 아파트촌에서는 발 없는 말이 천 리 간다. 조그만 일이 생겨도 금방 주민들 사이에 퍼진다. 누구네가 애를 낳고 누구네 딸이 바람이 났고 누구네 아버지가 술주정을 했고 어느 집에서 이사를 가고 어느 집이 이사를 오고……. 그런데 지금 막 이사를 왔다니 이상하다.

"몇 동으로 오셨는데요?"

"6동이라나 뭐라나."

젊은 여자는 가게에서 나가 6동으로 들어간다. 저녁때가 되자 날씨는 더욱 후덥지근하여 등은 땀으로 후줄근하다. 인숙은 부채를 꺼내어 휘휘 부치며 방 안을 들여다본다. 어머니는 잠이 들었는지 아무 기척도 없다. 청각이 마비되면 갑갑한 것도 모르는지 한여름 내 방 안에서만 기동을 한다. 낮이고 밤이고 적삼을 훌훌 벗어 던지고 있다. 인숙은 앙상하게 뼈가 드러난 어머니의 가슴을 볼 때마다 눈물이 왈칵 나오려고 한다. 다 말라붙은 젖가슴이며 침이 넘어가는 것도 보일 정도로 식도만 부풀어 오른 목. 반점과 정맥으로 얼룩진 팔.

"어머니, 주무세요?"

인숙은 방 안으로 들어가며 크게 소리친다. 끙 하는 소리만 몇 번 나다가 아무 기척이 없다. 인숙은 잠이 든 어머니를 한참 바라보다가 가게로 나온다.

"선풍기를 하나 사면 더위가 좀 덜할 텐데……."

인숙은 땀을 닦으며 중얼거린다. 그러나 2만 원이 넘는 선풍기를 어떻게 사느냐가 문제였다. 이 문제 때문에 선풍기는 인숙이네 집에 있어 본 일이 없다.

가게에 손님이 뜸해진 틈을 타서 반장 최 씨가 찾아왔다. 다 낡아 구멍이 뚫린 러닝셔츠와 반바지를 입었다.

"오빠는 어디 갔나?"

반장은 가게로 쑥 들어와서 걸상에 털썩 앉는다. 그가 앉는 바람에 파리 떼가 윙윙하며 날아오른다.

"두부 공장에 갔어요. 이제 올 때가 됐는데……."

"아가씨, 나 소주 한 잔 주쇼."

반장은 부채질을 휙휙 하면서 신명 나게 말한다. 반장은 가게에 올 때마다 소주를 마신다. 한 잔에 백 원씩 하는 막소주. 그는 인숙이가 소주를 한 잔 부어 주자 한입에 다 마신다. 인숙은 오징어 다리를 한 개 조심해서 뜯어내어 최 씨에게 준다. 특별히 주는 서비스 안주다. 최 씨는 오징어를 질겅질겅 씹으며,

"아가씨, 예방 주사 맞았나?"

하고 입을 쓱쓱 문지른다.

"안 맞았는데요."

"어, 큰일날 소리. 이 아파트촌에서 오늘 죽어 나간 사람만 열세 명이야. 앓고 있는 사람은 수십 명이고. 아가씨도 보건소에 가서 주사를 맞아야 될걸. 괜히 처녀 귀신 되지 말고."

최 씨는 입을 쓱쓱 문지르고 크 하며 헛트림을 했다.

"보건소에도 약이 없다는데요."

"보건소에 주사약이 없다. 허허, 이것 큰일 났구나. 누가 그러던가?"

"그래서 사람들이 로터리까지 내려가서 주사를 맞고 왔는데 이젠 로터리에서도 주사를 놔주지 않는다는군요."

"허허."

인숙이는 아까 오후에 주사를 맞으려고 언덕길을 내려가다가 그만두었다. 로터리에서도 이미 의사들이 철수해 버렸다는 이야기를 들었기 때문이었다. 무슨 병인지도 모르면서 예방 주사를 접종할 수 있다는 것은 이상한 일이었다. 아마 의사들도 적당히 주사약을 만들어서 접종을 하다가 그나마 약이 동이 난 모양이다.

"허허, 일은 벌어졌구나."

"정말 큰일이에요. 다들 먹고 살아가기에 뼈가 부서지는 판에 무서운 전염병이 덮쳤으니."

"소주 한 잔 더 주게. 등골이 오싹오싹하는구먼."

최 씨는 소주를 또 한 잔 홀짝 마신다. 인숙이가 손가락만큼 커다란 멸치를 하나 집어서 그에게 준다. 최 씨는 젊을 때 백마고지의 용사였고 부상을 당하고 제대한 다음부터는 용사가 아니었다. 가난과 실의의 수렁에 빠진 20여 년을 보내고 나니 나이는 쉰 살이 됐다. 슬하에 아들 넷이 있는데 모두 돈벌이에 나섰다. 공장 직공에서부터 신문 배달, 구두닦이까지 여러 가지 일을 한다. 최 씨 부인은 잡화 행상을 하고 최 씨는 대낮에 집을 지키고 반장이 해야 할 임무를 충실히 수행한다. 인숙이네 반은 비교적 변소와 하수도가 깨끗한데 이것도 모두 최 씨가 이룬 공이다. 백마고지의 용사였지만 지나간 과거에 대해서 허풍을 떨지도 않는다. 왼쪽 다리를 조금씩 절름거리지만 불구가 됐다고 해서 눈곱만큼도 후회를 하지 않는다. 상이군인들에게 직장을 알선해 주고 연금을 주는 제도가 있다는 것을 아는지 모르는지 알면서도 모른 체하는지 그런 데는 통 관심이 없다.

"아직 우리 반에서는 사망자가 없죠?"

"아무렴, 없다마다."

최 씨는 한숨을 후욱후욱 내쉰다. 앞머리가 희끗희끗, 주름살 투성이의 이마에는 땀이 숭굴숭굴.

"이거 무슨 대책이 있어야 하겠군."

"대책이라니요."

"전염병 예방 말이야. 지금 우리 반에서도 다섯 명이 앓고 있어. 오늘 밤 안으로 사망자가 한두 명 날걸."

최 씨와 인숙은 얼굴에 달라붙는 파리를 쫓는다. 이때 6동에서 사람의 악다구니가 들려온다. 앙칼진 여자 목소리와 쌍말을 하는 굵은 남자 목소리. 최 씨는 주머니에서 돈을 꺼낸다.

"내가 두 잔 마셨지? 백 원은 외상이야 외상."

최 씨는 밖으로 나가서 6동으로 간다. 언덕 아래 일망무제로 퍼져 나간 도시의 하늘에 시뻘건 놀이 홍조처럼 드리워 있다. 최 씨는 한참 만에 다시 가게 앞에 나타난다.

"인심 흉악한 세상이야, 쯧쯧."

혼잣말 비슷하게 지껄이는 그의 말을 들으면서 인숙이는 오늘 6동으로 새로 이사 왔다던 톡 바라지게 생긴 여자의 얼굴을 떠올린다. 어쩐지 이상하다 했더니 그 젊은 여자는 어젯밤에 죽고 오늘 아침 일찍 화장터로 운반된 오 씨의 집으로 이사를 왔음이 밝혀졌다. 그런데 그 집을 사서 온 것은 물론 아니다. 하긴 아무런 연고자가 없는 오 씨이고 보니 입주금 3백만 원을 내고 들어온 방 하나 부엌 하나짜리 아파트 방의 주인이 없어져 버려서 앞으로 그 집을 누가 어떤 조건으로 쓰느냐 하는 문제는 남아 있었다. 6동에서 처리할 문제니까 뭐 참견할 것은 아니지만 오 씨의 방이 이러한 처지에 처했음을 탐지한 그 젊은 여자는 재빨리 이삿짐을 운반해 놓고 죽은 오 씨가 자기의 외삼촌이라고 인척 관계를 공표했다. 6동 주민들은 어리둥절하기도 했지만 오 씨의 급서에 대해서 조의를 표하기만 했다. 그런데 저녁때가 되어 또 한 사람의 중년 남자가 6동 오 씨를 찾아왔다. 그는 오 씨가 죽은 것도 모르고 온 모양으로 톡 바라지게 생긴 젊은 여자를 보고 당신이 누구냐, 오 씨는 어디 갔느냐고 물었다. 이 중년 남자는 오 씨의 하나밖에 없는 고종사촌이었다. 여기서 젊은 여자와 한바탕 소란이 벌어졌다. 오 씨가 자기 외삼촌이라고 한 젊은 여자는 그만 덜미가 잡혔지만 독한 계집이어서 쉽사리 물러나려고 하지 않았다. 주민들도 누가 진짜 오 씨와 인척인지 물론 알 수가 없는 일.

"에, 세상의 벗님네야 이내 말씀 들어 보소. 사람이 죽은 다음 친척 다툼 웬 말이냐……."

반장인 최 씨는 노랫조로 흥얼거리며 동과 동 사이의 공터를 가로질러 언덕 아래로 천천히 내려간다. 흉조처럼 붉은 놀 속으로 절름거리며 걸어간다. 북을 둥둥 두드리며 아이들을 부르는 풍선 장수와 가위질을 해가며 아무거나 가져오면 돈도 주고 과자도 준다고 외치는 고물 장수가 가게 앞을 지나간다. 학교에 갔다가 돌아오는 학생들. 공장에서 돌아오는 나이 어린 견습공들. 야근을 하러 가는 공원들. 화장품 장수. 메리야스 행상.

인숙은 부엌으로 들어가서 저녁밥을 하기 시작한다. 쌀이 한 공기밖에 없다. 인숙은 보리 한 공기와 함께 섞어서 쌀을 인다. 부엌은 마치 연옥처럼 덥고 뜨겁다. 여름이 되면서 연탄을 화덕에 옮겨 놓았으므로 여름 내내 부엌은 연탄의 열과 가스로 가득 차 있다. 쌀을 일면서 문득 희숙의 얼굴을 떠올린다. 언젠가 한번 와서 부엌을 들여다보더니 고개를 설레설레 흔들며 여름에는 석유곤로를 쓰는 것이 좋지 않느냐고 했다. 석유곤로가 좋은 줄 누가 모르는가. 곤로를 사자면 목돈이 들고 매일 석유 값이 든다.

"오늘 저녁에 온다고 했지……."

인숙은 쌀을 남비에 넣고 물을 붓는다. 오늘 밤에 희숙이가 오면 오빠는 어떻게 대할 것인가. 오빠가 희숙이를 색시감으로 마땅찮게 생각하는 것도 그녀의 성격이 매우 깔끔하기 때문이다. 물질적인 고생을 한 번도 안 해본 희숙이가 왜 상급 학교로 진학하지 않고 양재 학원에 다니면서 인숙이와 친구가 됐는지, 처음에는 인숙이조차도 이상하기만 했다. 그러나 알고 보니 희숙은 남모를 비밀이 있었다. 그 남모를 비밀의 자초지종을 여기에 소개할 시간은 없거니와 간단히 말해서 희숙은 첩의 소생으로 자라서 제대로 의기를 펴보지 못했다. 아버지는 희숙이가 중학교에 입학하자 고혈압으로 죽었고 그 후 어머니가 재가를 한 뒤 이복형제들 등쌀에 혼자 나와서 자취를 하며 양재 학원에 다니고 지금은 양장점에 취직이 되어 숙녀로서 멋도 부리고 시집갈 궁리도 하고 있다. 희숙이는 결코 자기의 출신 성분에 대해서 톡 까놓고 말한 적이 없었는데 이 정도의 이야기도 인숙이가 다그치자 못 이겨서 실토를 한 것이다. 희숙이가 오빠를 좋아하고 오빠도 내색은 안 해도 희숙이를 은근히 잊지 못하는 눈치이니 아무쪼록 둘이 합해지기를 바랐다. 쇠뿔도 단김에 빼랬다고 오늘 밤에 희숙이가 오면 아주 결판을 내야 할 것 같다. 어머니와는 오빠의 혼사를 의논할 수도 없는 일. 먹고 자는 일을 제외하고는 아무 사고 능력이 없는 어머니.

저녁 어스름이 깔리기 시작할 무렵, 5동에서도 사망자가 발생했다는 사발통문이 나돌았다. 노인 2명과 어린아이 하나가 하루 동안 설사를 하다가 죽어 넘어갔다. 주민들 사이에서는 흉흉한 유언비어가 나돌고 3동에 사는 아무개네는 조금 전에 이사를 갔다는 소문이 퍼지고 형편이 그만한 주민들은 대부분 아파트를 떠나 피신을 하리라는 말도 떠돌았다. 반장 최 씨가 가게에 와서 이런 소식을 전해 주고 간 다음 얼마 안 되어 인수가 돌아왔다. 인수 뒤에 따라오는 사람은 구혼자 허 씨. 허 씨는 인숙이와 얼굴이 마주치는 것을 슬슬 피하면서 인수와 함께 가게 안에서 막소주를 한 잔씩 마신다.

"오늘 허 형의 덕을 톡톡히 봤는걸."

"뭘, 공장놈들이 워낙 나쁜 놈들이니까 그렇죠. 우리 매형이 며칠 공장에 안 나간 사이에 공장에서는 별일이 다 일어났다더군요. 썩은 콩으로 만든 두부를 팔아먹지를 않나, 콩가루에 석회를 섞지를 않나…….."

"석회를 섞어요?"

"예, 톱밥도 섞는다더군요. 감옥에 한번 들어가야 정신을 차리지."

인수는 두부 공장에 가서 상한 두부를 배달한 경위를 따지고 두부값의 배상을 요구했다. 그러나 공장 사람들은 그러한 항의를 식은 죽 먹기라는 듯 콧방귀도 뀌지 않았다. 그렇게 실랑이를 하고 있는데 허 씨가 공장에 나타났다. 박 씨의 죽음을 알리기 위함이었다. 허 씨는 인수의 사정을 듣고 두 팔을 걷어붙이고 나서서 두부값 9천 원을 받아 냈다. 어리숙한 사람인 줄 알았는데 결단력과 용기가 있는 청년이었다.

인수와 허 씨가 설왕설래하는 동안에 인숙은 지금 막 배달된 석간신문을 펼친다. 정치면은 흥미가 없고, 사회면을 훑어본다. 〈서울에도 괴질 발생〉이라는 톱기사.

〈E동과 D동 등 빈민촌과 시민 아파트촌에서 괴질이 발생. 오후 2시 현재 20명이 숨지고 백여 명이 앓고 있는 것으로 알려졌다. 보건 당국에서 밝힌 바에 의하면 남부 지방에서 창궐한 괴질과는 다른 전염성 질환이라고 하지만 발병 증세가 남부 지방의 괴질과 동일하여 주민들은 공포에 떨고 있다. 오늘 오후에 각 보건소에는 예방 접종을 받으려는 사람들로 붐볐는데 주사약이 모자라 접종 실적이 좋지 못하다고 한다. 파리와 음식물에 조심하고 여러 사람이 모이는 집회에서도 병이 전염될 우려가 있으므로 주의를 요한다. 수도 전역으로 괴질이 번질 것에 대비, 당국은 발병 지역을 오염 지구로 선포하여 통행을 제한할 것을 검토하고 있다고 정통한 소식통이 말했다……〉

기사를 읽은 인숙의 안색이 갑자기 흐려진다. 벌써 수도에서 20명이 사망했다니 놀라운 일이다. 더위와 가겟일에 온종일을 쫓기다 보면 자연히 다른 일에 신경 쓸 겨를이 없는데 이번 전염병 기사는 아주 충격적이다. 남부 지방에 무서운 전염병이 창궐했다는 소식도 인숙에게는 건너 동네 개 짖는 소리였고 아파트 주민 몇이 급사를 해도 그저 그렇거니 했다. 일에 시달리다가 저도 모르는 사이에 신경이 둔해진 모양이었다. 인숙은 계속해서 신문을 읽어 나간다.

〈치사율이 30퍼센트인 남부 지방의 전염병과 동일한 괴질일 경우 인구가 밀집해 있는 수도에서는 그보다 치사율이 10퍼센트는 늘어날 우려가 있으며 오늘 오후 긴급 소집된 각의에서 서울에서 돌연 발생한 괴질에 대한 대책을 숙의한 것으로 알려졌는데 구체적인 것은 밝혀지지 않았다……〉

인숙은 신문을 접어서 인수에게로 내민다. 인수와 허 씨도 신문 기사를 읽더니 낯빛이 변한다.

"오염 지구로 선포되면 어떻게 되는 거요?"

허 씨가 소주를 꼴깍 마시며 인수를 쳐다본다. 인수는 신문을 집어 던지며 일어선다.

"야단났습니다. 이러다가는 우리도 언제 죽을지 모르겠군요."

"여기 5동에서도 사망자가 났습니까?"

허 씨가 인숙을 보며 묻는다. 허 씨가 인숙에게 처음으로 하는 말이다. 목소리가 어찌나 착 가라앉았는지 인숙은 깜짝 놀랐다. 흐리멍덩한 사람인 허 씨에게서 저렇게 듬직한 음성이 나오다니 모를 일이라고 생각했다. 인숙은 대답했다.

"조금 전에 세 명이 죽었대요."

"그래요? 보건소 차가 나왔나요?"

"아직."

"구급차도 손이 딸려서 못 나올지도 모르지."

인수가 혼잣말 비슷하게 한마디. 문상가는 사람들이 가게 앞을 지나 5동 입구로 왁자지껄하며 들어간다. 5동 입구는 인숙이네 가게 바로 왼편에 있다.

"한번 가봐야죠?"

허 씨가 일어선다.

"나는 좀 있다 올라가겠소."

인수도 따라 일어섰다가 이렇게 말하고 다시 앉는다. 허 씨는 나간다.

"몇 층에 살던 사람이라니?"

"5층인가 봐요. 노인 두 명과 어린애 한 명이라는군요."

"음……. 인숙아."

"응, 오빠."

"저 허 씨 말이다."

인수는 갑자기 허 씨에 관하여 이야기한다. 두부 공장에서 만나 배상을 받아 낸 일. 같이 오면서 주고받은 이런저런 이야기들을 하고 나서 인수는 착 가라앉은 목소리로 말한다.

"허 씨와 결혼을 하는 게 좋겠다."

"오빠도 갑자기 무슨 말을."

인숙은 당황해하면서 말을 받는다.

"잘 생각해 봐."

인수는 두부 공장에서 받아온 돈을 돈통에 넣는다. 청년 한 사람이 가게로 들어와서 소주 한 병을 산다. 오징어 한 마리도 안주로 산다.

"얼마죠?"

"천 삼백 오십 원이에요."

"오십 원 거슬러 주세요."

청년은 인숙에게 천 사백 원을 건넨다. 인숙이가 거스름돈을 챙기는 동안 청년은 인수와 눈인사를 하며,

"6동에서 세 명이 또 죽었대요. 7동에서도 두 명, 1동에서는 한 명, 2동에서는 여섯 명, 4동에서는 두 명, 우리 동은 세 명, 8동은 없고 9동은 두 명. 모두 오늘 죽었대요."

라고 말하며 실소를 한다. 인숙 남매는 등골이 오싹한다. D동 아파트에서 오늘 죽은 사람만 이렇게 많다.

"뒤숭숭한 세상, 술이나 마셔야죠."

청년은 거스름돈과 술병을 들고 밖으로 나간다. 밖은 완전히 어두워졌다. 외등 하나가 공터를 어슴푸레 비친다. 외등도 여러 개가 있었지만 아이들이 모두 깨고 이제 하나만 남았다.

"빈손일망정 문상하러 가야지."

인수는 어깨를 쫙 펴고 가게 밖으로 나간다.

"저녁상 차리니까 빨리 와요."

인숙이가 인수의 등 뒤에 대고 말하고 나서 돌아선다. 방에 앉아 가게를 물끄러미 내다보던 당산댁이 눈을 두리번거린다.

"인수는 어딜 자꾸 쏘다니냐?"

양회칠을 한 가게 천장에 파리 떼가 새까맣게 달라붙었다.

4

희숙이가 온 것은 밤 8시가 좀 지나서였다. 시원스러운 빛깔의 원피스. 흰 구두. 희숙은 막 저녁상을 물린 당산댁에게 깍듯이 인사를 하고 나서 인숙의 손을 잡으며 호들갑을 떤다.

"일찍 오려고 했는데 이 모양이 됐어. 요즘 양장점 일이 바빠서 아주 꼼짝도 못 한단다."

"재미가 좋은가 보구나. 얼굴이 좋아졌어."

희숙과 인숙은 가게에 나와 걸상에 걸터앉는다.

"오빠 어디 갔니?"

희숙이가 눈웃음을 치며 묻는다.

"위층에 올라갔는데 곧 올 거야. 오늘 여기는 줄초상이 나서 온통 야단이야."

"전염병이 돈다지?"

희숙은 이마에 맺힌 땀을 닦는다.

"오늘 미미 양장점 주인을 만났는데 네 소식을 묻더라."

미미 양장점은 인숙이가 한 달 전까지 나가던 곳이다. 주인은 미세스 김이라는 중년 부인. 나올 때 붙잡는 것을 뿌리치고 나왔는데 소식이라도 궁금해한다니 반갑다.

"다시 나와 주면 좋겠다고 하던데 네 생각은 어떠니?"

"글쎄, 여기도 주문 들어오는 게 신통찮긴 하지만……"

인숙은 말끝을 흐린다. 그녀들이 이러한 이야기를 주고받고 있긴 하지만 피차의 의중은 딴 데 있다. 인수와 희숙. 희숙이와 인수. 희숙이가 올케가 된다는 생각은 조금 우습기도 하지만 가슴 설레이는 구석도 있는 일이라고 인숙은 생각한다. 인숙은 단도직입으로 묻는다.

"너는 언제라도 시집올 수 있니? 다음 달 안으로도?"

희숙은 몸을 꼬며 교태를 부렸다. 가슴이고 엉덩이고 모두 인숙이보다 풍만했다.

인수가 돌아왔다. 인수를 보자 희숙은 반갑게 그리고 호들갑스럽게 그를 맞았다. 인숙이가 아이스크림 통에서 아이스크림을 3개 꺼내어 나누어 먹는다.

"맘에 드실지 모르겠네요."

이렇게 말하며 희숙이가 핸드백에서 조그만 물건을 꺼낸다. 선물용 포장지로 예쁘게 포장되었다.

"전기면도기예요."

희숙은 그것을 인수에게 내밀며 웃는다.

"아니 뭘……."

인수는 좀 민망하다. 민망한 김에 손으로 턱을 문지르다가 그는 턱수염이 많이 자란 것을 비로소 알게 된다. 한 달에 한 번 이발을 할 때 면도를 하니까 수염이 길게 자란 것은 뻔한 일.

"오빠 횡재했네요."

인숙이가 인수를 건너다보며 유쾌하게 웃는다.

"인수 씨, 마음에 드세요?"

희숙은 밝고 명랑한 표정. 인수는 좀 뚱하고 어리둥절한 얼굴. 인숙은 콜라 한 병과 사이다 한 병을 냉수에 담근다. 오늘 저녁 오빠와 희숙이가 어느 정도까지 서로를 툭 터놓고 결혼 문제를 담판할지 모르겠다. 두 사람의 담판에 속할 결혼 문제는 지금까지 희숙이가 능동적이었고 인수는 수동적이었는데 오늘 밤부터는 어떻게 될지 모르겠다. 원래 인수는 말이 적은 사람이다. 쓰다 달다 말이 없으니 얼핏 보면 우유부단하고 흐리멍덩하다. 인숙은 콜라와 사이다를 유리컵에 따르면서 입가에 웃음이 살짝 번진다. 가게 밖에서는 아이들이 노는 소리가 들려 오지 않는다. 매일 밤 이슥하도록 떼 지어 몰려다니며 놀던 아이들이 오늘 밤엔 웬일일까. 부엌에서 쥐 두 마리가 찍찍 쩍쩍하며 요란을 피우다가 인숙이가 던진 콜라병 마개에 콧잔등을 얻어맞고 기겁을 해서 도망친다. 당산댁은 인숙이가 가져다준 사이다를 마시다 말고 갑자기 구토가 나는지 마신 것보다 더 많이 토한다.

"오빠, 희숙이하고 결혼하시는 거죠."

인숙은 대담하게 중매 역할을 해 나간다. 돈 없고 배운 것 없는 사람일수록 결혼을 일찍 해야 한다는 것이 인숙이의 믿음이다. 인수나 인숙이나 모두 혼기가 늦어져 간다. 단칸방이니까 인숙 남매는 한방에서 잔다. 당산댁이 아랫목에서 자고 그 다음이 인숙, 윗목에는 언제나 인수가 잔다. 이러한 집의 남매는 피차에 아무런 비밀이 있을 수 없다. 인숙의 생리일을 인수가 알게 되고 밤중에 인수가 홀로 거행하는 자위행위를 인숙이가 잠결에 눈치챈다. 잠자리가 추울 때면 남매는 서로 꼭 끌어안고 잠을 잔다. 인수가 잠결에 잠꼬대를 하면서 인숙의 가슴을 더듬을 때도 있고 사타구니를 훔칠 때도 있다.

얼마 전의 일이다. 인숙이가 생리일을 며칠 앞둔 날 밤이었다. 이때가 되면 여자는 누구나 남자를 그리워하게 된다. 본능이 숨김없이 나타나는 것이다. 밤중에 인수와 인숙은 패륜의 함정에 빠질 뻔했다. 비몽사몽 간에 상대방을 서로 오빠가 아닌 남성으로, 누이동생이 아닌 여성으로 느끼며 한참 동안이나 실랑이를 하다가 깼다. 패륜의 함정에 빠지는 위험의 일보 직전에서 이성을 되찾았다. 인숙의 충격은 매우 커서 그 이후부터는 오빠의 결혼 문제를 적극적으로 거론하기 시작했다. 오빠와의 사이에서 일어날 위험을 막는 수단으로써 결혼을 추진하는 것만은 아니다. 인숙은 결혼과 잉태와 분만, 육아에 이르는 인생의 과정을 가장 성스러운 것으로 믿고 있다.

인수와 희숙이는 이런저런 이야기를 나누며 예상했던 대로 순조롭게 해결을 지어 가는 모양이다. 인숙은 당산댁이 토해 놓은 오물을 치우고 나서 가게를 찾아오는 손님들에게 물건을 팔고 돈 계산을 한다. 머릿속에 문득 허 씨의 얼굴이 떠오르곤 하지만 곧 사라져 버린다. 지금 붓고 있는 백만 원짜리 계를 다음 달에 타면 그걸로 인수 결혼 비용을 쓰면 된다는 생각을 한다. 방이 하나 더 있어야 되니까 가게에 붙여 방을 하나 만들어야 한다는 생각도 한다. 희숙이는 집에서 살림을 하면서 주문 들어오는 옷을 만들고 인숙은 다시 미미 양장점에 다니면 지금보다 수입이 훨씬 좋아진다.

"아, 길 형 계시구먼. 지금 반회가 열리니 곧 오쇼."

반장 최 씨가 가게로 얼굴을 들이밀었다가 곧 간다. 아마 전염병 예방에 대하여 고지할 사항이 있는 모양이다.

"갔다가 빨리 와요."

인숙이가 인수에게 하는 말. 희숙은 인수를 따라 일어선다.

"희숙인 더 놀다가 가."

"그러시죠. 놀다 가시죠."

인숙 남매가 희숙을 걸상에 앉힌다. 희숙의 깨끗한 이마에 땀방울이 송골송골.

"요샌 속상해 죽겠어. 얼른 시집이나 갔음."

인수가 나간 다음에 희숙이가 인숙을 쳐다보며 말한다. 인숙은 아이스크림을 꺼내서 희숙에게 준다. 녹아서 흐늘흐늘하다. 9시가 훨씬 지났는데도 무더위가 가시지 않는다.

"다음 달에 결혼식을 올리도록 하자. 빨리 식을 올리는 게 좋지?"

인숙이가 부채질을 훨훨 하면서 희숙을 바라본다. 희숙이가 생그레 웃는다.

"결혼식이래야 뭐 올 사람도 없고……."

"너의 엄마는 지금 어디 있는지 알아봤니?"

"알긴 해도 한 번도 만나지 않았어. 결혼을 해도 알리지 않을 테야."

"너의 오빠들한테는?"

희숙의 오빠들이란 본처의 소생들이다. 오빠라는 소리를 듣자 희숙의 얼굴빛이 확 변한다. 분노의 기미가 눈 가장자리로 확 몰려들어서 부풀어 오른다.

"짐승 같은 것들."

"왜 무슨 일이 있었어?"

"……"

희숙의 입은 굳게 잠긴다.

"말은 하지 않아도 오빠 생각도 마찬가지일 거야, 빨리 결혼을 해야지 우리 오빠 나이가 얼만데?"

인숙은 부채질을 훨훨 하면서 희숙을 바라본다. 희숙의 얼굴은 유난히 하얗다. 사탕과 과자를 권해도 잘 먹지 않는다. 방에서 끙끙하는 소리가 들린다. 인숙은 잠깐 귀를 기울이다가 방으로 들어간다.

"어디 편찮으세요?"

"응 아니다. 응……."

당산댁은 잠결인지 꿈결인지 물에 빠진 대꾸를 하며 또다시 끙끙거린다. 잠시 후에 잠잠해진다. 인숙은 부채로 어머니를 부쳐 드리다가 한참 후에 가게로 나온다. 가게에 손님이 왔기 때문이다.

"콩나물 있어요?"

젊은 아낙네가 인숙을 보고 말한다. 아기 엄마인 모양이어서 러닝셔츠만 입은 위로 젖통이 흔들흔들한다. 러닝셔츠에는 때가 새까맣게 묻었다.

"콩나물이 다 떨어졌네요."

아침에 갖다 놓아서 벌써 점심때 동이 났다. 아낙네는 난처한 표정을 짓더니 멸치 한 봉지를 사가지고 밖으로 나간다.

"요새 가게는 잘되니?"

희숙이가 가게를 둘러보며 묻는다.

"그럭저럭이야."

가게 밖에서 인기척이 나더니 진이 엄마가 들어온다. 희숙을 보고 멈칫하다가 곧 인숙에게,

"아가씨 참 큰일 났어요. 글쎄 조금 전에 2층 바로 우리 앞방에 사는 사람이 또 죽었지 뭐유. 팔팔한 청년인데 눈 깜짝할 사이에 숨이 넘어갔대유."

하고는 눈시울을 훔친다. 낯모르는 희숙이가 있어서 그러는지 진이 엄마는 곧 나간다. 진이 엄마가 나가고 나자 바로 인수가 돌아온다.

"반회에서 뭐라고 그래요?"

"상한 음식을 먹지 말고, 냉수를 먹지 말고, 파리를 잡고, 변소를 깨끗이 하고……"

인수는 어두운 얼굴이 되어 말을 잇는다.

"전염병을 조심하라는 거야. 약도 없으니까 각자가 알아서 조심하라는 거야."

"참 어쩌면 좋을지 모르겠어……."

인숙이가 한숨을 쉰다.

"희숙 씨, 결혼식은 언제 할까요?"

인수는 희숙을 보면서 말한다. 인수의 목소리는 담담하다. 표정도 보통이다. 이 말을 듣고 희숙과 인숙은 동시에 놀란다. 그러나 이미 인수는 희숙과 결혼하기로 작정했던 것이어서 말하기가 스스럽다.

"오빠도 참 능구렁이야. 결혼 얘기만 꺼내면 우물쭈물하더니 참 남자 속은 짐작을 못 하겠어. 이렇게 일이 쉽게 되면 중매쟁이 노릇한 내 체면이 이상해지네……."

인숙이가 인수를 꼬집으며 수다를 떤다. 희숙도 방그레 웃는다. 다음 달 안으로 결혼식을 올리기로 곧 합의가 되었다. 세 사람의 가슴에는 잠깐 동안 적막한 생각이 일어난다. 결혼식을 주선해 줄 어른도 없이 당사자들이 스스로 장가가고 시집가는 일을 처리하자니 그런 생각이 일어났지만 곧 사라져 버린다.

"오늘부터 아주 언니라고 부를까?"

인숙이가 희숙의 등을 치며 놀려댄다.

"아이, 애두."

"하하."

세 사람은 잠시 유쾌해진다. 인숙이네 집으로서는 실로 오랜

만에 경사가 난 셈이고 희숙의 쪽에서 보면 20년간의 방황이 끝나고 바야흐로 안주가 시작되는 때다.

"아이구……끙, 끙."

방에서 들리는 신음소리. 세 사람은 동시에 놀라서 방으로 들어간다. 당산댁은 방 안을 엉금엉금 기면서 신음한다.

"어머니, 어머니."

"정신 차리세요."

"아이 이를 어쩌지요?"

세 사람이 당산댁을 바로 눕게 한다. 갑자기 심한 냄새가 난다. 세 사람은 눈이 휘둥그레진다. 당산댁이 누운 채로 설사를 한다. 인숙은 부엌으로 나가서 걸레를 가져온다. 희숙이가 걸레로 방을 훔친다. 인수는 당산댁의 옷을 벗기고 갈아입힌다. 그러나 당산댁은 계속해서 구토와 설사를 한다.

"큰일 났네. 전염병인가 봐요."

인숙은 눈물을 글썽거리며 인수를 쳐다본다. 인수도 비통한 얼굴. 희숙이는 파랗게 질린다.

손쓸 새도 없이 당산댁은 숨을 거두었다. 인숙 남매는 하도 기가 막혀서 멍하니 천장만 쳐다본다. 울음도 눈물도 말라 버렸다. 희숙이만이 흑흑 느껴 운다. 한참 만에야 인수가 몸부림을 치며 통곡을 한다. 인숙이도 당산댁의 시체를 붙들고 어루만지며 몸부림친다. 앞이 캄캄하였다. 생전에 며느리도 못 보고 돌아가신 어머니. 좋은 반찬 좋은 음식도 못 잡수시고 눈을 감은 어머니. 좋은 옷 한 벌 입어 보지도 못한 채 한평생을 고생하신 어머니. 청춘에 홀로 되어 인수 남매를 키우느라고 고생고생하시다가 이제 겨우 자식들이 밥벌이를 하게 되자 숨을 거두신 어머니.

인수 남매의 울음소리를 듣고 주민들이 가게 앞으로 몰려와서 혀를 끌끌 찼다.

"노인이 죽었나 보군."

"두 남매가 효성이 지극하더니 쯧쯧."

"벌써 5동에서만도 몇 명 째야……."

반장 최 씨가 주민들을 비집고 가게 안으로 들어온다. 그는 기침을 헴헴하며 방 앞으로 다가온다.

"이봐 길 형, 울고만 있으면 어떡하나?"

"……"

인수가 흑흑 느끼며 가게로 나온다. 눈이 통통 부었다.

"얼른 서둘러야지."

반장은 인수의 어깨를 두드리며 이렇게 말한다.

"보건소에서 차가 나왔나요?"

인수가 울음을 그치고 이렇게 묻자 반장은 고개를 흔들며,

"안 나왔네. 2층에 살다 죽은 청년의 시체도 지금 공터에 내어다 놔야 한다네."

인수는 방으로 들어가서 인숙의 어깨를 흔든다. 희숙도 눈이 통통 부어오르도록 울어서 모두들 기진하다. 인숙은 어머니의

옷을 꺼낸다. 이번 여름에 새로 산 모시 치마저고리. 지난여름 부터 어머니 모시옷을 한 벌 장만하려고 벼르다가 해를 넘기고 이번 여름에 장만했다. 새로 장만한 옷을 생전에 한번 입어보지도 못하고 돌아가신 어머니를 생각하면 또다시 눈물이 왈칵 나온다. 인수 남매는 숨이 끊어진 어머니에게 옷을 입힌다. 정성스럽게 입힌다. 사람이 죽으면 팔다리가 뻣뻣해진다지만 당산댁의 수족은 흐늘흐늘 움직인다. 옷을 입히고 홑이불로 시체를 싼다.

"노인네는 꼭 극락으로 가실 거요."

반장이 엄숙하게 한마디 한다.

"자, 공터로 옮깁시다."

반장이 인수에게 재촉을 한다. 공터로 옮긴다는 말을 듣고 인숙이가 대든다.

"안 돼요. 어머닐 공터에 갖다 버릴 수는 없어요."

"산 사람 생각도 해야죠. 3동에서는 시체를 방에 그냥 두었다가 일가족이 다 죽었대요."

인수와 반장이 당산댁을 마주 들고 밖으로 나간다. 가게 밖에 몰려섰던 주민들이 수군수군하며 길을 비킨다. 공터에는 10여 구의 시체가 안치돼 있다. 인수는 땅이 평평한 자리를 골라 당산댁을 내려놓는다.

"어머니……."

인수는 말을 잇지 못한다. 인수 뒤에 서 있는 인숙과 희숙이도 아무 말도 못 한다.

인수는 가게로 돌아와서 인숙에게 제상을 차리라고 한다. 사과와 배와 과자를 접시에 담고 술잔과 수저를 놓는다. 인수는 종이를 접은 다음에 지방을 쓴다. 지방 위로 눈물이 뚝뚝 떨어진다. 인숙이와 희숙이가 상을 들고 공터로 나간다. 시체에서 풍기는 악취가 코를 찌른다. 당산댁의 유해 앞에 제상을 놓고 인수 남매와 희숙이가 절을 한다. 술을 따른다. 바람이 불 때마다 제상에 붙여 놓은 촛불이 파르르 파르르 죽다가 살아난다.

5

밤 11시가 조금 지나자 가게 앞이 떠들썩하더니 반장 최 씨가 들어왔다. 그의 뒤를 이어 낯모르는 사람 서너 명이 들어온다. 그들은 잠바를 입었고 바지는 신사복. 시계도 찼고 안경 쓴 사람이 2명이다.

"동회에서 나오신 어른들이야."

최 씨가 그들을 인수에게 소개한다. 인수는 머리를 굽실하고 나서 그들을 멍하니 쳐다본다.

"오늘 밤 열 시를 기해서 이곳 D동 아파트촌은 오염 지구로 선포되었소. 우리는 동회에서 나왔는데 거주자 인구를 파악하러 왔소."

안경을 쓴 사람이 똑똑 부러지게 말하고 서류를 꺼낸다.

"식구가 몇 명이죠?"

"네……."

인수가 말문이 막힌다. 반장이 옆에서 거든다.

"세 식구였는데 조금 전에 노인네가 돌아가셨으니 이제 남매 두 명이죠."

"그래요?"

"저 여자 분은?"

희숙을 가리키며 묻는다. 당산댁이 갑자기 세상을 떠나는 바람에 희숙이가 아직까지도 돌아가지 못하고 있다.

"제 동생 친구인데 오늘 우연히 놀러 왔습죠."

인수가 희숙을 돌아보며 대꾸한다. 안경 쓴 사람은 볼펜으로 손등을 꼭꼭 찌르면서 말한다.

"그래요? 그럼 현재 세 명이군요. 오늘 밤 현재 이곳 아파트에 있는 사람은 밖으로 못 나갑니다. 오염 지구의 주민은 밖으로 못 나가지요."

그는 서류에 인수와 인숙과 희숙의 나이를 일일이 기입하고 나서 밖으로 나간다. 희숙은 난처해진다. 인숙은 정신 나간 사람처럼 멍하니 천장만 올려다본다. 새까맣게 달라붙은 파리 떼. 공터에서 곡성이 또 들려온다. 어떤 사람이 또 죽었나 보다.

"할머니가 돌아가셨다구요."

진이 엄마가 가게로 들어온다. 진이 엄마는 인숙의 손을 잡고 울먹울먹한다.

인수도 말을 잃었다. 인숙도 진이 엄마의 손을 잡고는 말을 하지 못한다. 다시 울음이 북받친다.

"아가씨, 울지 말아요. 산 사람이나 성해야지."

진이 엄마가 눈물을 훔치며 인숙을 위로한다. 진이 아빠가 가게로 쑥 들어온다.

"길 형……."

진이 아빠는 이렇게 말하며 인수의 어깨를 두드린다. 인수는 아무 말도 못 하고 진이 아빠의 손을 마주 잡는다. 진이 아빠의 몸에서는 가솔린 냄새가 물씬물씬 난다. 아침 일찍 나가서 밤 늦게까지 세차장에서 일하는 사람이기 때문이다.

"금족령이 내렸다지요."

진이 아빠는 백조를 꺼내어 불을 붙이며 인수에게도 한 대 권한다.

"갑자기 금족령이 내려서 생계에도 지장이 막대할 거예요. 공장에 다니던 사람들은 어떻게 하고 학교에 다니던 아이들은 어떻게 하라고……."

진이 아빠는 투덜거린다.

"정말 그렇군요. 모두들 발이 묶였으니 어떻게 살죠?"

인수는 이렇게 말하고 가만히 생각해 보니 미상불 불은 발등에 떨어졌다. 우선 가게에 물건을 해오는 일이 큰 문제다.

"할머니도 공터로 모셨소?"

진이 아빠가 공터 쪽을 보며 말한다.

"네……."

인수가 울먹울먹하며 대꾸한다.

"보건소 직원이 뭐라고 했소? 오늘 밤에 화장터로 간답니까?"

"내일 새벽에 옮긴다더군요."

"내일 새벽이라……."

진이 아빠는 이렇게 말하며 팔뚝을 쓱쓱 문지른다. 화살이 복숭아를 정통으로 꿰뚫은 모양의 문신이 꿈틀거린다.

"내가 자동차를 몰고 왔더라면 지금이라도 할머닐 편히 옮길 텐데……."

그는 혼잣말 비슷하게 중얼거린다. 그는 가끔 자동차를 몰고 온다. 세차장은 야간 주차장으로도 이용되고 있기 때문에 주차시켜 놓은 자동차를 밤에 잠깐씩 이용하는 모양이었다. 진이 아빠는 백조를 한 대 다 피우고 나서 기침을 두어 번 하고 가게 밖으로 나간다. 진이 엄마도 그 뒤를 따라 나갔다. 진이 엄마는 인숙을 위로하는 한편 그 경황 중에서도 인숙의 귀에 대고 허 씨 이야기를 쉴 새 없이 늘어놓았다.

희숙이도 꼼짝없이 인숙이네 식구가 됐다. 오도 가도 못 하게 됐으니 인숙 남매와 함께 얼마 동안 생활해야 할 운명에 처했다.

"너무 슬퍼하지마. 인숙아."

희숙이는 인숙에게 이렇게 말하고 나서 어지러운 방을 말끔히 청소했다. 아직도 아랫목에서는 오물 냄새가 확확 풍겨 온다. 인숙도 이를 악물고 가게를 정돈하고 엎어진 걸상을 바로 놓고 팔다가 남은 채소류를 가지런히 놓는다. 인수는 당산댁의 유해가 있는 공터로 나가 본다. 그동안에 시체가 한 구 늘었다. 새로 가져온 시체 앞에 젊은 아낙네가 엎드려 어깨를 들먹거린다. 유족들이 하나둘 모여든다. 피차에 아무 말도 나누지 않는다. 조금 전에 거주자 인구 조사를 하던 동회 직원들이 공터로 온다. 그들은 천막을 가지고 왔다.

"자, 천막을 칠 테니 잠깐 비켜 주시오. 다들 유족 되십니까?"

동회 직원이 유족을 둘러보며 말한다. 유족들은 말없이 천막을 펴서 네 귀퉁이에 밧줄을 잡아맨다. 공터에 말뚝을 박고 천막과 밧줄로 연결한다. 천막 가운데에 긴 바지랑대를 세우자 천막은 부풀어 오른다. 시체들은 이제 천막 속에 안치되었다.

"유족 되시는 분들은 잠깐 기다려 주시오. 시체마다 명찰을 붙이겠습니다."

동회 직원들은 명함 크기의 흰 종이를 시체에 붙인다. 그 위에 사망자의 성명을 기입한다. 당산댁의 시체에는 〈홍 씨〉라고 적힌 쪽지가 붙어 있다.

"애통해하시는 것은 이해합니다만 이제 그만 댁으로 돌아가 주시오."

"내일 새벽에 화장터로 운반되니까 그때 유족 대표 몇 분만 따라와 주시오."

동회 직원들이 유족들을 천막 밖으로 내밀며 말한다.

인수는 가게로 돌아와서 장부를 펴놓고 하루 매상고를 계산한다. 도합 12만 9천 원어치가 팔렸는데 이익은 2만 4천 원. 외상으로 나간 것이 만 2천 5백 원이므로 순이익은 만 2천 원. 오늘따라 장사가 제일 안 되었다. 보통 때는 매상고가 25만 원이 오르고 이익이 5만 원이 될 때가 많은데 오늘은 그 절반도 안된다. 앞으로는 장사가 더욱 안 될 것을 생각하니 마음이 불안해진다. 사람이 펑펑 죽어 넘어지는데 구멍가게로 물건 사러올 엄두가 나는가. 언제 어떻게 죽을지도 모르는데 반찬을 사러 올 생각이 나는가. 인수는 한숨을 푹 내쉰다.

"오빠, 오늘 얼마 남았어요?"

인숙이가 방에서 가게를 내다본다.

"형편없다."

인수는 짧게 대답한다. 인수는 공터로 나가서 모여 선 사람들 사이에 섞인다.

"형씨 네는 누가 죽었소?"

부리부리하게 생긴 사람이 묻는다. 모깃불을 천막 옆에 피워놓고 사람들은 침통한 표정으로 둘러앉았다.

"어머니가 돌아가셨소."

인수가 대답한다. 유족들은 새벽까지 밤을 새울 작정이다.

"나는 여편네가 뒈졌수다……."

"나는 둘째 놈이 죽었소. 신문 배달을 해가면서 제 손으로 야간 중학을 다니던 놈이 글쎄……."

그는 말문이 막힌다. 부리부리하게 생긴 중년 남자가 좌중을 둘러보며 큰 소리로 말한다.

"자, 그만들 하시오. 이왕 죽은 목숨은 할 수 없는 일 아니오. 공수래공수거라고 했소. 까짓 인생 일장춘몽 아니오. 후후."

"하긴 그렇소. 빌어먹을 인생이 돈 없이 이런 동네에 살다가……."

유족들은 한숨을 푹 내쉰다.

"이 동네가 오염 지구가 됐다죠?"

"아, 글쎄요. 여기 사는 사람들은 오도 가도 못 한대요."

"아니, 그럼 어떻게 되는 게요?"

노인 한 분이 벌떡 일어서며 무슨 소리인지 모르겠다는 시늉을 한다.

"어떻게 되긴요. 이 속에서 꼼짝도 못 하는 거죠. 후후후."

"밥벌이는 누가 하고?"

"누가 하긴요. 다 굶어 죽는 거죠. 후후후."

부리부리하게 생긴 중년 사내의 웃음소리에 유족들은 등골이 오싹해진다.

자정이 되었다. 언덕 아래에서 야경꾼들의 딱딱이 소리가 들려온다. 야경꾼들도 아파트촌으로는 들어오지 않고 주위에서 빙빙 돈다. 더위는 좀 덜하지만 후덥지근한 밤공기가 전신을 감싸고 모기와 하루살이 떼가 성가시게 날아든다. 딱딱딱.
딱딱. 딱. 딱. 딱. 야경꾼들은 골목 골목을 돌며 한여름 밤을 경
계한다. 평소에도 우범 지구로 점찍힌 아파트촌을 옆으로 끼
고 돌면서 그들은 오늘 낮에 들은 흉흉한 소문을 생각한다. 하
루 사이에 수십 명이 죽어 나간 아파트촌. 빈민들이 모여 사는
아파트촌은 별별 우스꽝스런 경범자들이 들끓는다. 밤이 되면
온갖 자질구레한 사건들이 꼬리를 문다. 폭행, 고성방가, 추행.
그래서 야경꾼들은 특히 아파트촌을 순찰할 때 신명이 나도록
바쁘다.

"저 녀석들도 여긴 얼씬도 안 하는군."

부리부리하게 생긴 중년 남자가 인수를 돌아보며 히죽히죽
웃는다. 모깃불빛이 그의 얼굴을 시뻘겋게 잠깐 동안 물들인
다. 다른 유족들은 모두 침통한 표정으로 묵묵히 앉아서 모깃
불에 날아드는 풀벌레와 풍뎅이들을 무심코 바라볼 뿐인데 그
는 혼자서 히죽히죽 웃다가 투덜거린다.

"세상이 너무 불공평하단 말씀이야. 어떤 놈은 팔자 좋아서
고래등 같은 집에 떡 앉아서 호의호식하는데 젠장 우리 같은
놈들은."

그는 말을 뚝 끊고 담배를 피워 문다. 담배를 피우는 그의 입
이 실룩실룩 움직인다. 인수는 밤하늘을 쳐다본다. 날씨가 흐
리지도 않았는데 별은 보이지 않는다. 뿌옇고 거무튀튀한 하
늘. 7동 쪽에서 갑자기 두런거리는 소리가 들려온다.

"누가 저승으로 떠났나 보군."

"쯧쯧."

유족들은 7동 쪽으로 얼굴을 돌리며 혀를 끌끌 찬다. 희끄무레하게 비치는 외등 아래 사람들이 웅성거리는 모습이 어렴풋하다. 한참 후에 그쪽에서 청년이 다가온다.

"아저씨들 여기서 뭘 하십니까?"

청년이 묻는다. 사람들은 그 청년의 얼굴을 쳐다보고 나서 이런 시민 아파트촌에 어울리지 않는 차림새라는 생각을 한다. 깨끗하게 빗어 넘긴 헤어스타일. 시원한 여름 양복에 푸른 넥타이. 반들거리는 흰 구두.

"송장을 지키고 있수다."

부리부리하게 생긴 중년 남자가 갑자기 볼멘소리로 대꾸하자 청년은 어깨를 으쓱하고 나서 천막을 힐끗 쳐다본다. 고의적으로 무섭다는 시늉을 하기 위하여 눈썹을 씽끗했지만 유족들이 미처 알아보지도 못한다.

"아하, 그래요? 그것참 유감입니다. 그런데 아저씨, 오늘 밤에 야경꾼들은 안 왔던가요?"

"얼씬도 안 합디다그려."

"예, 잘됐군요. 하긴 말썽을 부리면 돈 십만 원쯤 집어 줘야지……."

청년은 밑도 끝도 없는 말을 뱉고 나서 7동 쪽으로 씽씽 걸어간다. 잠시 후에 7동 쪽에서 그렁그렁하는 자동차 엔진 소리가 요란히 들린다. 사람들은 눈이 휘둥그레진다. 그 밤중에 갑자기 무슨 자동차 소리인가.

"구급차가 벌써 왔는가?"

누가 이렇게 말하자 다른 누가 핀잔을 준다.

"택도 없는 소리. 아, 저 소리를 들어 보면 몰라? 저건 트럭 소리야. 구급차 엔진 소리는 가랑가랑하잖아? 저 소리는 4톤짜리 트럭 소리야. 빌어먹을."

이렇게 말하고 난 사람은, 군대에서 운전병으로 복무한 자기의 경력을 피력하고 제대하고 나서는 면허증 낼 돈이 없어서 운전사 노릇을 못 한다는 현황을 말하려고 기회를 보았지만, 그의 말을 들은 다른 사람들은 고개를 끄덕거리며 하나둘 일어서서 7동 쪽으로 한 발자국씩 움직이기 시작한다.

"흠, 돈 많은 놈이라서 이사를 하는군."

"빌어먹을."

유족들은 7동 입구에 도착하여 가솔린 냄새를 획획 내뿜으며 거친 숨을 내뿜는 트럭 주위를 뻥 둘러싼다. 트럭 위에는 온갖 가구들이 꽉 실려 있다. 가구가 실려 있는 맨 꼭대기에 텔레비전 안테나가 달팽이의 촉각같이 뾰족하게 올라앉아 있다.

"아저씨들이 오셨구먼."

조금 전의 그 푸른 넥타이를 맨 청년이 운전석 옆자리에서 펄쩍 뛰어내린다. 젊은 여자의 머리가 그 옆에서 힐끔 밖으로 나오다가 쏙 들어간다.

"이사를 가시우?"

부리부리하게 생긴 중년 남자가 한마디.

"예, 보시다시피."

청년은 어깨를 으쓱하며 한 손으로 트럭에 실린 이삿짐을 가리킨다.

"전염병 때문에 이사를 가시우?"

"꼼짝없이 죽게 됐으니 어쩝니까? 빨리 다른 곳으로 토껴야지요, 하하."

"허허, 아무리 이사를 가고 싶어도 못 갈걸?"

이 말을 듣고 청년은 당황해진다. 이런 쓰레기 같은 작자들이 행패를 부리려는가. 자기 식구가 팍팍 죽어 넘어졌으니, 짓느니 한숨이요 있느니 악뿐이라? 빌어먹을, 이놈들부터 돈을 먹여야 되겠군. 청년은 입맛을 쓱쓱 다신다.

"출출하실 텐데 대포나 하시죠."

청년은 포켓에서 돈 몇 장을 꺼내어 부리부리하게 생긴 남자를 준다.

"이게 뭐요, 돈이요? 하하……."

그는 하하 웃으며 몸을 앞뒤로 거드럭거드럭한다. 인수도 그 청년의 의중을 바로 눈치챘다. 돈 있는 사람들이 이사를 간다는 소문이 헛소문이 아니라는 생각을 하자 몸이 으스스 떨려 온다.

"이봐, 청년."

하고 돈을 받아 쥔 사람이 단호하게 말한다.

"우리가 거지인 줄 아나? 아무 걱정 말고 어서 이사를 가라구. 하룻밤을 자고 나면 또 몇십 명이 죽을 테니 빨리빨리 서둘러서 도망을 해야지. 내 말은 말씀이야, 여기가 오염 지구로 선포되어서 밖으로 나가기가 수월치 않을 거란 말이었지, 뭐 이사하는 걸 방해할 생각이 있는 것은 아니야. 자, 이 돈은 이렇게……."

그는 돈을 공중으로 휙 뿌렸다. 만 원짜리 열댓 장 되는 돈은 공중에 던져져서 잠깐 날리다가 땅바닥으로 떨어진다. 청년은 어깨를 으쓱한 뒤 트럭 위로 뛰어오른다.

"운전수 양반, 떠납시다. 자, 여러분 안녕하쇼."

트럭은 한참 동안 구역질을 꽥꽥한 뒤 발차하였다. 어둠을 헤치고 언덕 아래로 조심조심 내려간다. 헤드라이트도 켜지 않았다.

"빌어먹을 세상……."

"언덕 아래에서 경관들이 지키고 있다던데 트럭이 빠져나갈까?"

"아따 이 사람, 그게 무슨 걱정이야, 수단을 부리면 그게 문제야?"

"돈을 준단 말이오?"

"경관이 돈 몇 푼 받고 트럭을 내보낼까? 그렇게 되면 전염병이 온 장안에 퍼질지도 모르는데?"

"허허, 벌써 세 시가 됐군."

사람들은 다시 천막 앞으로 되돌아온다. 유족들 중의 하나가 아까 버린 돈을 주으려고 살며시 7동 쪽으로 살금살금 다가가는 것과, 3동 쪽에서 울고불고하며 사망자를 둘러메고 나온 것과, 인수가 언덕 아래에서 올라오는 자동차 불빛을 본 것이 거의 같은 시간. 자동차 불빛은 점점 다가와서 아파트촌으로 진입한 다음 천막을 쳐놓은 시체 안치소까지 다가온다. 보건소에서 나온 구급차. 잠시 후 인수도 유족 대표의 한 사람으로 구급차를 타고 화장터로 떠났는데 이때가 3시 40분. 길인수와 최희숙의 결혼식이 거행된 것은 이로부터 열하고도 예닐곱 시간 후.

6

D동 시민 아파트촌의 9개 동의 방과 창마다 새벽 동이 터왔다. 인숙과 희숙은 뜬눈으로 밤을 새우고 나서 화장터에 간 인수를 기다리며 우두커니 앉아 있다. 다른 때 같으면 벌써 새벽 4시 통금이 해제되기가 무섭게 아파트촌은 떠들썩하다. 공사판으로 날품을 팔러 가는 주민들과, 일찍 등교하는 중학생들과, 신문 배달을 하러 달려가는 소년들로 아파트의 아침은 떠들썩하게 시작되지만 오염 지구에 갇힌 오늘 아침은 아파트의 층계와 복도도 쥐 죽은 듯 조용하고 사망자의 유해가 안치되

었던 공터도 인기척 하나 없다. 새벽녘이 되자마자 2동 쪽에서 곡성이 짧게 들려 오다가 뚝 그치고 말았는데 이제 주민들은 울음도 눈물도 말라 버린 모양이다. 동네에서 차츰 퍼져 오르는 아침의 광명은 불가항력의 홍조처럼 시뻘겋게 하늘을 물들이면서 아파트의 구석구석에 숨은 어둠을 몰아낸다. 인숙은 가게 문을 열 생각도 나지 않는다. 몸은 파김치처럼 피곤하고 어머니가 세상을 떠났다는 슬픔도 일깨울 수가 없다. 슬픔도 기운이 있는 사람한테서라야 그 기능을 발휘한다. 인숙은 돌아가신 어머니를 생각하고 곧 울음이 터질 것같이 입을 비쭉거리지만 울음이 나오지 않는다. 눈물도 나오지 않는다. 눈물도 고갈해 버렸기 때문인가. 인숙은 흩어진 머리칼을 쓸어 올리며 힘없이 희숙을 건너다본다. 희숙은 장래의 시어머니가 갑자기 죽어서 슬프고 맥이 탁 풀리지만 앞으로 자기의 운명이 어떻게 되는 것인가 하는 생각을 하면 눈앞이 캄캄하다. 오염 지구에 와서 꼼짝없이 갇혀 버린 신세. 신랑감인 인수는 약혼이 되자마자 상을 당하고 말았으니 그러면 결혼식은 어떻게 되는 것인가.

"산 사람은 살아야지. 내가 아침밥을 할게."

희숙은 이렇게 말하고 부엌으로 나간다. 산 사람은 살아야지……. 정말 이대로 맥을 놓고 있다가는 영락없이 저승으로 가게 될 것 같다. 희숙은 쌀과 보리를 반반씩 섞어서 아침밥을 안친다. 희숙이가 부지런을 피우는 바람에 인숙도 가게로 나온다. 힘이 좀 나는 듯하다. 가게 문을 뚝딱거리며 열고 밖을 내다본다. 공터에는 천막이 그대로 쳐 있다. 삽살개 한 마리가 천막 곁에서 오줌을 싸다가 인숙과 눈이 마주치자 언덕 아래로 달려간다. 인숙은 눈을 들어 언덕 아래 일망무제로 퍼져 나간 도시의 지붕들을 바라본다. 밤의 어둠에서 깨어나는 거대한 도시는 아침 햇살을 받으며 꿈틀거린다. 공장의 굴뚝에서는 시커먼 연기가 피어오른다.

"어머니도 한 줌 연기가 돼버렸을 테지. 고생만 하시다가
……."

인숙은 혼자 중얼거리다가 저도 모르게 눈물이 핑 돈다. 마지막 남은 눈물인지도 모른다. 곧 인숙의 눈에서는 더 이상의 눈물이 돌지 않는다.

"연탄이 꺼질 것 같은데?"

희숙이가 부엌에서 가게를 내다보며 말한다. 인숙이는 부엌으로 들어가서 화덕의 연탄불을 꺼내 본다. 두 구멍만 불이 있고 나머지는 까맣다.

"숯을 넣어야지, 희숙아. 가게에 있는 숯 좀."

"그래……."

희숙과 인숙은 숯을 넣고 화덕에 부채질을 하며 아침밥을 짓는다. 콩나물과 배추, 멸치 등을 사러 오는 아낙네들이 몇 번 가게를 찾아왔다 갔지만 피차에 별로 주고받을 말이 없다.

6시가 좀 지나서 허 씨가 왔다.

"무어라고 말씀을 드려야 될지 모르겠군요. 저는 까맣게 모르고 있다가 공장에서 돌아와서야 소식을 들었죠. 길 형은 어디 갔습니까?"

허 씨는 작업복 차림으로 인숙을 보자마자 이렇게 말했다. 공장에서 야근을 하고 이제 막 퇴근한 모양이었다.

"오빠는 화장터에 갔는데 아직 안 왔어요."

인숙은 흩어진 머리를 또다시 쓸어 올리며 허 씨를 똑바로 본다. 희숙은 허 씨가 누구인가 하고 가게를 내다보면서 된장찌개를 끓인다.

"정말 무어라고 말씀을 드려야……"

허 씨는 머리를 긁적이며 다시 한번 어쩔 줄 몰라 하는 시늉을 한다.

"그런데 참 어떻게 들어오셨어요?"

인숙이가 아무렇게나 흩어진 상품들을 가지런히 정리하며 허 씨를 쳐다본다. 허 씨는 무슨 말인지 알아듣지를 못하고 눈이 휘둥그레진다.

"오염 지구로 선포되어서 누구든지 들어오지 못한다면서요?"

"네, 마침 언덕 아래에서 보초를 서고 있는 사람이 아는 사람이라서 쉽게 들어왔어요."

"하긴."

"그렇죠. 아무려면 아파트에 사는 사람을 못 들어오게 하겠습니까?"

허 씨가 말할 때마다 울대뼈가 목을 오르락내리락한다.

"그러나저러나 큰일 났습니다. 주민들이 오도 가도 못 하고 꼼짝없이 갇혔으니 목구멍에 풀칠을 하기가 어렵게 됐죠."

허 씨는 지금 막 떠메어 나오는 시체를 내다보며 말한다.

"우리 동에서도 밤 동안에 또 두 명이나 죽었답니다."

허 씨가 사는 동은 9동. 가장 언덕배기에 위치한 9동은 인숙이네가 사는 5동과 가장 멀리 떨어져 있다.

"5동에는 사망자가 늘어나지는 않았나 보죠?"

"글쎄요. 잘 모르겠어요."

허 씨와 인숙이가 이러한 이야기를 주고받고 있을 때 2층에 사는 진이 엄마가 가게로 들어온다. 진이 엄마는 허 씨를 보자 눈이 휘둥그레지며 호들갑을 떨고 인숙이를 쿡 찌르며 눈을 쨍긋한다.

"아이구, 이제 보니 두 분이 다정하시네. 호호."

진이 엄마는 두 사람을 번갈아 보면서 작은 입을 해쭉해쭉한다. 인숙이는 얼굴이 홍당무가 됐다가 곧 창백해진다.

"아가씨두 뭘 그렇게 슬퍼한담? 노인네가 살면 백 년을 사나?"

인숙이의 창백해진 얼굴을 본 진이 엄마는 이렇게 말하며 인숙이 어깨를 툭툭 때린다.

"자, 이제 그만. 허 씨와 재미난 얘기나 해요."

진이 엄마는 허 씨와 인숙의 혼담을 아주 당장에 결판을 지
으려는 듯 호들갑을 떤다. 허 씨와 인숙은 입장이 난처해진다.
부엌에서 내다보고 있던 희숙도 방긋 웃는다.

　인수가 돌아오기까지 가게는 진이 엄마의 독무대였는데 인
수가 들어오자마자 진이 엄마는 세상을 떠난 당산댁의 영면을
슬퍼하는 말을 천연스럽게 하고 가게를 나섰다.

　"배가 무거워서 야단났네."

　나가면서 진이 엄마가 쭝알거린 말이다. 해산달이 다 됐으니
아무렴 배가 무거울 게다.

　"이거 무어라고 말씀을 드려야 될지."

　허 씨가 인수에게 정중하게 말한다. 인수는 정신 나간 사람
같은 표정으로 인사를 받고 화장터에서 가져온 어머니의 유해
가 든 상자를 방으로 가져다 놓는다. 유해라야 한 줌의 재. 어
제 아침까지, 점심까지, 저녁까지 멀쩡하던 사람이 하룻밤 동
안에 한 줌의 재로 변했다. 부엌에서 아침 식사 준비를 하고 있
던 희숙이가 가게로 나와서 인수와 마주 선다. 희숙의 콧등에
땀방울이 송골송골 맺힌 모습을 보자 인수는 격렬한 애정을
느꼈다. 희숙에게 이와 같은 애정을 느끼기는 처음이었다. 편
지를 주고받을 때만 해도 그저 막연한 그리움을 느낄 뿐이었
고 제대를 하고 돌아와 인숙의 주선으로 첫 상면을 한 이후에
도 생활이 쪼달릴 뿐 아니라 희숙의 활발한 성격에 질려서 옛
그리움마저도 차츰 시들해졌는데 어제 결혼을 약속한 지 몇

시간 후 어머니가 돌아가시고 아파트촌이 오염 지구가 되어 희숙이조차 발이 묶이고, 밤샘을 하고 새벽녘에 화장터에 갔다 와서 희숙을 다시 보자 저 사람이 나의 아내라는 실감과 곁들여 애정을 느끼게 된 것이다.

"……."

희숙은 인수를 말똥히 쳐다보면서도 아무 말도 하지 못한다. 저 사람이 나의 남편이구나…… 하는 생각은 감격적인 느낌이 되어 가슴을 파동치게 한다.

"이 사람이 내 아내 될 사람이오. 이분은 허 형이시고……."

인수는 허 씨에게 희숙을 이렇게 까놓고 소개한다. 인수의 이와 같은 말을 듣고 허 씨가 어리둥절하자 옆에 서 있던 인숙이가 끼어든다.

"올케예요. 성함은 최희숙 씨……."

"아 그러십니까? 처음 뵙겠구면요."

허 씨는 어리둥절한 채로 허리를 구부린다.

아침의 태양이 높이 솟아올랐다. 가물에 콩 나듯 물건을 사러 오는 아낙네들. 소주와 오징어를 사러 오는 청년들.

"또 열 명이 죽었다죠?"

지난밤에 방역 대책 반회를 소집하여 부지런을 피우던 반장 최 씨가 가게로 얼굴을 들이밀고 내뱉듯 한마디 던지고 가래침을 훅 뱉는다. 시체는 운반돼 오는 길로 천막 속에 안치되고 천막 앞에는 흰 마스크와 흰 장갑을 낀 동회 직원이 지켜 서서 사망자의 숫자를 헤아려 1시간마다 상부 관청에 보고한다. 마이크를 장치한 경찰 백차가 주민들에게 고지 사항을 방송한다. 전염병 예방에 관한 것. 사망자가 발생했을 때는 즉각 신고할 것. 설사와 복통 구토로 앓는 환자가 발생했을 때는 환자를 격리시킬 것(격리시킬 방이 어디 있어). 오염 지구로 선포되었으므로 주민들의 외출을 일체 금하고 외부 사람들도 아파트촌에 들어오지 못한다는 것. 무단 출입자는 엄벌에 처하니 유의할 것. 낮 12시부터 예방 접종이 실시되므로 빠짐없이 각 동별로 집합할 것(병명도 모르면서).

"인숙 씨 잠깐……."

허 씨가 인수와 희숙에게 인사를 하고 나서 가게 밖으로 나가려다 말고 인숙을 돌아다본다.

"잠깐……."

허 씨는 쑥스럽다는 표정을 하며 멀뚱하게 인수를 건너다본다.

"나갔다 오렴."

인수가 인숙을 보고 이렇게 말하자 인숙은 입을 쫑긋해 보이며 가게 밖으로 훌쩍 뛰어나간다. 미끈한 종아리가 탄력 있고 매력적이다.

허 씨와 인숙은 가게에서 나오는 길로 공터를 가로질러 8동과 9동 사이의 언덕길로 올라간다. 시뻘건 황토가 살을 드러내 놓은 언덕길에는 이사를 가는 불개미떼가 새빨갛게 깔렸다. 까맣게 색이 변한 똥이 여기저기 널려 있고 휴지가 지저분하다.

꼬마가 궁둥이를 하늘로 치켜들고 똥을 누다가 인기척이 나자 입을 헤 벌리고 누런 이빨을 드러낸다. 얼굴엔 버짐이 다닥다닥하고 대가리에 부스럼이 밤껍질 같다. 8동과 9동은 D동 시민 아파트 중에서 가장 언덕배기에 위치해 있는데 그 위쪽은 산이다. 원래 아파트가 세워진 이 산은 처음에는 그래도 산답게 우뚝 높이 솟아 있었으나 아파트를 세우느라고 콱 깎아 버려서 그저 밋밋한 고지인데 9동 위에는 산봉우리를 깎아내리다가 그만둔 흔적이 남아 있다. 아파트촌이 들어선 대지는 사람의 형상으로 보면 상투만 남고 모가지까지 떼다가 사타구니와 배꼽에 붙여서 짓이겨 놓은 그런 형국이다. 봉우리만 아슬아슬하게 솟아 있는 것을 주민들이 입주한 다음부터는 부엌을 만들고 구들을 놓는 흙일을 하느라고 여기서 흙을 파갔으므로 이제는 독수리 주둥이처럼 아랫부분이 쑥 들어갔다. 곧 무너져 버릴 것 같이 보이지만 그 흙더미로 된 봉우리 속에 큰 바위가 박혀 있는지 끄떡없이 아파트촌을 유유히 굽어본다.

두 사람은 산봉우리에 올라가서 아래를 내려다보고 서 있다.

"이거 먹어요."

허 씨가 포켓에서 인숙에게 꺼내 주는 것은 왕자 비스킷. 이렇게 덩치가 커다란 사람이 비스킷을 넣고 다닌다니 우습다.

"인숙 씨 드리려고 가져왔죠."

"허 씨가 만든 비스킷이에요?"

"그럼요……."

인숙은 비스킷을 입안에 넣는다.

"저하고 결혼해 주시겠습니까?"

허 씨는 인숙에게로 가까이 다가서면서 낮은, 그러나 신념에 찬 목소리로 말한다. 커다란 눈을 끔벅끔벅하면서 비스킷을 먹 느라고 오물오물하는 인숙이의 입을 뚫어지게 바라본다.

"인숙 씨를 본 그 순간부터……"

사랑하였다는 말을 하려고 이렇게 말했지만 다음 말이 입 밖 에 나오지 않았다. 허 씨가 인숙을 처음 본 것은 지난겨울 인숙 이가 미미 양장점에 다닐 때, 허 씨는 자기가 견습공에서 정식 기술자로 승격할 무렵부터 인숙이를 눈여겨보기 시작했는데 곧 사랑을 느끼게 되었다. 그래 안면이 있는 진이 엄마를 찾아 가서 무턱대고 짝사랑의 심정을 토로하였다. 인숙이도 허 씨가 싫지는 않았다.

"저를 사랑해요?"

인숙은 허 씨를 똑바로 보면서 말했다. 후덥지근한 바람이 휙휙 불어왔다. 아파트촌에서는 여자의 날카로운 통곡 소리가 끊어졌다 이어졌다 하며 들려 왔다. 지금 이 시간에도 어느 사 람이 죽어 가고 있다. 이러한 생각이 들자 인숙은 마음이 까닭 모르게 급해지고 가슴이 두근두근했다. 불개미가 종아리로 기 어 오르다가 뚝 떨어진다.

허 씨는 인숙이의 말을 듣자 입을 헤 벌리며 고개를 끄덕거 렸다. 허 씨는 인숙이의 입에서 사랑하느냐는 말이 나온 것을 듣고 이젠 소원 성취했다고 생각하였다. 만족감이 가슴을 뭉클하게 했다. 머릿속에는 인숙이와 살림을 할 결혼 생활의 이모저모가 떠올랐다. 인숙이가 해주는 밥을 먹고 인숙이가 빨아주는 옷을 입고, 밤이 되면…… 그러나 허 씨가 이런 공상을 할 때 인숙이는 아파트에서 들려 오는 울음소리와 개 짖는 소리를 들으며 마음이 점점 급해졌다. 무언가 막 때려 부수고 싶고, 막 울다가 깔깔 웃고 싶었다. 팔뚝을 물어뜯어서 피를 빨아 먹고 싶었다.

"그만 내려갑시다."

허 씨가 머리를 쓸어 올린다. 정이 철철 흘러넘치는 목소리로 말하며 몇 발자국 떼어놓는다.

"저는 안 내려가요……."

인숙은 토라진 음성으로 말하고 털썩 주저앉으며 산 아래로 이어진 도시의 지붕들을 바라본다. 인숙의 말을 듣자 허 씨는 깜짝 놀라서 도로 돌아오며,

"여기 혼자 계시겠어요?"

하고 어정쩡하게 묻는다. 인숙의 눈에는 눈물이 배어 있다.

허 씨는 겁이 났다. 자기에게 시집을 오지 않으려고 토라진 것이 아닐까 하는 걱정이 앞선다.

"그러지 말고 내려가지요."

허 씨가 인숙 앞에 허리를 구부리고 달래는 말을 한다.

"혼자 내려가요. 바보 같으니."

인숙은 갑자기 눈물을 콱 흘리며 허 씨의 가슴팍을 마구 때린다.

"가고 싶으면 혼자 가지, 나 혼자는 못 내려가나?"

인숙은 허 씨의 넓은 가슴에 안길 듯이 바싹 붙어서 마구 때리며 악을 쓴다. 이런 실랑이가 10여 분 계속되는 동안에 허씨와 인숙이는 입술을 서로의 입 안에 교대로 가두었다. 인숙은 땀을 뻘뻘 흘리며 마음이 급해졌다. 허 씨도 숨을 헐떡거리며 인숙의 입술과 혀와 목과 눈을 정신없이 빨았다. 폭양이 쏟아졌다. 두 사람은 흠뻑 젖었다.

같은 시간 인수의 가게. 사람이 쉴 새 없이 죽어나가도 산 사람은 먹고 마셔야 한다. 한패의 젊은이들이 가게에 와서 막소주를 마시며 떠들썩하다가 가버리고 라면을 사러 오는 아낙네와 사탕을 사러 오는 꼬마들이 이제 막 가게를 나가고 인수와 희숙 단둘이 남았다.

"결혼식은 어떻게 한담?"

인수가 희숙을 빤히 쳐다보며 묻는다.

"하긴 뭘 해요?"

"그래도 예식은 올려야지."

"오염 지구에 갇혔는데 예식장에서 할 수도 없잖아요……."

"글쎄 말이야. 그러니 어떻게 약식으로라도."

"하긴 다음 달에 결혼식을 하려면 괜히 속상하는 일만 생겼지, 오히려 이렇게 된 게 잘됐어요."

"지금 자취를 한다면서?"

"제가 다니는 양장점 바로 앞이에요, 삼백만 원짜리 셋방."

희숙은 비로소 양장점에서 난리가 났으리라는 생각이 든다. 요즘 일이 굉장히 바빠서 눈코 뜰 새 없는데 희숙이가 빠졌으니 양장점은 양장점대로 쑥밭이 됐겠고, 희숙이도 희숙이대로 꼼짝없이 인수네 집에 갇혀서 손발이 묶인 셈이다. 그러나 슬프거나 괴롭지는 않다. 오히려 잘됐다는 생각이 든다.

"어떻게 빠져나가서 양장점에도 가보고 해야 할 텐데……."

"아주 이삿짐도 가져오지?"

"빠져나갈 수 있나요?"

"글쎄 잘되면 나갈 수 있을지 몰라."

"그런데 방이 하나밖에 없으니……"

방이 하나밖에 없기 때문에 인수와 희숙이가 신혼 생활을 할 방이 없는 셈.

"가게에다 방을 하나 들일까?"

"그럼 가게가 그만큼 작아지잖아요."

"하긴."

"제가 방세를 빼가지고 오면 그 돈으로 어떻게 방을 하나 얻든지 들이든지 해요."

공터가 떠들썩하다. 예방 접종이 시작되어 주민들이 벌 떼같이 몰려들어 아우성이다. 주민들을 헤치고 보건소의 구급차가 사망자의 시체를 화장터로 운반해 간다.

"인숙이는 왜 여태 안 와."

"왜긴 뭐가 왜예요. 연애하느라고 그러지."

"연애?"

7

예방 접종이 거의 끝날 무렵 6동에서 갑자기 손뼉 치는 소리와 노랫소리가 왁자하게 들려 오기 시작했다. 주민들은 눈이 휘둥그레졌다.

6동 주민들이 아주 미쳐 버린 것인가. 예방 접종을 하던 보건소 직원도 이상하다는 듯,

"무슨 일이죠. 이 난장판에 노랫소리가……."

하며 팔뚝을 내밀고 서 있는 늙수그레한 노인에게 묻는다.

"경사가 났답니다."

"경사라뇨."

"아, 시집가고 장가가니 경사 아니겠소?"

"네에?"

시집가고 장가간다는 말에 모여 섰던 주민들이 와 웃는다. 전염병이 발생하여 첫 번째로 사망한 6동의 오 씨가 살던 방에서 오 씨의 고종사촌인 중년 남자와 톡 바라지게 생긴 젊은 여자가 오늘부터 부부지연을 맺기로 했다는 이야기를 하면서 노

인은 입맛을 쩍쩍 다신다.

"그 남정네는 복이 터졌지 뭐야."

"복이라니요."

"아, 그럼 복이 아닌가? 오 씨가 갑자기 죽는 바람에 아파트 방도 하나 차지했겠다, 계집도 얻었겠다……."

"서로 오 씨의 친척이라고 다투던 그 사람들인가요?"

"아무렴. 한바탕 싸우고 나더니 어떻게 정이 통했나 보지?"

"그래서 잔치를 벌인 모양이군."

"가서 한잔 걸쳐야겠군."

주민들은 주사 맞은 팔뚝을 쓱쓱 문지르며 6동으로 어정어 정 걸어간다.

"닥터 김, 소감이 어떻소?"

주민들이 몰려간 다음에 동회 직원이 보건소에서 나온 의사 를 보고 묻는다.

"여기 주민들은 참 단순한 것 같군요. 아무 걱정도 없는 사 람 같아요. 뭐라 그럴까, 도통한 사람들 같기도 하고요."

의사는 간호사에게 주사기를 넘겨준다.

"여기 주민들은 참 이상한 데가 많아요. 하루 밥 세끼 먹는 일 이외에는 통 관심이 없는 것 같지요. 속은 안 그렇겠지만 겉 으로는 아무 표정이 없다 이거예요."

동회 직원은 손수건을 꺼내어 땀을 쓱 닦으며 혼자 중얼거리 듯 말한다.

"힘이 없다는 말씀입니까?"

"아니죠. 힘이 없다는 말은 아니고, 뭐랄까, 지금 저 사람들 보세요. 6동으로 가서 노래를 부르며 잔치 술을 먹고 흥겹게 놀지 않아요? 지금 자기 아들딸이 설사를 하고 죽어 갈지도 모르는 판국에."

"아, 알았습니다. 체념을 했기 때문에 오히려 그토록 대범해지는 게 아닐까요?"

의사가 이렇게 말하는 사이에 8동에서 시체가 떠메져 나온다. 동회 직원은 수첩을 꺼내어 正자의 밑받침을 긋는다. 사망자의 수를 일일이 체크하고 오염 지구의 출입을 완전 통제하고 사망자의 시체를 화장터로 운반하는 일을 감독하는 것이 그의 임무이다.

"체념 때문이라기보다는……"

그는 의사를 향하여 말을 잇는다.

"저는 그렇게 생각하고 있어요. 시민 아파트 주민들만큼 생명력이 강한 사람이 없는 것 같아요. 죽음이 닥쳐와도 우선 산 사람은 살아야 한다는 굳건한 신념을 지니고 있다고 봐요. 슬픔 같은 것은 사치라고 생각하고 있어요. 말하자면, 주민들은 어떤 때라도 생을 철저하게 산다고 할까……."

"철저하게 존재한다는 말씀이시군요?"

의사는 간호사와 함께 구급차를 타고 언덕 아래로 내려간다. 혼자 남은 동회 직원은 손목시계를 본다. 오후 1시. 시계를 막

보고 났을 때 또 시체 한 구가 운반돼 나온다. 수첩을 펴서 체크를 한다. 오늘 사망자 수는 모두 正正正一, 16명. 시체를 운반해 온 유족들은 비지땀만 뻘뻘 흘릴 뿐 통곡은 안 한다. 구멍이 펑펑 뚫린 러닝셔츠를 입은 중년 남자가 비지땀을 닦으며 동회 직원에게 느닷없이 말한다.

"모두 합해서 몇 명이 죽었소?"

"삼십 명쯤 되는군요."

"아직도 무슨 병인지 모르오?"

"확실히 모릅니다만 의사 콜레라라고들 합니다."

"흠 다 죽었군, 다 죽었어……."

중년 사내는 근육이 울퉁불퉁하게 꿈틀거리는 팔뚝으로 이마의 땀을 쓱쓱 문지른다.

"담배 한 대 얻읍시다요."

"세상을 떠난 사람은 누굽니까?"

동회 직원은 그에게 담배를 건네며 묻는다.

"아들놈이오."

"네에…… 어쩌다가……."

"열 한 살 먹은 놈인데 구두닦이를 했었지요. 하긴 잘 죽었는지도 모르죠."

"잘 죽다니요?"

"애비를 잘못 만나서 세끼 밥도 제대로 얻어먹지 못했으니 차라리 죽는 게……."

그는 담배를 깊이 들이마셨다가 훅 내뿜으며 천막 쪽에다 대고 침을 두서너 번 퉤 뱉고 돌아선다. 잠시 후에 6동으로 몰려갔던 주민들이 떠들썩하면서 밖으로 나온다.

　"어, 잔치술 잘 먹었다."

　"계집이 색을 좋아하게 생겼네그려."

　"술집 작부라면서?"

　"언덕 아래로 내려가다가 왜 약방 옆 술집 안 있소? 목포옥이지, 아마. 거기 있던 색시인데 뭘 그래."

　"임자는 구면이었군그래."

　"이 사람아 구면이 뭐야. 내가 바로 기둥서방이었지."

　"흐흐 정말?"

　"정말이다마다."

　"이런 음흉한 사람 봤나. 예끼, 확 잡아 뽑을 놈."

　"흐흐."

　"하하."

　"자 얼른 집에 가서 마누라 궁둥이나 슬슬……"

　"왜 낮거리 하려구?"

　"언제 저승객이 될지 모르는 판에."

　주민들은 이렇게 수작을 서로 주고받으며 걸어간다. 막소주를 서너 잔 마신 얼굴이 시뻘겋다.

　인수네 가게에서는 점심 식사가 한창이다. 국수를 삶고 멸치 대가리를 몇 개 띄워서 후룩후룩 들이마시는데 걸리는 시간은

1분. 손을 움직일 때마다 파리떼가 엉겨 붙었다가 횡 날아오른다.

"아프지 않아?"

인수가 희숙에게 예방 주사 맞은 팔이 아프지 않느냐고 묻는다.

"별로. 그런데 인숙이는 왜 아직 안 와요."

"글쎄 정말 연애를 하는가."

"허 씨라는 사람 겉으로 보기엔 순한 것 같죠?"

"그럼. 아주 착실해."

"허 씨한테 인숙일 시집보낼 거예요?"

"당사자들 생각에 달렸지. 어머니가 살아 계셨더라면……."

"……."

어머니 이야기가 무심결에 나오자 그만 잠잠해진다. 희숙이가 점심상을 막 치우고 있는데 인숙이가 가게로 들어온다. 땀에 흠뻑 젖어서 물에 빠진 고양이 형상이다.

"인제 오니?"

인수가 그렇게 묻자 인숙이는 고갯짓만 하고 부엌으로 들어가서 냉수를 떠서 벌떡벌떡 마신다. 희숙이가 옆구리를 쿡쿡 찌르며,

"요 깍정아, 대낮에 무슨 데이트를 그리 오래 하니?"

하고 놀리자 그제야 물 묻은 입을 쓱쓱 씻으며 입을 연다.

"사실은 허 씨네 집에까지 갔다 오느라고 시간이 걸렸어. 그런데 오빠, 그 집에 가보고 놀랐어요. 아주 책이 너무너무 많

아. 독학을 해서 경찰관 채용 시험을 보겠대요. 자기 아버지가 억울하게 죽었는데, 경찰서에 붙들려 가서 고문을 당하다가 죽었는데, 글쎄 말이야, 글쎄 말이야……"

"그래서 아버지의 원수를 갚겠다던?"

"몰라. 아무튼 열심히 책을 읽고 공부를 한대요. 난 꼭 멍청인 줄만 알았더니."

인숙이는 허 씨와 9동 뒤편의 산에서 최초의 접문을 끝내고 서로 몸이 불덩이같이 달아올랐는데 산에서 내려오는 길로 9동 허 씨네 집에 함께 갔다. 허 씨는 중학교 다니는 남동생을 데리고 자취를 하고 있다. 아버지는 5년 전 어떤 사건에 연루되어 경찰서에 연행되어 조사를 받다가 억울하게 죽었고, 어머니는 그 후 정신 이상이 되어 가출을 했다. 누나가 시집가고 나자 허 씨는 동생의 학비를 대랴, 중학교 중퇴의 학력인 자기 공부를 독학으로 계속하랴, 이 고생 저 고생 하다가 비스킷 공장 기술자가 됐다. 인숙이가 지금 인수와 희숙에게 말을 까놓고 하지 않아서 그렇지, 사실은 이미 허 씨네 집에서 인숙은 허 씨와 결혼을 약속했다. 땀에 함빡 젖은 두 손을 서로 마주 잡고 약속했다.

"예방 주사는 맞았니?"

"아니."

"허 씨도?"

"그래요."

인수는 허 씨와 인숙이가 예방 주사를 맞지 않았다는 말을 듣고 놀랐지만 아무 말도 하지 않았다. 전염병의 병균조차 확실히 밝혀지지 않은 판국에 그까짓 예방 주사가 다 무엇인가. 가게에 손님이 오는 바람에 이들의 이야기는 허리가 뚝 끊겼다. 인숙이는 속으로 잘됐다고 생각했다. 허 씨와 그동안 무엇을 했는가를 꼬치꼬치 파고들면 귀찮고 인수와 희숙의 결혼을 하루속히 서두르려는 자기 계획에 차질이 올 것이다.

"두부는 없어요?"

멸치와 조미료를 사고 난 다음 단발머리의 소녀가 인수를 쳐다본다. 파리 떼가 소녀의 머리칼에 함빡 붙었다가 어느 놈은 뚝뚝 떨어지고 어느 놈은 윙 하며 날아오른다.

"없어. 두부가 상해서 갖다 놓지 않았다."

"그럼, 배추 한 단 주세요."

인수는 배추를 싱싱한 놈으로 한 단 골랐지만 역시 시들시들하고 이파리가 노랗게 바랬다. 폭서가 계속되는 한여름엔 시장에서 가져온 지 두어 시간만 지나도 벌써 싱싱한 기운이 없어지는 것인데 배추는 엊그제 시장에서 가져온 것이니까 그럴 수밖에 없다.

"어머, 배추가 뭐 이래요?"

소녀는 이렇게 짜증을 냈으나 배추를 받아 들고 3백 원을 건네준다.

"너 오늘 결석했겠구나?"

"이따위 동네에 살다가는 학교도 제대로 다니지 못하겠지 뭐예요. 오늘부터 학기말 시험인데 글쎄……."

소녀는 밖으로 나가다가 멈칫 놀라서 다시 가게 안으로 돌아선다. 인수는 뭔가 하고 밖을 내다보았다. 천막을 친 시체 안치소로 시체가 들어가고 있다. 공터 한편에는 연탄재와 쓰레기가 남산만 하게 쌓여 있다. 퀴퀴하게 썩은 냄새가 더운 바람을 타고 콧속으로 후벼 든다. 똥 냄새, 오줌 냄새, 시궁창 냄새, 땀 냄새. 모든 기분 좋은 냄새와 정반대 되는 악취가 풍겨 온다.

"무서워요……."

소녀는 얼굴빛이 창백해지며 가게 문을 붙잡고 얼굴을 돌린다.

"한꺼번에 저렇게 많은 사람이 죽는다는 게……."

소녀는 겉보기와는 달리 이렇게 의젓하게 말하고 한참 동안 멍하니 언덕 아래에 펼쳐져 있는 허공을 바라보다가 종종걸음으로 공터를 가로질러 6동으로 뛰어간다. 인수는 가게 앞을 지나는 청년을 붙잡고 말을 건다.

"어떻게 됐소? 아직도 전염병이 수그러지지 않았답니까?"

슬리퍼를 신은 청년은 천막을 흘끗 바라보고 피시시 웃는다.

"오늘 저녁이 고비랍니다. 일기 예보를 들으니까 내일은 소나기가 올 듯 말 듯 하대요. 기온이 내려가면 전염병도 고개를 숙이겠죠. 그러나저러나 이놈의 시민 아파트도 쑥밭이 됐죠. 빌어먹을, 댁에서는 몇 명이 죽었소?"

"어머님이 어젯밤에 변을 당하셨습니다. 평생 고생만 하시
다가."

"겨우 한 명이란 말이군요?"

"겨우라니요?"

"우리 집은 세 명이 죽고 나 혼자 남았소."

청년은 가버렸다. 그는 무엇엔가 끌려가듯 천천히 3동 쪽으
로 걸어갔는데 폭양 쪽을 걸어가는 그의 모습은 동작을 하고
있는 게 아니라 불가항력의 어떤 악마에게 흡인돼 가는 듯 보
였다. 어깨가 서늘했다. 저 청년의 집에서는 사망자와 생존자
의 비율이 3대 1. 그렇다면 인수네 식구 중에서도 1명만 남기
고 다 죽든가 모두 죽든가 해야만 꼭 같은 비율이 된다.

"겨우 한 명이란 말이군요?"

인수는 청년이 하던 말을 흉내 내어 중얼거리다가 갑자기 등
골이 서늘해진다. 언덕 아래에서 부릉부릉 하는 엔진 소리가
들린다. 시체를 실으러 오는 구급차. 이제 아파트촌에서 울음
소리는 들리지 않는다. 사람이 죽으면 떠메어다가 천막 속에
넣고 명찰을 붙인다. 동회 직원이 주는 명함 크기의 켄트지에
사망자의 이름을 쓰고 남자면 〈남〉, 여자면 〈여〉, 그리고 아라
비아 숫자로 연령을 적는다. 이것이 산 사람이 죽은 사람을 저
승으로 보내는 마지막 절차이다. 사망자는 이승에다가 지독한
악취와 보이지 않는 병균을 퍼뜨리고 간다.

"헹, 엄마, 흥흥……."

진이가 코를 찔찔 흘리고 울면서 가게로 들어온다. 얼마나 울었는지 배꼽까지 눈물 자국이 났다.

"진이야. 왜 울어? 엄마 어디 갔니? 까까 줄까?"

인수가 이렇게 말하며 눈깔사탕을 집어서 진이에게 주자 진이는 더욱 악을 쓰며 운다. 인숙이와 희숙이도 진이를 달래려고 애를 쓰고 있으나 막무가내다.

"엄마, 죽었어. 엄마가 피를……"

진이가 흑흑 느껴 울면서 쫑알거리는 말을 듣고 모두 기가 탁 질린다.

"진이 엄마가 변을 당했나 보다."

인수의 말이 떨어지기가 무섭게 인숙이와 희숙이가 2층으로 뛰어올라간다. 진이는 더 악을 쓰며 운다. 인수는 진이의 눈물을 닦아 주면서 심정이 참담해진다. 죽음의 그림자가 자기의 발목을 감아쥐고 있는 듯한 생각이 든다. 2층으로 뛰어올라간 인숙과 희숙은 진이네 방문을 후다닥 열고 안으로 뛰어들어간다.

"아기를 낳았다!"

"어, 정말?"

그녀들은 방바닥에 누워 실신해 버린 진이 엄마와 그 아래쪽에서 꿈틀거리는 어린 핏덩이를 놀라서 바라본다. 진이 엄마는 식은땀에 흠뻑 젖어서 정신을 잃고 누워 있다. 코에 손을 대보니까 숨소리는 있다. 희숙과 인수는 방바닥에 낭자한 피를 씻어 내며 진이 엄마의 하체를 가려 준다.

"아기가 꿈틀거리기만 하고 울지를 않네?"

"정말이야……."

어린 핏덩이는 얼굴이 태막으로 뒤덮여 있다. 그 옆에는 피가 낭자한 태반이 있다. 태막을 벗겨 내자 그제서야 아기는 응애응애 하고 울어 댄다. 깨끗한 울음소리. 고사리 같은 손가락을 꿈틀거리면서 눈은 꼭 감은 채로 응애응애 운다. 진이 엄마는 냉수를 떠다 먹이고 팔다리를 주무르고 한 지 1시간 후에야 정신이 들었다. 정신이 들자,

"내 새끼 어디 있어?"

하며 벌떡 일어난다. 자기 옆에서 우는 아기를 보자 미소가 떠오른다.

"고추구먼그래, 히히."

진이 엄마는 자기가 아들을 낳았음을 확인하고 만족한 듯이 웃는다. 이마에는 아직도 식은땀이 함초롬하다. 인숙은 방구석에 놓인 걸레를 집어다가 방을 닦고 수건을 내려서 진이 엄마의 땀을 씻어 준다. 희숙도 담요를 꺼내어 진이 엄마를 덮어 준다.

"미역국을 끓여야지."

인숙이가 이렇게 말하고 밖으로 나간다. 희숙은 진이 엄마의 시중을 든다. 더운 물에 수건을 적시어 아기 몸을 닦아 준다.

"아기도 옷을 입혀야죠?"

진이 엄마는 또다시 혼수상태에 빠졌는지 대꾸가 없다. 희숙

은 횃대에 걸린 진이의 셔츠를 내려서 아기에게 입힌다. 아기는 앙앙 울며 꼼틀거린다.

"아이 예쁘기도 해라."

아기의 조그만 코, 입, 팔, 다리와 눈을 보면서 희숙의 입에서는 이런 말이 저절로 튀어 나온다. 아기는 눈을 뜨려고 눈을 깜작깜작하다가 눈이 부신 듯 도로 감으며 팔다리를 꼼틀댄다. 희숙은 정신 나간 사람처럼 아기를 내려다본다. 가슴속에서 알지 못할 감동이 파도친다. 생명. 생명에 대한 외경. 깨끗한 생명의 존엄성. 희숙은 눈물이 핑 돌며 아기를 꼭 안아 본다. 희숙이가 지금 감동 속에서 경험하는 것은 사랑이다. 모성애, 부성애, 이성애……. 20년 동안 이러한 사랑을 경험해 보지 못한 희숙은 얼마 전부터 사랑을 받고 싶은, 사랑을 주고 싶은 욕망을 느꼈다.

그것은 하나의 갈증에 속했다. 자기의 출신 성분에서 비롯되는 여러 가지 열등의식과 불만도 사랑이 없기 때문이었다. 나의 어머니도 나를 낳고 나서 '내 새끼 어디 있어?' 하는 본능적인 모성애를 지녔을까. 그녀는 잉태를 성행위의 성가신 부수 작용으로 간주했을 것 같다. 수전노인 아버지. 첩의 자식이라고 온갖 구박을 받던 성장 시절. 점점 자라서 중학교를 다니게 되자 이복형제들은 노골적으로 희숙이를 못 살게 들볶았다. 중학교 3학년 때, 희숙은 더 이상 견디지 못하고 학교를 그만두었다. 집에서 뛰쳐나와 따로 방을 얻어 자취를 하면서도 몽

매에도 그리운 것은 따뜻한 정이었다. 가난에 쪼들리는 고생은 생각만 해도 싫으나 사랑을 받고 싶은 욕망은 이러한 문제를 능가하는 절대욕이었다. 인수에게 시집을 오려고 마음먹은 것도 사랑의 갈증을 해소하고 싶은 본능적 욕망 때문이었다. 인수의 아기를 낳아 행복하게 키우고 단란한 가정을 이룬다……앞치마를 두르고 식사 준비를 하고…… 방에는 좋아하는 사진틀을 걸고…… 꽃을 가꾸고.

"애고머니, 내가 무슨 공상을 한담. 여보세요. 아기 엄마, 정신 좀 차리세요."

희숙은 진이 엄마를 흔든다. 아직도 혼수상태에 빠진 채 끙끙거리기만 한다. 아무도 없는 빈방에서 해산을 하느라고 기진해 버린 모양이었다.

"애를 낳았구먼."

늙은 여인네가 방으로 얼굴을 쓱 들이밀고 심드렁하게 말한다.

가게로 내려온 인숙이는 턱에 숨이 닿아 할딱거린다.

"진이야. 엄마가 애기 낳았다. 아들이야."

"애기를 낳았다구?"

인수도 반가워서 얼굴에 희색이 떠오른다. 사람들이 파리 떼처럼 죽어 가는 마당에서도 새로운 생명이 태어난다는 사실은 인수에게 무슨 이적처럼 여겨진다.

"미역국을 끓여야지. 오빠, 미역 한 단만 실례."

인숙은 미역 다발을 들고 2층으로 부리나케 뛰어올라간다.

"진이야. 엄마가 동생을, 남동생을 낳았대요⋯⋯."

인수는 진이 앞에 밥풀과자를 한 봉지 꺼내 놓는다. 진이 아버지는 오늘도 세차장으로 일을 나갔다. 사람이 원래 수단이 좋고 넉살이 좋아서 오염 지구의 주민이지만 슬쩍 빠져나가기가 수월한 모양이다. 아침에 인수가 화장터에서 돌아오는 길에 운동모자를 쓰고 언덕길을 내려오는 진이 아버지를 만났다. 전염병이 창궐한 오염 지구의 주민답지 않게 그는 힘찬 걸음걸이였다. 인수는 진이 엄마가 분만을 했다는 소식을 듣고 공연히 마음이 들떴다. 조금 전에 지나가는 청년이 말한 대로 내일부터는 전염병이 고개를 숙일지도 모른다. 시민 아파트촌은 술렁거리면서 땀을 흘리며 활기를 되찾을지도 모른다. 인수는 턱을 쓸어 보다가 수염이 많이 자란 것을 새삼 느꼈다. 어제저녁에 희숙이가 사온 면도기 생각이 났다. 선반에서 면도기를 내렸다. 스위치를 돌리자 면도기에서는 타르르 하며 면도날이 팽팽 돌아갔다. 인수는 면도기를 턱에 문지르며 싱글벙글했다. 전기면도기는 인수의 턱뿐 아니라 마음까지 간지럽게 해주었다.

"오늘 밤에 아주 결혼식을 할까?"

인수는 이런 소리를 혼잣말처럼 중얼거렸다. 진이는 밥풀과자를 입 언저리까지 다닥다닥 붙인 채 정신없이 먹어 댄다.

"장사 잘 되우?"

반장 최 씨가 다리를 절름거리며 가게로 쓱 들어선다.

"잘 되긴요."

인수는 진이를 안아 일으키며 최 씨를 걸상에 앉으라고 권한다.

"이 아이는 누구야? 2층에 사는 꼬마 아닌가……."

"예, 운전수 딸이죠. 그런데 방금 전에 애 엄마가 아들을 낳았대요."

"흐음. 경사가 났군그래. 쑥밭이 돼가는 아파트촌에 새 생명이 태어났다…… 음, 좋은 일이야."

"5동에서 몇 사람이 사망했습니까?"

"그럭저럭 열 명이 넘었지. 저기 보라구요. 저기 또 시체가 나오는구먼. 화장터도 일손이 달리겠군그래."

"오늘 밤이 고비라면서요?"

"사망자가 가장 많이 날 것 같다는군. 오늘 밤만 지나면 좀 수그러지겠지. 남부 지방에서도 처음 하루 이틀이 가장 심했다더군."

"오늘 밤이 고비라면 이거 모가지를 저승 문턱에 걸어 놓고 자야겠군요."

"허허, 길 형 말솜씨가 유난하군. 자 소주나 한 잔."

인수는 막소주를 한 잔 따른다. 두 잔. 석 잔. 인수도 두 잔을 마신다. 속이 찌르르하다.

"반장님."

"왜 그러우?"

"오늘 저녁때 제가 장가갑니다. 오셔서 안주 없는 술이나마 한잔하시죠."

인수는 오징어 다리를 질겅질겅 씹으면서 최 씨에게 말한다.

"정말이야? 이거 정말 축복할 일이 생겼군그래. 색시는 누군 데?"

"벌써 데려다 놨어요."

"음, 동생 친구라는 그 색시인가. 놀러 왔다가 발이 묶인 그 색시야?"

인수는 빙그레 웃으며 고개를 끄덕거린다.

"좋지, 좋은 일이야. 상을 당했다고 해서 장가 못 갈 리야 없 지. 노인네도 저승에서 좋아할 거야."

반장은 얼굴이 붉어져서 무릎을 탁탁 때리며 흥겨워한다. 땀 이 이마에서 비 오듯 한다.

"좋은 일이야. 암, 좋은 일이지. 나 소주 한 잔 더."

"너무 과하지 않습니까?"

"과하긴 이따위 막소주에 최용팔이가 끄떡이나 하나? 후후 후."

최 씨는 소주를 단숨에 들이켜고 나서 후후후 웃는다. 웃는 소리가 점점 이상해지더니 흑흑 운다.

"우리 끝엣놈이 죽었소. 구두닦이를 해서 내 담뱃값을 벌어 다 주던 명훈이가 뒈졌다 그 말이오."

"네에?"

인수는 깜짝 놀랐다. 그러나 아들을 잃은 최 씨는 곧 울음을 거두고 벌떡 일어선다. 최 씨가 나가는 것을 배웅하느라고 가게 밖에 나갔다가 인수는 2층에서 내려오는 희숙이와 만났다.

"산모가 이제 정신이 들었어요. 미역국을 두 그릇이나 단숨에 먹었어요. 아기가 어떻게나 예쁜지……."

희숙은 얼굴이 빨갛게 상기됐다. 인수는 희숙의 손을 잡으면서,

"오늘 저녁에 결혼식을 하기로 하지. 몇 사람을 데려다가 술이나 마시고, 뭐 그러면 되는 거야."

하고 희숙의 똥그란 눈을 찬찬히 들여다본다. 희숙의 눈동자에 눈물이 핑 돈다. 손을 더욱 꼭 잡는다. 이것이 희숙과 인수의 최초의 악수이다. 진이가 말끔히 쳐다보다가 가게 밖으로 나간다.

"면도하셨군요?"

"응, 이걸로. 이게 희숙이가 내게 준 약혼 선물, 결혼 선물이 돼버렸군."

인수는 전기면도기를 다시 선반 위에 얹는다. 공터에서 확성기 소리가 웅웅거리며 들려온다. 전염병 예방에 관하여 주의 사항을 말씀드리겠습니다. 첫째. 둘째. 셋째. 넷째…… 끝으로. 주민들 가운데 그 소리를 듣는 사람은 한 사람도 없다.

끝없는 홍조처럼 무더운 시민 아파트촌의 오후가 저문다.

쉴 새 없이 주민들이 죽어 나오고 그럴수록 살아남은 주민들은 더 딴딴한 생에 집착한다. 한 숟가락의 보리밥도 힘주어 씹어 삼키고 한 잔의 막소주도 힘있게 마신다. 살아남은 사람끼리 전에 느끼지 못하던 인정을 느낀다. 반장 최 씨는 5동 주민들에게 인수가 장가가는 것을 부지런히 알린다. 그 소식에 곁들여 진이 엄마가 생남했다는 소식도 알린다.

8

오후 6시가 되자 석간신문이 인수네 가게에 배달된다. 보급소에서 가져온 신문을 배달원이 언덕 아래에 내려가서 받아 온 신문. 배달원이 아파트촌에 사는 소년이었기에 망정이지 그렇지 않으면 신문도 못 받을 뻔했다.

"그런데 아저씨, 참 야단났어요."

소년은 인수에게 신문을 건네주면서 웬일인지 울상이다.

"왜?"

"7동 4층에 사는 백 씨네 집은 사람이 한 명도 없어요. 두 식구가 모두 죽었대요."

"백 씨라니 누군가?"

"콧잔등이 빨간 아저씨네 말이에요. 양말 공장에 다니던 사람이에요."

"응, 응, 생각난다. 그래 그 집 식구는 다 죽었대?"

"네. 지난달 치 신문 대금도 못 받게 됐어요. 제가 물어내게 됐어요."

"음, 그것참."

배달 소년은 신문 뭉치를 끼고 공터를 가로질러 1동으로 들어간다. 인수는 참담한 심정이 되어 신문을 펴본다. 정치면은 통 흥미가 없고, 사회면. 사회면은 온통 전염병 기사로 꽉 찼다. 〈오염지구로 선포〉. 그 옆에 공교롭게도 D동 시민 아파트촌의 사진이 실려 있다. 그 아래로는 〈사망자의 시체를 운반하는 유족들〉이란 사진 설명이 붙은 사진이 하나 실렸다. 인수는 제목만 훑어본다. 〈예방 접종 실시〉. 〈사망자는 백 명에 도달〉. 방역 당국에서는 어제와 마찬가지로 여전히 대책을 숙의하고 있다는 기사를 읽으며 인수는 분노를 느낀다. 도대체 시민 아파트촌에만 전염병이 창궐한 원인을 규명해야 될 것이 아닌가. 당국에서는 주민들의 민도가 낮아서 위생 관념이 부족하므로 전염병이 발생했다고만 생각하는데 인수는 그 생각을 납득할 수 없다. 위생 시설이 갖추어져 있지 않다. 변소도 허울이 좋아서 수세식이지 수도꼭지가 빨갛게 녹이 슨 지가 이미 오래이다. 오줌똥이 흘러넘쳐서 그대로 복도로 새어 나오고 벽으로 흘러내린다. 쓰레기가 항상 남산만 하게 쌓여 있다. 각 방마다 식구들로 콩나물시루가 돼 있다. 병균의 입장에서 본다면 이렇게도 네 활개 치기가 좋은 곳이 어디 있는가.

"전염병이 고개를 숙인다는 기사는 없는데. 아까 그 청년의 말은 무슨 말이야?"

인수는 신문을 내던지면서 아항 하고 하품을 한다.

'겨우 한 명이란 말이군요?'

인수는 그 청년이 하던 말을 다시 중얼거려 본다. 소름이 오싹 끼친다. 인수와 인숙과 희숙. 세 식구 중에서 한 명만 남고 다 죽는다면 어떻게 되는가. 내가 죽는다? 인숙이가 죽는다? 희숙이가 죽는다? 인수는 고개를 설레설레 흔든다. 악몽을 떨쳐 버리듯 힘차게 고개를 흔든다. 인수는 손바닥을 펴본다. 손바닥에 못이 박혔다. 딴딴한 근육이 어떤 병균이라도 들어올 틈을 열지 않겠다는 듯 강인하다.

"수고를 그렇게 끼쳤으니 신세를 뭘로 갚는다지요?"

진이 아빠가 가게로 들어오며 히죽히죽 웃는다.

"아들을 낳으셨으니 축하합니다. 한턱내시겠지요."

인수는 이렇게 말하며 목덜미에 와 앉는 파리를 탁 때린다.

"한턱 단단히 내지요. 그런데 참, 길 형이 오늘 저녁 결혼을 한다구?"

"네. 그렇게 됐습니다. 반장님이 그러시던가요?"

"그럼요. 지금 주민들이 모두 알고 있지요. 아주 내 생남 자축연도 함께 할까요?"

"그것 좋군요. 그럽시다."

인수는 곧 마음이 안정된다. 진이 아빠는 싱글벙글하며 1시간 후에 거행될 길인수와 최희숙의 결혼식과 자기 집의 생남 자축연을 어떤 방법으로 개최할 것인가를 장황하게 인수와 의논한다. 두 사람은 제정신이 아닌 듯 마음이 들떴다.

"내일부터는 나도 꼼짝없이 갇혔지요. 오늘 공장에 나갔더니……"

"왜 세차장에 무슨 일이라도?"

"일은 무슨 일. 내가 오염 지구에 산다고 모두들 안 좋은 기색입디다. 빌어먹을. 살면 백 년을 사나, 전염병이 옮을까봐 내 근처에도 얼씬하지 않는 꼴이란."

"……"

"내일부터는 아들놈이나 보면서 마누라 미역국이나 끓여주고…… 참 여기서 미역을 가져갔죠? 내가 아직 월급을 못 탔으니 또 한 다발 외상으로 가져갑시다요."

"좋도록 하쇼."

인수는 미역을 꺼내서 헌 신문지에 싼다. 이제 미역은 한 다발 밖에 남지 않았다.

"오늘도 많이 죽어 나갔겠죠?"

진이 아빠가 미역을 받아 들면서 말한다. 팔뚝에 그려진 문신이 꿈틀거린다.

"말도 마쇼."

"우리 아들놈은 아주 튼튼한 놈이 될 겁니다. 송장 냄새가 가득 찬 시간에 세상 밖으로 나왔으니. 참, 생각하면 기막히지 않아요…….”

“그러니 더욱 축복을 받아야 할 생명이지요.”

“아무렴요.”

그는 콧노래를 부르며 2층으로 올라간다. 파리 떼가 엉성거리며 날아올랐다가 다시 내려앉는다. 과자를 덮은 비닐은 파리 똥으로 새까맣다.

“소주 한 병 주세요.”

6동에서 나온 젊은 여자가 가게로 쪼르르 달려와서 째지게 소리친다. 톡 바라지게 생긴 여자인데 이 여자가 바로 어제 아침에 죽은 오 씨네 방을 차지한 인물이다. 오 씨의 친척도 아니면서 친척이라고 떼를 쓰고 오 씨의 고종사촌인 중년 남자와 실랑이를 하다가 눈이 맞아 부부지연을 맺은 여자. 눈썹을 까맣게 그리고 입술은 쥐새끼를 잡아먹었다.

“작은 걸로 드릴까요?”

인수는 2홉짜리냐 4홉짜리냐를 물어본다. 앞가슴은 단추가 풀어져서 흰 젖가슴이 그냥 다 보인다.

“큰 걸로 줘야죠. 2홉짜리로야 원 목이나 축일 수 있나요. 서방이라고 얻은 것이 술고래니 참.”

4홉짜리 술병을 건네주자 6백 원을 내민다.

“오십 원 더 주셔야죠. 육백 오십 원이니까요.”

“무슨 총각이 이렇담. 오십 원쯤이야 한동네 사람끼리 봐 주셔야지. 저 언덕 아래 목포옥이라는 술집 아시죠? 언제 한번 오라구요. 내가 서비스할 테니까. 호호."

그녀는 술병을 왼손에 쥐고 6동으로 걸어갔다. 인수는 어처구니가 없어서 웃음이 나올 뻔했다. 그러나 그녀를 욕하고 싶지는 않았다. 오히려 돈을 한 푼도 내지 않아도 술을 원하는 사람에겐 술을, 빵을 원하는 사람에겐 빵을, 과자를 원하는 사람에겐 과자를 주고 싶은 마음이다. 공터에서는 구급차에 시체를 실어 나르느라고 보건소 직원과 동회 직원들이 구슬땀을 흘리고, 산더미 같은 쓰레기에서는 악취가 병균을 토하며 아파트촌의 구석구석을 파고들어 간다. 바로 앞방에 사는 사람이 죽어나가도 주민들은 놀라지도 않는다.

어느 시간이거나 어느 집이거나 죽어 가는 사람과 죽은 사람이 꼭 한두명씩 있게 마련. 시뻘건 노을이 하늘 위에 드리워져서 모닥불을 내리붓는다. 날품을 팔아서 그날그날 식량을 사다 끼니를 이어 가던 주민들은 벌써 식량이 동났다. 내일부터 구호양곡이 들어온다는 소문이 낮부터 퍼졌으나 주민들은 누구 하나 반가워하지도 않는다. 자기 혈육이 팍팍 죽어 가는 판에 식량을 준다고 기뻐할 것도 없는 것. 인수는 파리채를 들고 파리를 잡는다. 다닥다닥 달라붙은 파리 떼는 파리채가 떨어질 때마다 똥을 찍 싸고 죽는다. 어디서 무얼 그렇게 빨아먹었는지 파리는 배때기가 똥똥하여 잘 날아다니지도 못한다.

인수는 파리채를 내려놓고 가게 밖으로 나온다. 악취만 없다면 바깥은 한결 시원하다. 가게 안은 통풍도 안 되어 열기로 가득 차 있으나 밖은 그래도 바람이 통한다. 3동 쪽에서 얼굴이 길쭉한 사내가 가게 앞으로 걸어온다. 그는 공터에서 담배꽁초를 주워서 입에 물고 성냥불을 붙인다. 열흘 전에 아파트촌으로 새로 이사 온 사람이다.

"내 팔자가 기박한지 가는 곳마다 사람이 죽어나가는군 그랴."

그는 담배를 깊이 들이마시며 혼자 중얼거린다. 9동에서 나오는 시체는 크기가 조그만 것이 분명 어린아이의 시체다. 그는 어린아이의 시체가 천막 속으로 들어가는 것을 보면서,

"허허, 말세로다……."

하며 한숨을 짓는다.

"아저씨네 집은 몇 사람이나?"

인수가 그에게 묻는다.

"시골에서 마누라와 막내딸이 죽었고, 여기 와서는 아들이 죽었죠."

"시골에서도요?"

"이사 오기 전에 말씀야. 전염병을 피해서 서울로 이사를 왔더니 글쎄 내가 가는 곳마다 전염병이 따라오는군 그랴."

"남부 지방에서 오셨군요?"

"전염병은 돌지, 논은 물바다가 됐지, 그러니 고향에서 살 수가 있소? 지게품이라도 팔려고 왔더니만."

그는 머리칼을 쓱 쓸어 넘긴다. 인수는 그의 말을 듣고 바로

이 사람이 남부 지방의 전염병균을 아파트촌에 퍼뜨린 장본인이라는 생각이 들기 시작했는데, 이 생각은 곧 사라져 버렸다. 남부 지방에서 이농을 하여 남부여대하고 수도로 올라온 사람이 어디 이 사람뿐인가 말이다.

"젊은이네 집은?"

"어머님이 돌아가셨습니다. 어젯밤에 변을 당했답니다."

"겨우 한 명뿐이군 그랴, 허허."

그는 담배꽁초를 쓰레기 더미로 내던지며 히죽히죽 웃는다. 누런 이빨을 드러내며 가래침까지 칵 뱉어 버리고 나서 쓰레기 더미로 다가가더니 바지 단추를 푼다. 쏴쏴. 오줌 줄기가 쏟아지자 쓰레기 더미에서 쥐새끼 두 마리가 찍찍거리며 뛰어나와 공터를 가로질러 3동으로 달음박질한다.

"오빠! 오빠!"

가게에서 인숙이가 부르는 소리를 듣고 인수는 가게로 돌아온다. 땀이 등허리에 흠뻑 배어 있다. 겨우 한 명뿐이군 그랴 하던 사내의 목소리가 기분 나쁘게 귓전에 맴돈다.

"큰일 났어요. 글쎄 진이 아빠가 막 토하고 설사를 하고……"

"뭐라구? 조금 전에도 멀쩡했는데?"

인수는 허겁지겁 2층 진이네 방으로 올라간다. 변소에서 풍기는 오줌 냄새, 똥 냄새.

"여보시오, 정신 차려요."

인수는 방으로 뛰어들기가 무섭게 진이 아빠를 흔든다. 토해 놓은 오물에서 지독한 냄새가 난다. 그는 배를 움켜쥐고 방바닥에 엎드려 있다가 인수가 흔들자 몸을 일으키며 신음한다. 방 아랫목에는 산모와 아기가 누워 있는데 아기는 응애응애 하고 울고 산모는 윗목에서 신음하는 그녀의 남편을 물끄러미 건너다본다. 정신은 들었지만 아직 기동을 못하는 모양으로 얼굴이 부어서 푸석푸석하다.

"여보시오. 정신 차리시오. 멀쩡하던 사람이 갑자기 웬일이오?"

인수는 걸레로 오물을 닦으며 진이 아빠를 흔든다. 그는 눈을 간신히 뜨고 인수를 쳐다본다.

"미안하오. 그러나…… 걱정 마오. 나는 절대로 안 죽으니까 걱정 마오."

그의 목소리는 이미 모기소리만 하다. 그렇게 펄펄하던 기운이 금세 어디로 갔는지 땀을 비지처럼 흘리는 그의 얼굴은 이미 사신의 그림자가 뒤덮여 있다.

"여보…… 죽지 마우. 이 핏덩이를 어쩌고 죽는단 말이우. 흐흐……."

아랫목에서 진이 엄마가 눈물을 흘리며 중얼거린다. 그녀도 해산을 하느라고 죽다 살아나서 기운이 하나도 없다. 인수는 수건으로 진이 아빠의 이마에서 땀을 닦아 준다. 닦아도 곧 다시 비지땀이 솟아 나온다. 설사를 해서 바지는 오물로 다 젖었다.

"길 형…… 오늘 밤에는…… 합시다. 생남 자축연과 길 형 결혼."

그는 눈을 뜨고 인수를 바라보면서 다짐하듯 말한다.

"네, 아주 호화판으로 합시다요."

인수도 다짐하듯 이를 악물고 그를 본다.

"나는 절대로 안 죽어…… 절대로……."

이 말을 마치지도 못하고 그는 숨을 거두었다. 인수는 이를 더욱 악물었다. 아랫목에서 아기가 울어대고 진이 엄마도 한숨을 쉬며 훌쩍거린다. 궁금해서 달려왔던 희숙과 인숙은 인수의 등 뒤에 서서 입술을 깨문다. 인수는 숨을 거둔 그를 똑바로 눕히고 횃대에서 옷을 내려 갈아입힌다. 화살이 꽂힌 싱싱한 복숭아도 사자의 팔뚝 위에서 숨을 거두었다. 딴딴하던 근육도 흐늘흐늘해지고 기운 좋게 내달리던 사지도 힘없이 식었다. 인숙은 걸레로 방바닥을 훔치고 희숙은 산모에게 미역국을 끓여다 준다. 걸레로 방을 훔치다가 인숙은 갑자기 속이 메스껍고 구역질이 난다. 심호흡을 한번 하니까 곧 괜찮아진다.

"살아 보려고 그렇게 악바리처럼 일을 다니더니……참, 안됐군, 안됐어."

반장 최 씨가 들어오며 혀를 찬다.

"길 형이 너무 수고를 하는군."

그는 인수와 함께 시체를 맞들고 밖으로 나온다.

"천벌이 내리나 보다. 그렇지 않고서야 하늘이 이토록 무심할 리가 있나."

최 씨는 천막 속에 시체를 넣으며 중얼거린다.

"하늘이 벌을 내렸다……."

그는 또 중얼거린다. 시체 안치소에는 10여 구의 시체가 놓여 있는데 열기와 악취와 절망으로 코가 막힌다.

"누굽니까?"

동회 직원이 최 씨에게 묻는다. 사망자의 신원을 묻는 말. 직원은 볼펜으로 천막을 가리키며 지루한 표정으로 최 씨와 인수를 번갈아 가며 본다. 최 씨가 시큰둥하게 대꾸한다.

"사람이요, 사람."

"네에?"

"시민이란 말이오……."

"원, 아저씨도 누가 그걸 모릅니까? 이름이 뭐냔 말이죠?"

인수가 대꾸한다.

"김 씨인데 이름은 나도 모르겠어요."

"나이는요?"

"글쎄요. 서른 살쯤 됐을걸요."

"음 아까운 나이구먼……."

그는 수첩에다 몇 자 끄적거리고 나서 인수를 다시 쳐다본다.

"유족 되시죠?"

"네, 아니, 저는 이웃에 사는 사람이오. 유족은 산모와 아이뿐이에요. 조금 전에 해산을 했어요."

"죽은 김 씨의 부인이 조금 전에 아기를 낳았다구요?"

"네."

"거 참 딱하게 됐군요."

동회 직원과 헤어져서 반장과 인수는 5동 쪽으로 걸어온다. 돌아오다가 보건소에서 나온 의사를 만났다. 흰 가운을 입은 그의 모습은 위엄 있게 보였다.

"의사 선생님, 안녕하슈?"

최 씨가 히죽히죽 웃으며 인사를 하자, 의사는 손수건으로 땀을 닦으며 고개를 숙인다.

"이제 좀 덜하지요?"

"덜하다니요?"

인수가 되묻는다.

"전염병 말입니다. 이젠 사망자 수가 줄어들었겠지요?"

"줄어들긴요."

최 씨와 인수가 동시에 이렇게 받아넘긴다. 의사는 그럴 리가 없다는 표정으로 어깨를 추켜 올린다.

"확실히 오늘 오후부터는 사망자가 줄어들었어요. 낮 열두 시까지만 해도 시간당 네 명이 희생당했는데 지금은 두 명꼴이니까요."

시간당 4명에서 시간당 2명으로 사망자가 줄어들었……. 인수는 기가 막혔다. 1시간에 2명씩 죽어 넘어가면 며칠이 안 되어 이 아파트촌은 쑥밭이 되는 게 아닌가. 하늘 똥구멍 아래

이러한 생지옥이 어디 있는가.

"그래, 시간당 두 명꼴로 죽으니까 의사 선생님은 마음을 푹 놓으셔도 되겠군요."

인수가 의사를 정면으로 쳐다보며 이렇게 말하자 의사는 좀 당황한 기색이 된다. 저녁 어스름이 아파트의 구석구석마다 깔리기 시작한다.

"날씨가 서늘해지기나 기다릴 수밖엔 저희들도 아무 재주가 없군요. 전염 속도가 빠르고 지금 나와 있는 약으로는 균을 퇴치할 수 없으니까요. 구토와 설사, 복통을 수반하는 전염성 질환은 냉기에 제일 약하니깐요. 그러나 이렇게 혹서가 계속되고서야…… 참 큰 변입니다."

의사는 변명하듯 말하고 이마의 땀을 닦는다. 의사의 속마음도 보건 당국을 비난하고 있으나 주민들 앞에서 그런 기색을 내보일 수는 없는 일. 환자를 격리 수용하여 치료하라는 지시가 하달되었지만 수용할 장소가 없을 뿐만 아니라 환자를 치료할 수도 없다. 사망자의 수를 집계하여 보고하는 일 이외에는 의사도 손을 쓸 도리가 없는 일.

인수는 가게로 돌아와 흰 백지를 꺼내어 등을 만든다. 종이 공을 만드는 것처럼 조그맣게 만들어서 그 위에 〈근조〉라고 검은 잉크로 쓴다. 진이네 집 문 앞에 갖다 매달려고 등을 들고 일어서자 2층에서 진이가 울면서 내려온다.

"진이야 왜 우니? 울지 마. 착하지. 아버지 대신 내가 과자

사줄께."

인수는 진이를 달래면서도 목이 꽉 멘다. 가게에서 희숙이가 나와서 진이를 안고 들어간다.

"인숙이는 진이네 집에 갔나?"

"아녜요. 허 씨네 집에 갔어요."

"그래?"

진이 아빠가 숨을 거둔 다음 시체가 공터로 나갈 때 인숙은 갑자기 허 씨가 보고 싶어졌다. 점심을 먹고 온다고 하더니 저녁때가 되어도 기척이 없다. 궁금하고 보고 싶었다. 인숙은 마음이 급해지고 안달이 났다.

인수가 지등을 가지고 2층으로 올라갔을 때 마음이 섬뜩해졌다. 산모의 신음소리가 들려오고 있었다. 인수는 방문에 지등을 걸 새도 없이 방으로 뛰어 들어갔다.

아기가 엄마 옆에서 팔다리를 꼼틀거리며 응애응애 하고 울고 있는데 엄마는 신음을 한다.

"여봐요! 어디가 아파요?"

인수가 산모를 흔들며 악을 쓰듯 외친다.

"으, 으, 으……."

산모는 신음만 할 뿐 대꾸가 없다. 몸을 뒤채는 듯하다가 왈칵 토한다. 코를 찌르는 냄새에 오장 육부가 뒤집힐 것 같다.

"진이 엄마! 죽으면 안 돼요!"

"으, 으, …… 내 새끼, 내 새끼."

눈 깜짝할 사이에 진이 엄마는 세상을 떠났다. 숨소리도 없고 맥박도 없다. 가슴에 손을 대어 보아도 아무런 감각이 없다. 인수는 진이 엄마의 허공을 바라보는 눈을 쓸어 감겨 준다. 울음이 북받쳤으나 울음이 나오지도 않는다.

"응애, 응애, 응애."

갓난아기는 팔다리를 꼼틀거리면서 힘차게 울어댄다. 2층에 사는 주민들 몇 명이 방으로 들어 와서 혀를 끌끌 찬다. 그들의 얼굴도 사색이 되었다. 어느 귀신이 언제 잡아갈지 모르는 판이다. 자식을 잃은 사람, 남편을 잃은 사람, 오빠를 잃은 사람, 어머니를 잃은 사람…… 생이별을 하고 살아남은 사람들도 숨을 쉰다는 것만 다를까 죽은 사람이나 마찬가지. 그러나 산 사람은 힘있게 살아야 한다고 그들은 이를 악문다.

"끔찍해라. 저 핏덩이를 놔두고 죽다니……."

"하늘도 무심하다."

아낙네들은 혀를 끌끌 차며 방바닥에 널린 오물을 닦아낸다. 파리 떼가 방구석에서 날아오르고 방이 어두컴컴해지자 모기 떼가 왱왱거린다. 창틀 위에는 진이 아빠의 사진과 진이 엄마의 사진이 걸려 있다. 서로 다정하게 마주 보며 웃고 있는 사진. 인수는 사진을 보면서 주먹을 불끈 쥔다. 아들을 낳았다고 그렇게 좋아하더니 핏덩이만 남기고 부부가 모두 원혼이 되었다…… 세차장에 다니면서 돈을 모아 자동차를 사서 운전하려고 아침이면 먼동이 트기가 무섭게 도시락을 싸가지고 나간

다음, 밤이면 통금 시간이 가까워야 돌아오던 진이 아빠 김 씨. 단단하고 야무지게 생긴 진이 엄마. 인수는 문득 변소에서 똥을 누면서 노랫가락을 부르던 그녀가 생각난다. 바로 어제의 일이 아닌가. 허 씨와 인숙이를 중매하려고 하루에도 몇 번씩 재재거리던 그녀가 창틀 위에 사진 한 장과 핏덩이와 다섯 살된 진이만 이승에 남겨 놓고 가버렸다.

"이 핏덩이는 어쩐다지요?"

"어쩌긴. 애 없는 사람이 데려다 아들이나 삼겠지."

"있는 사람도 다 죽어나가는데?"

"이 판국에 누가 남의 애를 맡아?"

아낙네들이 이런 소리를 지껄이는 동안에 진이 엄마의 시체는 공터로 운반되어 나갔다. 인수는 창틀 위에 사진을 떼어 포켓에 넣는다. 그러고 나서 핏덩이를 안아 올린다.

"제가 이 아이는 맡아 기르겠어요. 진이도 맡고요."

인수의 말을 듣고 아낙네들은 입을 딱 벌린다. 아낙네들의 눈에 눈물이 핑 돈다. 인수가 밖으로 나오자, 그녀들은 한숨을 후욱 내쉰다.

"고마운 청년이군……."

"에그, 이게 무슨 천변이람."

"하늘 똥구멍 아래 이런 몹쓸 지경이 다 있을까……."

"에그, 쯧쯧……."

인수가 아기를 안고 가게로 내려오자 희숙이가 깜짝 놀라며 뛰어나온다.

"진이 엄마가 죽었어요?"

"응."

이 말을 듣고 진이가 발악을 하며 운다. 손에 들었던 과자를
내던지며,

"엄마, 엄마, 헹…… 헹……."

하며 발버둥을 친다. 파리 떼가 성성 하며 날아오른다.

밤 9시가 가까이 되어서야 9동에 갔던 인숙이가 힘없는 걸
음걸이로 돌아왔다. 인숙이의 창백한 얼굴을 보고 인수는 허
씨가 변을 당했구나 하는 직감이 들었으나 차마 입 밖에 말을
내지 못한다. 인숙이도 아무 말을 하지 않는다. 공터에서는 구
급차의 엔진 소리가 그렁그렁 들려온다. 이따금 막소주를 마시
러 오는 사람 이외에는 가게에도 인적이 뜸하다. 사신의 입김
만이 짙은 어둠에 깔린다. 아파트의 층마다 방마다 어둠은 독
가스처럼 새어든다.

"오빠, 예식을 올려야죠?"

인숙이가 이를 악물고 인수를 쳐다본다. 가게로 쑥 들어오던
반장 최 씨가 인숙이의 말을 듣고 맞장구를 친다.

"아무렴, 결혼식을 올려야지."

인수는 파리똥이 새까맣게 묻은 달력을 쳐다본다. 기온이 서
늘해지자면 아직도 한 달이나 더 기다려야 한다. 날씨가 서늘
해지기나 기다리는 수밖에 없다는 의사의 말이 생각난다. 인수

는 이를 악물고 주먹을 불끈 쥔다.

"오빠! 빨리 결정을 해요!"

"그래, 결혼식을 올리자."

인숙은 뚝뚝 떨어지는 눈물을 오빠가 볼까 봐 손등으로 닦아
내면서 부엌으로 들어간다. 상 위에 술잔 몇 개와 풋김치, 콩나
물 등속을 놓고 사과를 깎아 놓는다.

잠시 후에 인수와 희숙의 결혼식이 거행됐다. 반장 최 씨가
목소리를 가다듬고, 신랑 길인수 군과 신부 최희숙 양의 결혼
식을 시작한다고 말하고 신랑 신부에게 맞절을 시켰다. 주민들
과 소주를 마시며 인수는 악몽 같은 지난 이틀간을 머릿속에
떠올리며 주먹을 꽉 쥔다. 단련된 근육이 꿈틀거리며 금방이
라도 힘차고 깨끗한 피가 터질 것 같다. 이런 심정은 주민들도
마찬가지였다. 인숙도 희숙도 마찬가지. 어둠이 걷히고 나면
올 새벽을 기다리며, D동 시민 아파트촌의 주민들은 달려드는
모기떼를 쫓으며 혈육이 졸지에 없어져서 텅 빈 자리를 지켜
본다.

"브라보우!"

인수를 향하여 축하객들이 술잔을 높이 치켜든다. 인숙의 무
릎 위에서 잠든 진이가 엄마 엄마 하면서 잠꼬대를 한다. 신부
희숙은 술시중을 들며 꼼틀거리는 핏덩이에게 뽀얀 미음을 먹
이고 있다.

(세대, 1971)

목마와 숙녀

한잔의 술을 마시고 우리는 버지니아 · 울프의 생애와
목마를 타고 떠난 숙녀의 옷자락을 이야기한다.
목마는 주인을 버리고 거저 방울 소리만 울리며
가을 속으로 떠났다. 술병에서 별이 떨어진다.
〈박인환〉

　전상규가 오정은을 알게 된 것은 지난겨울, 그가 막다른 슬
럼프에 빠져서 동계 트레이닝에도 참가하지 못하고 있던 때의
일이다.

　K대학 야구부의 투수이자 5번 타자인 상규는 지난가을 리그
때부터 갑자기 슬럼프에 빠져 버렸다. 늪에 빠진 패잔병처럼
그는 처참한 상태로 가을 시즌을 넘기고 있었다. 강속구를 자
랑하던 상규의 볼은 하위 타자에게도 얻어맞아 홈런을 빼앗겼
고 타석에서도 삼진을 당하기가 일쑤였다.

　고교시절부터 초고교급 투수로 알려져서 졸업할 때 각 실업
팀과 대학팀에서 서로 스카웃하려고 덤비던 것을 기억하는 팬
들은 그의 부진에 모두 놀라고 실망을 했다. 가을 리그가 중반
에 접어들 무렵부터는 이미 팬들도 그를 외면했다. 타석에 들
어섰다가 스트라이크를 그냥 보내면 야유를 하고, 마운드에서
볼을 던져 포볼이나 데드볼이 나면 함성을 지르며 야유를 퍼
붓는 것이었다.

감독은 상규가 슬럼프에 빠져 있는 것을 알면서도 선발 투수로 그를 기용했다. 이것은 감독으로서의 하나의 고집이었다. 그러나 1회를 넘기지도 못하고 그는 구원 투수에게 마운드를 넘겨주고 물러나야만 했다. 웬일인지 볼이 그에게 반감을 가지고 있는 것같이 느껴졌다. 커브도 듣지 않고 속구도 듣지 않았다. 타석에 들어서 봐야 볼은 늘 빗나가고 말았다.

던질 때는 꼭 배구공을 던지는 것 같은 착각이 일어났다. 어깨에 힘을 주고 끙끙거리며 던지면 볼은 힘없이 날아가서 타자에게 얻어맞는 것이었다. 타석에 들어서면 반대로 볼이 핑퐁 알처럼 작게 보여 도무지 칠 수가 없었다. 리그가 중반에 접어들었을 때 감독은 그를 불렀다.

"이번 시즌에는 안 되겠다. 낙심하지 말고 기다려."

그는 투수 자리를 완전히 빼앗기고 9번 타자로 밀려났다. 얼마 후에는 나인에서 아주 제외되는 불운을 겪어야 했다. K대학은 맨 하위에서 허우적대고 있었다. 그걸 볼 때마다 상규는 가슴이 아팠다.

리그가 모두 끝나고 야구부에 모였을 때 감독은 다시 상규에게 말했다.

"슬럼프의 원인을 찾아 그것을 치료하는 게 좋을 거야. 며칠 쉬면서 잘 생각해 봐. 미안해할 것 없어. 이번에 우리가 참패한 것은 투수 때문이기도 했지만 모두 빈타였기 때문이다."

기말고사가 끝나자 곧 방학이 되었다. 방학이 될 때까지도 상규는 슬럼프의 원인을 찾아내지 못했다. 잡념 때문인 것은 틀림없었다. 시합에 나가면 이상하게 머리가 산란해지던 것이었다.

어떤 형상이 눈앞에 어른거리는 것 같기도 했다. 그것은 울고 있는 사람 같기도 했다. 깔깔 웃는 인형 같기도 했다. 눈 앞에서 어른거리는 형상을 보면 마음이 불안해지고 약해지던 것이었다. 상규는 아버지에게 선수 생활을 그만둬야겠다는 말을 했다.

"잘 생각했다. 선수 생활 해봐야 앞날에 대한 보장도 없다. 운동선수 노릇도 그만큼 했으면 추억도 될 테니 이젠 그만두고 공부나 해. 너는 원래 공부를 잘하던 놈이니까 틀림없을 거야. 현대 사회에서 스타가 된다는 것은 괴로운 일이다. 웬만한 정치가도 어디 너만큼 신문에 이름이 나 봤겠느냐?"

아버지가 이렇게 말하자 고등학교에 다니는 동생도 끼어들었다.

"오빠는 야구 선수로서는 어울리지 않아요. 너무 철학적이야."

동계 트레이닝이 시작되는 날, 야구부에 감독과 부원들이 모두 모였을 때, 상규는 자기의 뜻을 밝히려고 했다.

"걱정말게. 곧 좋아질 거야."

부원들이 먼저 상규를 보자 서로 어깨를 두드리며 위안을 했다.

"슬럼프의 원인을 아무리 생각해도 모르겠어요."

상규는 감독에게 이렇게 말했다. 감독은 담배를 피워 깊숙이

들여마시며 눈을 감았다.

"자네, 연애하는 것 아닌가?"

감독은 큰소리로 물었다.

"아닙니다."

선수 생활을 그만두겠다는 말이 차마 입 밖으로 나오지 않았다. 상규는 쏟아지려는 눈물을 가까스로 참았다.

"자네처럼 급전직하로 부진해지는 선수는 처음이야. 슬럼프 곡선이라는 게 있는데, 이론상으로는 하강곡선이 완만하게 나와 있거든. 그런데 상규 자네는 정점에서 그대로 직하를 한단 말이야."

호랑이같이 무섭고 엄한 감독의 말은 차츰 부드러워지면서도 한결 더 뜨거운 열성을 띠고 계속됐다.

"아무튼 20년 동안 야구와 함께 살아온 나로서도 자네의 부진은 큰 수수께끼야. 자네는 선천적으로 야구 선수로서의 자질을 타고 났네. 이번 겨울 트레이닝에서는 자네를 제외시킬 테니, 그동안 모든 걸 잊고 어디 여행이나 다녀오게나, 춘계 리그에서 자네를 다시 쓸 테니. 자네는 지금 연습이 부족한 것이 아니야. 겨울 동안 나도 곰곰이 생각해 보겠네. 아무튼 유감이야."

상규는 겨울 트레이닝에서 빠졌다.

아버지의 말대로 야구를 그만둘까도 생각했지만, 야구를 떠나 있을수록 야구는 더 마력적인 힘으로 그를 사로잡았다. 거리를 걸어가면서도 식사를 하면서도 야구 생각만 하게 되는 것이다. 장타력이 있는 타자가 타석에 들어서면 상규는 늘 외야의 수비진을 멀리 이동시키고, 잡아당겨 치는 투수나 밀어서 치는 선수, 쟈스트 미팅을 하는 선수에 따라, 그는 내야와 외야의 수비를 왼쪽으로 혹은 오른쪽으로 이동시키는 것인데 밥상 위에 놓인 그릇이나 길거리에 달리는 차량들을 보아도 시합 때의 생각이 났고, 방에 드러누워 천장의 사방무늬를 보고 있어도 야구장의 다이아몬드처럼 보이는 것이었다.

겨울 방학 때 상규가 겪은 정신적인 괴로움은 큰 것이었다. 동생 상미가 오빠의 괴로워하는 모습이 불쌍하다면서 소개해 준 여자가 바로 정은이었다. 정은이는 상미가 다니는 숙명여고의 선배로서 E대학 2학년생이었다.

"오빠, 한번 연애를 해 봐. 오빠는 운동 선수로서는 너무 꽁생원이란 말이야. 한번 다이나믹하고 드라마틱한 연애를 해요. 그러면 슬럼프에서도 해방될지 누가 아우?"

"다이나믹하고 드라마틱한 연애를 해 보라구? 애, 관둬라. 여자들이란 딱 질색이다. 내가 연애를 하고 싶으면 벌써 했지."

"하지만 팬레터나 보내는 계집애들과는 달라요. 정은 언니가 얼마나 스마트하고 샤프한지 알아요?"

"좋아 봐야 암컷이 별 수 있을라구."

"이런 야만인 좀 봐."

상미는 주먹을 들고 대들었다.

상규는 그 후에 상미가 말했던 연애에 대한 것을 까맣게 잊고 있었다. 궂은 날이면 집에서 난로가에 앉아 책을 읽고 날이 개이면 가까이 있는 중학교 운동장으로 나가 혼자서 볼을 던지고 치고 하면서 소일을 했다. 방학이 되어 심심해진 개구장이 중학생들과 어울려 볼을 때리고 던지고 하면서 지내는 것이었다.

어느 날 아침 스포츠 신문에는 상규의 슬럼프가 기사로 나와 있었다. 기사에는 상규가 아주 K대학 야구부에서 제명됐다고 나와 있었다. 그렇게 찬사를 보내던 스포츠 신문에서는 냉정하게 반짝하다가 꺼진 야구 선수 전상규의 최후를 짤막하게 보도해 버린 것이다.

신문을 보다가 상규는 생전 처음 눈물을 흘렸다. 야구를 시작한 지 8년 만에 그는 선수로서의 최후를 당한 것이다. 중 1학년 때부터 야구공과 함께 살아온 상규였다.

"상심하지 말아라. 너는 이제 대학 3학년이 되지 않니? 더 늦게 슬럼프가 와서 선수 생활을 못 한 것보다 오히려 다행이지. 경영학 공부나 열심히 하다가 졸업이나 해."

아버지는 담배를 피우며 한편으로는 언짢은 기색으로 이렇게 말했다. 아버지는 은행에 오래 있다가 퇴직을 하고 나서 지금은 조그만 회사를 만들어 일을 한다. 지금 출발하여 이제 자리가 잡혀가는 회사를 상규에게 물려주면 그만인 것이다.

그날 밤 상규는 처음으로 술을 마시러 술집이 많은 시내의 골목으로 혼자서 어슬렁거리며 나갔다. 그는 패잔병처럼 누구에게 들킬까 봐 어깨를 움츠리고 골목으로 들어섰다.

술·담배·여자. 이것이 운동 선수에게는 3금으로 통했다. 대학 3학년이 되도록 상규는 담배와 술을 입에 대지 않았다. 여자 친구도 사귀지 않았다. 그런 일에 아무 흥미도 느끼지 못했다. 야구볼을 던지고 치며 보낸 대학 생활이었다.

술을 두 잔 연거푸 마셔도 아무렇지도 않았다. 그가 세 번째의 술잔을 비우려고 잔을 들었을 때, 살롱 '로만스'의 문이 열리고, 뜻밖에도 상미가 불쑥 들어왔다.

"웬일이야?"

"오빠가 이 집에 들어가는 걸 보고 그냥 왔지, 뭐."

"여고생이 살롱에 들어와도 괜찮아? 정학 맞을 텐데?"

"후후."

상미는 발딱 일어서더니 다시 출입문으로 가서 밖에서 기다리던 여자, 언젠가 소개해 준다고 말한 정은이를 데리고 들어왔다.

"미안해, 오빠. 양해를 얻지도 않고 독단으로 이런 짓을 해서. 정은 언니한테도 미안해."

그녀는 패잔병을 유혹하는 콜걸처럼 아무렇지도 않고 오히려 좀 건방진 표정으로 상규를 노리듯이 건너보다가 맞은편의자에 탈싹 앉았다.

상미는 그와 그녀를 서로 인사시키고 여고생답지 않게 호들갑을 떨면서 일어났다.

"정학 맞지 않으려면 냉큼 일어나야지. 언니, 미안해요. 우리 오빠는 이게, 좀 모자라요."

상미는 이렇게 말하며 손가락으로 머리를 가리켰다.

"만나게 되어 반갑습니다."

상규는 그녀 앞으로 잔을 보내며 머리를 긁었다.

"반갑지도 않으면서 그런 말을 해요?"

정은이는 그를 노려보았다.

상규는 대꾸할 말이 생각나지 않았다. 반가울 것은 개뿔도 없다. 그러나 당장 일어나서 나와버릴 수도 없다. 출입문을 들어설 때부터 그녀의 동작에는 도도한 오기가 똑똑 떨어지고 있었다. 상규에게는 그녀의 이런 오기가 바로 안심할 수 있는 점이었다.

"야구 선수 노릇 하다가 미끄러졌다죠? 아마 소질이 없나 보죠?"

그녀는 술잔에 입을 대다 말고 다시 그를 쳐다보았다. 이건 너무한 일이다. 다짜고짜 사람의 아픈 데를 쑤시는 법이 어디 있는가.

상규는 그 말을 듣는 순간 잔을 꽉 쥐었다. 하마터면 잔이 깨질 뻔했다.

"미끄러진 야구 선수와 앉아 있기 거북하시겠군요."

"네, 편할 건 없어요."

그녀는 간단히 말하면서, 이그러진 상규의 표정을 보고 재미있는 듯이 웃었다.

상규는 아직까지 여자 경험이 없다. 한가할 때면 부원들끼리 서로 이야기를 하지만 상규는 아무런 경험이 없어서 늘 뒷전에서 얘기만 듣는 입장이었다. 한결같이 여자들을 시시하고 머리가 빈 것으로 얘기를 했다. 운동 선수에게는 따라붙는 여학생이 많아서 늘 이쪽에서 고자세를 취하게 된다.

그러나 지금 정은이를 앞에 놓고 상규는 상대 팀의 강타자를 만난 것 같은 무거운 마음이 들었다. 잘못하다가는 한 대 얻어맞아 외야 깊숙한 지점에 안타를 주거나 펜스를 넘겨 줄지도 모르는 판국과 같은 기분이 드는 것이다. 인코너나 아웃코너로 커브를 던지는 것이 투수로서 가장 유리하지만, 그보다도 더 승부가 빠른 것은 강속구를 보내어 타자를 아웃시키는 것이다. 상규의 볼은 스피드에 있어서 한때는 실업팀의 투수를 능가하는 것으로 정평이 나 있었다.

"강속구를 던져야 하겠는데."

상규는 무심결에 이렇게 내뱉았다.

"강속구라니요?"

"예? 아, 아닙니다요."

그는 깜짝 놀랐다. 야구를 떠나게 된 이 마당에, 미지의 여자와 술집에 앉아서까지 야구 생각을 하는 자기가 스스로 괘씸해졌다. 그는 잔을 들어 화난 듯 입에 부었다. 그러자, 앞에 앉아 있는 정은이야말로 강속구로 넉아웃시켜야 한다는 생각이 떠올랐다. 그렇다. 이런 자존심이 높고 콧대가 센 여자는 스피디하게 처리해야지, 그렇지 않으면 점점 더 기세등등하게 뽐낼 것이었다.

'여자란 한 번만 따 먹으면 끝장이야. 한번 먹히기만 하면 금방 남자를 우러러보고 저자세가 되거든.'

부원들이 말한 것이 생각났다. 상규는 그날 밤으로 이 여자를 아웃시키리라고 마음먹었다.

"너무 슬퍼하지 마시죠. 소질이 없는 사람이 야구를 계속하는 것보다 그만두게 된 건 좋은 일이니깐."

"정말 그런데요?"

비로소 그런 결심을 하자 그는 마음이 가벼워졌다.

"무슨 과입니까?"

"시시한 질문이에요."

"아, 그래요?"

그는 계속하여 도전적이고 거부적인 정은이의 말을 들으면서도 능글능글해져서 아, 그래요, 그렇군요, 그렇구말구요 등으로 적당히 말을 받았다. 비장의 무기를 감추고 고의적으로 항복을 한 패잔병처럼 시간이 되면 무기를 꺼내어 난사할 판이었다.

"상미와는 같은 그룹이었죠. 지금 보니 오빠보다 훨씬 똑똑해요. 상미는 오빠 자랑을 많이 했지만."

'로만스'를 나와서 그들은 광화문으로 향했다. 찬란한 도회의 밤이 몸을 뒤채면서 웅얼대고 있었다. 네거리에는 조명을 받은 충무공이 큰 칼을 짚고 서서 깊은 시름에 잠긴 채 그들을 내려다보고 있었다. 그 모습을 보다가 상규는 갑자기 구역질을 했다. 그는 길에 쭈그리고 앉아 마신 술을 모두 토했다. 순찰 경찰관이 가까이 와서 그의 엉덩이를 발길로 걷어차고 지나 갔다.

술을 토하고 나서 그는 정은이 쪽으로 다가가서 말했다.

"너를 오늘 해치워야겠다."

이 말을 하면서 그는 그녀의 허리를 꽉 껴안았다. 그녀는 흠칫 놀라,

"무슨 말이죠?"

했다.

"너를 갖고 싶다."

그때 정은이의 눈에서 눈물이 주욱 흘러내렸다.

"굉장한 열등감에 빠져 있군요. 처음 만난 여자에게 그런 말을 하다니. 하지만 나는 패잔병을 위로하는 창녀가 아니예요. 그럴 수 없어요. 이 어두움 속에서 댁의 열등감을 해소시킬 수는 없어요. 당신은 아주 지독한 바보군요."

"응? 바보라구? 그게 무슨 말이야?"

통금 시간이 되도록 그들은 충무공이 바라보는 앞에서 그런 실랑이를 했다. 그들은 여관에 들어갔지만, 상규는 등판조차

하지 못하고 잠에 떨어졌다. 아침에 깨어 보니, 머리맡에 그녀가 남기고 간 쪽지가 있었다.

"오늘 일을 사과하세요. 전화번호는 42X4예요."

상규는 부끄러움과 불쾌감을 동시에 느끼며 쪽지를 북북 찢었다.

새학기가 되어 등교하자 상규는 맨 먼저 야구부로 호출돼 갔다.

야구부는 학생회관 아래층에 있었다. 문을 밀고 들어서자, 감독은 기다렸다는 듯이 그의 뺨을 후려쳤다.

"야, 이 자식아! 연락을 하면 나와야 할 게 아니야? 너는 엄연한 우리 대학의 야구 선수야. 방학 때 집으로 몇 번이나 연락을 했는 줄 알아?"

방학 때 야구부에서 연락이 와도 그는 받지 않았다.

화가 난 감독은 계속해서 상규에게 욕을 퍼부었다. 그래도 분이 안 풀리는지 책상을 주먹으로 쾅쾅 치며 숨을 씨근거렸다.

스포츠 신문에 상규에 대한 기사가 난 걸 보고 가장 놀란 것은 감독이라고 한다. 감독은 전상규에게 야구를 그만두라고 시킬 생각은 추호도 없었다. 오히려 이번의 슬럼프를 딛고 일어서서 더욱 더 비약할지도 모를 그의 테크닉에 기대를 걸고, 그렇게 되리라는 확신을 가지고 있는 그였다. 방학 동안 훈련에서 제외시킨 것도 바로 이러한 확신에서였다.

"오늘부터 연습해! 춘계 리그가 곧 시작되니까 잘 하라구!

작년에는 겨우 4강에 들었지만, 이번에는 우승을 해야 된다."

그날부터 다시 상규는 야구 선수가 되었다. 당연한 일인지도 몰랐다. 그에게 있어서 야구는 생명과 다름없었다.

그날 오후부터 연습에 들어갔다. 그가 던지는 볼을 받아 보고 난 포수가 눈을 크게 뜨며 소리쳤다.

"야, 상규야. 됐다! 됐어! 굉장한데, 굉장해."

부원들이 모여 그가 던지는 볼을 배팅해 보고 나서도 마찬가지 말을 했다.

"다시 속구가 살아났다. 아무튼 전상규는 위대한 놈이다."

그 소식은 곧 감독한테도 알려졌다. 운동장으로 나온 감독은 상규의 볼을 받아 보고 나서 고개를 끄덕였다. 옛날의 강속구가 다시 살아난 것이 분명했다. 오히려 옛날보다 더 빠른 것 같았다.

감독은 상규의 어깨를 툭 쳤다.

"너 이놈, 방학 때 피칭 연습 많이 했구나? 여행이나 하라고 한 내 말을 어기고. 전보다 더 좋아졌다. 축하한다."

상규도 이상할 정도로, 모든 사람들이 그의 피칭을 보고 놀라는 것이었다. 그런데 웬일일까.

"네가 그렇게 쉽게 선수 생활을 포기하리라고는 생각 안 했지만, 슬럼프가 좀 더 오래갈 줄 알았지. 그런데 겨울 트레이닝에 참가하지도 않았는데 웬일이지? 무슨 비결이라도 있나?"

그와 라이벌이 되는 부원이 진지하게 물었다. 컨디션이 나쁠

때 한두 이닝씩 가끔가다 등판하는 구원 투수의 물음을 받자
상규는,

"나도 모르겠어. 방학 때는 그냥 빈둥거리며 놀았는데."
했다.

야구 볼이 눈을 뜨고 날아간다는 것을 깨달은 것은 K대학에
입학하고 나서였다. 손에서 떠난 볼은 눈을 뜨고 타자의 방망
이를 교묘히 피해서 스트라이크 존으로 진입해 들어간다. 투수
가 잘 던져서가 아니라, 좋은 볼은 눈을 뜨고 스스로 날아간다.
고교시절까지만 해도 상규는 야구 볼을 던질 때나 돌멩이를
던질 때를 같이 생각했지만, 볼은 이상하게도 투수가 무시하고
돌멩이 던지듯 하면 아무리 신경을 써서 투구를 해도 볼이 나
고 자꾸 데드볼이 나오거나 엉뚱하게 하위 타선에서도 얻어터
진다.

볼이 눈을 뜨고 날아간다. 그가 슬럼프에 빠졌을 때는 볼은
모두 장님이 되어 마치 돌멩이처럼 곤두박질을 하던 것이었다.

"뭐, 연애한 것 아냐?"

구원 투수가 이렇게 묻자,

"아냐, 계집애가 있어야 연애를 하지?"
했다.

이렇게 대답을 하고 나자 문득 정은이가 머릿속에 떠올랐다.
조그마한 오정은이가 보고 싶어졌다.

'소질이 없으면 일찍 그만두라구? 미끄러진 야구 선수라구?'

상규는 오기만만한 그녀를 한 번 다시 만나고 싶어졌다.

상미에게 부탁을 하자 한마디로 거절했다.

"뻔뻔스러워요. 다시 야구 선수가 됐다고 으스대기라도 하려고요? 그 언니는 그런 언니가 아녜요."

"아냐. 보고 싶어서 그래. 무슨 과에 다니지?"

"왜? 학교로 찾아가서 세레나데라도 부르려구? 오빠는 좀 모자라요."

신학기가 되어 3학년이 됐다고 갑자기 성숙해졌을까. 상미는 지난겨울보다도 더 상규를 우습게 보며, 무참해지도록 아웃시켰다.

춘계 리그가 개막되자 상규는 눈코 뜰 새 없이 나날을 보내느라고 정은이를 생각해 볼 틈도 없었다. 컨디션을 다시 되찾은 상규의 피칭에 상대방의 타자들은 범타로 아웃되곤 했다. 실업팀과 대학팀이 모두 참가하여 풀리그로 시합을 벌이는 것이다. 모두 16개 팀이어서 열다섯 번을 싸워야 한다. 동률일 경우 재대결을 해야 하므로 우승에의 길은 멀고도 험하다.

야구 시합은 투수의 피칭만 좋다고 이기는 것은 물론 아니다. 타자들의 타력도 좋아야 하고 수비도 잘해야 한다.

K대학은 리그가 시작되고 나서부터 여덟 번 싸워서 다섯 번을 이겼다. 지금 현재로는 5승 3패로서 3위에 머물러 있다.

여덟 번째의 시합을 끝낸 지난 토요일 오후, 샤워장에서 몸을 씻고 타올을 어깨에 걸친 채 복도로 나왔을 때 부원이 큰소리로 외쳤다.

"상규, 너, 애인이 면회 왔다."

그 말을 듣고 상규는 상미가 찾아왔거니 하고 팬티만 입은 몸에 물방울을 그대로 흘리며 나가 보았다. 상미는 이따금씩 때와 장소를 가리지 않고 불쑥 오빠를 찾아오곤 했다.

그를 기다리고 있는 사람은 정은이였다. 상규는 흠칫 놀라, 수건으로 몸을 가렸다.

"뜻밖이군요."

"모든 게 상규 씨 뜻대로 되는 건 아니잖아요?"

정은이는 한 손에 책을 끼고 있었다. 당황해하는 구석이라고는 조금도 없이 또렷또렷한 말로 대꾸하고, 햇볕에 그을은 상규의 강인한 몸을 찬찬히, 민망할 정도로 구석구석 훑어본다.

"야구 선수가 다시 돼서 기쁘겠군요?"

"글쎄요. 덤덤합니다."

"내일 시합은 없지요? 나 말이죠, 말할 게 있어요. 오늘 갑자기 바다가 보고 싶어요. 동행해 줬으면 하고 왔어요."

"네, 바다에요? 바다라니, 파도가 치는 그런 바다요?"

"네."

재미있는 말이다. 상규는 그길로 감독에게 허락을 받고 정은이와 함께 운동장을 빠져나와, 그녀의 요구대로 버스를 타고 인천에 내려갔다.

"이번엔 정은이가 무언가에 미끄러진 것 같은데요?"

"오버센스예요. 나는 완전해요. 시시하게 미끄러졌다가 일어났다가 하지 않아요."

버스에서 내려 다시 마이크로버스를 갈아타고 인천에서도 꽤 떨어진 한적한 바다로 갈 때까지 그들은 아무 말도 하지 않았다. 그러나 상규는 웬일인지 그녀와 함께 있는 시간이 1분 2분 지날 때마다 굉장히 오래전부터 친했던 여자처럼 느껴졌다. 건방지고 도도한 정은이는 얼굴이 예쁜 것도 없고 몸이 풍만한 것도 아니다. 그런데도 이상하게 상규의 마음을 사로잡는 구석이 있다. 자그마한 키에 장난감 같이 붙은 어깨, 창백할 정도로 하얀 얼굴에 볼품이 없었지만, 이상하게 그녀에게 끌려가고 있었다.

"그때 처음 만났을 때의 일을 왜 사과하지 않는 거죠?"

정은이는 모랫벌을 곧바로 걸어간다. 모랫벌 위에는 작은 물새 발자국이 가지런하게 앞으로 이어져 나갔다. 잔모래여서 조금만 세월이 지나면 흙이 될 그런 모래였다.

간만의 차가 심한 바다이다. 철썩거리는 바다는 조금씩조금씩 뭍으로 기어올라 간다.

봄바다는 아무도 없이 텅 비어 있다. 텅 빈 바다에 갈매기가 끼룩거리며 날고, 작은 물새들이 해변의 모랫벌을 행진하다가 푸르르 날아오른다.

"내가 실패했는데 무슨 사과를 해요?"

"강속구로 아웃시키지 못해서요?"

"그럼."

정은이는 상규를 쳐다보면서 흰 이빨을 드러낸다.

"내가 찰싹 달라붙으면 어쩔려고?"

"그때는 차 버리는 거지. 여자는 한번 차 버리면 그뿐이야."

그녀는 대꾸도 하지 않고 흩날리는 머리칼을 또 쓸어올린다.

"이 물새 발자국이 어디까지 갔는가 따라가 봐요. 아주 조그만 새인 모양이에요."

"쓸쓸한 놈인가 봐. 혼자서 종종걸음을 쳤군."

물새 발자국은 모랫벌에 끝없이 이어지고 있다. 그들은 그것을 따라 앞으로 나아갔다. 멀리 항구 쪽에서 뱃고동 소리가 부웅 들려왔다. 소금 냄새가 나는 해풍이 제법 불어온다.

"그동안 몸이 아팠어요."

"아파?"

상규는 그녀의 얼굴을 흘끔 쳐다본다. 그러고 보니 얼굴이 안된 것도 같다. 그는 몸이 아프다라는 말을 아직까지 실감해 본 일이 없다. 피곤할 때면 잠을 푹 자고 나면 다시 거뜬해질 뿐 한 번도 아파 보지 못했다. 그만큼 아프다는 말은 그에게 생소하다.

"잠을 푹 자요."

"앓으면서 매일 전화를 기다렸어요. 앓다가 죽으면 어쩌나 했어요."

"죽다니, 어디가 아팠길래 그런 소릴 하지?"

"뭐, 누구나 죽을 수 있는 것 아녜요?"

"미안해. 전화를 해도 정은이가 화가 나서 안 받을 줄 알았지 뭐야."

"물론 안 받았겠지요. 그러나 전화를 안 한 것은 그것과는 다르지 않아요?"

물새 발자국은 밀려드는 바다 물결에 지워져서 더 이상 따라갈 수가 없게 됐다.

"물새가 익사한 것 아녜요? 물속으로 들어갔네요."

그녀가 갑자기 얼굴이 새파래지며 말했다.

"바보 같은 소리! 물새가 바다에 빠져 죽는다니 그게 말이나 돼?"

"이것 봐요. 바다 속으로 그냥 걸어 들어갔잖아요?"

"조수가 밀려오면서 발자국을 지웠기 때문이야."

"아녜요. 아마 빠져 죽었을지도 몰라요."

바다는 점점 철썩철썩 몸을 뒤채며 밀려든다. 그들은 물결을 피해 걸음을 옮긴다.

그녀와 모랫벌을 걸으면서 상규는 점점 어떤 확신이 드는 것이다. 첫 번 만나고 나서 그녀를 잊어버렸다고 생각하고 있었지만 사실은 자기의 마음속에 생생하고 끈질기게 살아 있었다는 마음이었다. 또한 슬럼프가 해소된 것도 바로 이 여자를 그리워하는 마음에서 연유된 것일지도 모른다는 생각이 들었다. 아니 그렇게 믿어지는 것이다.

"왜 갑자기 바다가 보고 싶다고 한 거야?"

정은이는 쿡쿡 웃는다. 모래를 한 줌 집어서 바다로 휙 내던진다.

"이런, 엉터리."

"엉터리가 아니예요."

정은이는 등을 구부리고 구두를 벗는다. 바람이 분다. 구두속에서 모래를 털어내는 그녀의 흰 목덜미에서는 제법 부는해풍을 받아 머리칼이 실지렁이처럼 움직인다.

"엉터리야. 갑자기 바다라니?"

상규는 다시 이렇게 말하며 눈을 들어 바다를 바라본다. 바다 위에는 멀리 고깃배들이 잠든 듯 조용히 떠 있다. 그 위를 갈매기가 재티처럼 작게 날리고 있다.

그때 정은이가 구두를 신으려고 한쪽 발을 들다가 균형을 잃고 상규 쪽으로 후딱 쓰러져 왔다. 인형같이 가볍게 보이는 그녀의 몸은 이상할 정도로 강한 탄력을 지니고 있어서, 상규는 그녀의 몸뚱이를 부축할 겨를도 없이 옆으로 쓰러졌다. 그는 순간적으로 입을 딱 벌렸다. 입속에 잔모래가 가득 들어왔다. 그녀를 안고 쓰러져 딩군 자세에서 그는 퉤퉤하고 입안의 것을 뱉아냈다.

모래를 뱉으면서 상규는 이상하게도 심한 자극을 느꼈다. 모래의 깔깔하고 무정한 촉감이 의외로 정반대의 미끄럽고 뜨거운 것에 대한 욕망을 불러일으키는 것이었다. 상규는 정은이의 목을 잡아당겨 입술을 찾았다. 그러나 작게 꼭 다문 그녀의 입은 좀체로 열리지 않았다.

스커트의 지퍼를 내리려고 손을 옆으로 가져갔다.

"안 돼요."

정은이는 냉정하게 그러나 숨가쁜 소리로 속삭였다.

"지금은 안 돼요."

상규는 그의 동작을 계속했다.

"알 수 없군."

어느새 그들은 땀을 뻘뻘 흘리고 있었다. 그는 실패했다. 모래가 몸을 파고 들어와서 가려움증을 옮겨 주는 벌레들처럼 곳곳에서 수물거렸다.

바다는 석양을 받아 황홀한 빛으로 꿈틀대고 있다. 해변의 모랫벌에 와 부딪치는 바다 물결도 곳곳에서 금색 동그라미를 그리고 지우고 하며 숨가쁘게 속삭이고 있다.

잠시 후에 그들은 모랫벌에서 일어났다.

"정은이는 알 수 없는 여자야. 여기까지 오자고 해놓고 이게 무슨 꼴이람."

상규는 그녀를 부축해 주며 투덜거린다. 구두를 신고 나서 정은이는 손으로 머리칼을 쓸어올린다.

"시합을 앞두고 여자를 관계하면 어떻게 되는지 알아요?"

"어떻게 되든 알 게 뭐야? 이번 시즌에는 우승하긴 틀렸어."

그녀는 몸을 흔들어 모래를 털어내며 그를 빤히 쳐다본다.

"아웃시키기 힘들죠?"

"아냐. 아웃시키려는 게 아니야. 처음 만났을 때는 그랬지만 지금은 아니야."

"갑자기 신파조로 나오는군요. 그럼 뭐죠?"

"자기를 좋아하기 때문이야."

"후후, 나를 좋아해요? 그럼 야구 볼은 어쩌고요?"

"……."

얼른 대꾸가 나오지 않는다. 상규는 그 순간 정은이를 놓치면 야구고 뭐고 모든 게 끝장이라는 생각이 든다. 해는 바다의 항아리 속으로 첨벙 잠겨 버린다. 해변은 갑자기 회색빛으로 변하고 해풍에서는 서늘한 기분이 묻어나고 있다.

"오늘 일도 또 사과를 해야 하나?"

"아뇨."

정은이는 또박또박 앞으로 걸어 나간다. 접어서 한쪽으로 쌓아놓은 색 바랜 비치 파라솔이 스산한 소리를 내며 바람에 펄럭인다.

"미안해요. 오늘 바다에 함께 오자고 한 것은 사실 나의 모든 귀중한 것을 상규 씨에게 주려고 온 거예요. 상규 씨는 건강하고 아름다운 남자예요. 그런데 여기 와서 생각해 보니까, 내가 좀 더 살 수 있을 것 같아요. 그래서 거부한 거예요. 부담 갖지 말아요. 내가 상규 씨를 어떻게 생각하든 그건 내 자신의 일이지 상규 씨와는 아무 관계도 없으니까."

정은이는 조수가 밀려드는 모랫벌을 곧바로 걸어 나가며 낮고 분명한 목소리로 말을 잇는다. 그녀의 발자국이 조수에 씻겨 하나씩 하나씩 소멸한다.

"왜 자꾸 죽는다는 말을 하지? 무슨 큰 병이라도 있나?"

"그래요. 저는 선천적인 악성빈혈 환자예요."

정은이는 담담하게 말하고 나서, 모랫벌 위에 널린 희고 작은 조개껍질을 주워 바다로 던진다.

"정은이……."

상규는 티셔츠의 칼라를 바람에 날리며 그녀의 장난감 같은 어깨를 두 손으로 잡는다. 바다가 저문다. 바람이 점점 세게 불어온다. 잔 모래알들이 티끌처럼 날린다.

그녀의 몸을 거칠게 요구했던 것이 부끄럽다. 상규는 야구볼을 던질 때처럼 그녀를 손아귀에 꼭 잡는다. 무시하거나 모멸하면 안 된다. 볼이 눈을 뜨고 날아가듯 정은이는 스스로 눈을 뜨고 날아가는 것이다. 바다가 출렁대며 보채기 때문일까. 바닷새들이 목마르게 저무는 바다 위를 종종걸음으로 날아가기 때문일까. 상규는 지금 자기의 품 안에 든 정은이를, 투 쓰리 풀 카운트에서 볼을 피칭할 때처럼 정성을 들여, 기도하는 마음으로 어루만진다.

그녀는 재생불능성빈혈이었다. 빈혈 증세는 여러 가지가 있지만 그녀는 빈혈 중에서도 가장 악성으로, 대학에 입학한 후부터 병원에 다니며 장기적인 치료를 받고 있다. 얼굴이 창백해지고 호흡 곤란을 느끼다가 졸도를 한다. 지난겨울부터는 일주일에 한 번 꼴로 수혈을 받아 오고 있다.

상규를 처음 만났던 날 밤, 통금에 묶여 여관에서 지내고 새벽녘에 집에 돌아와서 대문을 들어서다가 쓰러져 병원으로 옮겨졌다. 그 후에는 빈혈 증세가 점점 악화되어, 휴학을 하라는 의사의 권고를 받았지만, 정은이는 그것을 반대했다. 팽팽하게 생을 영위해야 한다는 것이 그녀의 마음이다.

정은이의 빈혈증은 그 원인이 분명치 않았다. 대개 재생불능성빈혈은 우레탄이나 살바르산 비소제, 수은제 등의 독물이나 의약품을 많이 사용했을 때 일어나거나, 방사선에 쏘인다거나 만성 전염병을 앓으면서 나타나는 것이다. 그러나 정은이의 증세는 원인이 분명치 않았고, 어릴 때부터 툭하면 까무라치고 얼굴이 하얗게 질렸던 것을 보면 선천적인 것인지도 모를 일이었다. 그래서 치료가 쉽지 않았다. 원인이 분명하면 그것을 제거하면 되지만 원인이 분명치 않으니 어떻게 손을 써야 좋을지 모르는 것이었다.

적혈구 이외에 백혈구 혈소판이 모두 감소되어 조혈기능에 장애가 와서 빈혈이 일어나는 것이다.

엽산을 장기복용하거나 주사를 맞는 경우가 가장 보편적인 치료 방법이다. 하루에 50내지 3백 밀리그램의 엽산을 먹거나 주사를 맞는다. 인체 내부의 균형을 조절해 주고 균에 대한 저항력을 길러 주는 호르몬인 코티존과 악스를 공급하는 방법도 있다. 수혈은 대증요법이다. 피가 모자라니까 피를 공급해 주면 해결될 것 같지만 수혈은 어디까지나 대증요법이지 근원적인 치료는 아니다. 수분이 모자라서 잎이 시드는 나무는 땅을 기름지고 수분이 많게 해 줘야 튼튼하게 자라나지, 잎이 시든다고 위에서 물만 뿌리면 뿌릴 때만 잎이 싱싱해졌다가 다시 시드는 것과 마찬가지이다.

정은이의 가계에는 빈혈이 많았다. 조부님과 고모가 모두 빈혈로 세상을 떠난 것을 보면, 선천적이고 유전적인 병을 안고 있는 집안인지도 모를 일이었다. 정은이가 자기의 병이 치료 불가능한 것이라는 사실을 깨달은 것은 이미 작년의 일이었다. 그때부터 그녀는 죽음에 대해 생각했고 늘 그 준비에 몰두해 온 것이다. 팽팽하게 잡아당긴 삶과 죽음의 끈을 양쪽으로 잡고 행여나 그 끈이 느슨해질까 봐 무슨 일이고 간에 억척을 부리고 명랑하고 활발하게 바쁘게 살아가는 것이다. 고교 후배인 상미가 오빠를 소개해 준다고 했을 때도 정은이는 가능하다면 그를 만나 곧바로 아무런 가식이나 예절이 필요없는 관계가 되려고 마음먹었다. 곧 함락될 성 안에서 죽음을 눈앞에 둔 젊은이들의 사랑이 솔직하고 대담하듯 정은이에게 있어서는 모든 일이 시간을 다투는 것이다. 죽음이 점점 다가온다는 것을 그녀는 잘 알았다. 한 방울 한 방울씩 피가 말라가는 몸뚱이를 이끌고 산다는 것은 말 못 할 희열과 긴장이 충만된 삶이라고 그녀는 느끼는 것이다.

"멜로드라마에 나오는 탤런트 같은 얼굴일랑 하지 말아요. 폐를 끼칠 생각은 없어요."

정은이는 어두워지는 바닷가 바위 위에 앉으며 상규를 바라본다. 그는 정은이가 말한 병의 증세와 죽음에 대한 이야기를 들으며, 9회 말 한 점을 지고 있을 때, 투 아웃에서 타석에 들어선 타자처럼, 온몸이 들떠서, 손에 땀을 쥐고 앞을 노려보고 있다. 정은이의 조그만 얼굴이 바람에 흔들리고 있다. 앞에서는 교묘하게 날아오는 흰 볼이 있다. 직구일지 커브일지 모른다. 하나만 잘못 치면 만사가 끝장이다. 끝까지 끝까지 눈을 떼지 않고 쳐야 한다. 관중들의 함성이 바닷물처럼 잉잉거린다.

"내가 정은이를 꼭 잡고 있으면 안 될까. 원인 모르는 병은 또 아무 까닭도 없이 나을 수도 있을 거야. 내가 정은이 옆에 있으면 안 될까."

"며칠 전에는 어찌나 빈혈이 심했는지 곧 죽는 줄 알았어요. 그래서 상규 씨를 만난 거예요. 제가 모든 걸 주려는 것은 철저하게 완전하게 죽고 싶다는 마음에서예요. 마지막 생을 팽팽하고 아름답게 살고 싶은 거예요. 폐고 위고 간장이고 모두 감염돼 있어요. 빈혈이 되면 저항력이 약해지기 때문에 어디 성한 구석이 하나도 없어요. 생각하면 재미있는 일이죠."

그들은 어두운 바다에서 어두운 몸으로 떠났다.

"그런데 오늘 여기 와서 마음이 달라진 거예요. 좀 더 살 수 있다. 좀 더 살아야겠다는 생각이 들어요."

"그럼. 제발 죽는다는 말은 하지 말아."

"속물 같은 얘기만 하는군요?"

인천에서 떠나는 밤 버스는 거의 비어 있었다. 밤 버스는 어둠과 바람을 가르며 죽음의 도시로 진입해 들어왔다.

속력을 내어 달리던 버스가 한강교 입구의 인터체인지에 와서 갑자기 느릿느릿해졌다. 붕붕거리는 클랙슨 소리가 물거품처럼 여기저기서 나고, 켰다 껐다 하는 차의 신호등이 어두운 밤바다의 불빛처럼 보챘다.

"사고가 난 모양인가?"

승객이 하품을 하며 말했다. 아무도 대꾸하지 않자,

"불이 난 모양이군."

상규는 고개를 빼어 앞을 내다보았다.

저만큼 앞에서 빨간 불기둥이 오르다가 스스로 가라앉는다. 잠시 후에 불기둥이 다시 올랐다.

"차가 충돌한 모양이야. 오늘 밤은 유난히 어둡다 이거야."

담배를 피워 문 승객은 좀 취기가 있어 보였다.

"이봐, 운전수, 이 차는 언제 떠나는 거야?"

"앞차가 빠져야 떠나죠. 지금은 옴짝달싹도 못 합니다."

"떠날 시간도 모르는 게 무슨 놈의 운전수야?"

"헤헤. 손님도 마찬가지 아닙니까? 너무 놀리지 마슈."

충돌사고가 크게 난 모양이었다. 인터체인지에서 발이 묶여 차에서 내려 걸어갈 수도 없다. 충돌한 차량이 불타고 있는 것으로 보아, 소통이 되려면 꽤 시간이 걸릴 것 같았다.

정은이는 상규의 어깨에 얼굴을 기대고 있다. 잠이 든 것일까. 상규는 그녀의 옆얼굴을 들여다본다. 바람을 쐬어 그런지 창백한 얼굴에는 붉은 반점이 돋아나 있다. 두 번째의 만남에서 그녀에게 완전하게 몰입될 줄은 몰랐다. 슬럼프에 빠져 신음하던 절정에서 만난 여자였기 때문일까. 콧대가 높고 당돌한 여자가 갑자기 자기의 모든 부끄러움을 송두리째 던져버리며 의지해 오기 때문일까. 피가 한 방울 한 방울씩 줄어드는 가슴 아픈 신비에 끌려서일까. 상규는 버스가 인터체인지에 묶여 여기저기서 소란이 벌어지는 속에서 천길 바다 밑 속으로 가라앉는 것 같은 침잠에서, 어깨에 몸을 기대고 눈감고 있는 정은이를 사랑하고 있는 자신을 발견하고 몸을 부르르 떤다.

"안개가 끼는 모양이야."

아까 그 승객은 또 중얼거렸다. 나들목 아래에서 안개가 어둠의 틈을 비집으며 피어오르고 있다. 나선형의 나들목은 안개에 휩싸여 거인의 뼈다귀처럼 슬프게 엎드려 있다.

"안개가 아니라, 연기 같구만 그래."

그것은 기분 나쁜 냄새가 나는 연기였다. 연기인지 안개인지 아무 거라도 상관없는 일이다. 봄철이 되면 서울에 안개가 많이 낀다. 그냥 안개가 아니라 대기 오염에서 오는 스모그 현상이 자주 일어난다. 봄이 되면 호흡기 질환이 많이 생기고 온몸에 부스럼이 난 것 같이 근질근질하여 신경이 날카로워지고 조그만 일에도 감정을 앞세워 적의를 번뜩이고, 반대로 하찮은 일에도 마음이 움직여 감동을 하는 것도 모두 이 때문이다.

"시체가 타는 연기야."

승객은 발을 딱딱 구르며 확신에 차서 한 마디 덧붙였다. 무관심하게 눈을 감고 있던 다른 승객들은 시체라는 말에 놀라 모두 몸을 움직인다.

"이것 봐. 허허, 이건 심장이 타는 냄새구면. 흐흐, 이건 넓적 다리가 타는 거고."

그는 코를 흥흥거리며 차창으로 몰려드는 연기를 하나하나 냄새를 맡아 보면서 중얼댔다. 염통구이 콩팥구이 로스구이를 안주로 소주를 마시는 사람처럼 그 승객은 코를 흥흥거리며 점점 취기에 들떠 지껄여 댔다.

춘계 리그가 끝날 때까지 상규는 정은이를 한 번도 만나지 못했다. 리그가 끝나자 날씨는 금방 무더워져서 곧바로 폭양이 퍼붓기 시작했다. 상규는 마지막 경기의 이닝을 끝내고 땀을 흘리며 혜화동 병원으로 달려갔다.

정은이는 활기찬 모습으로 침대에 누워 있다가 상규를 보자 후후거리며 웃었다.

"너무 로맨틱한데요? 시합을 끝내자마자 병원으로 여자를 방문한다는 게."

그녀는 짓까불며 말했다. 그가 걸터앉자 침대는 무너질 듯이 와르르했다.

"까불면 차 버릴 테야."

도어가 열리고 살찐 간호사가 흰 나방이처럼 살며시 들어왔다.

간호사는 창문의 커튼을 한쪽으로 활짝 젖히고 나서 흰 분말로 된 약을 정은이에게 주었다.

정은이는 약을 받으며 얼굴을 조금 찡그렸다. 상규가 주전자를 기울여 컵에 물을 따라 주자, 눈을 꼭 감고 약봉지를 입에 털어넣었다. 그리고 물을 마셨다. 창백한 얼굴은 곧 밝은 기운을 되찾아 상규를 빤히 쳐다보았다. 눈언저리로 가느다란 웃음기가 접혀지고 있었다.

"부모님 극성 때문에 입원도 하고 먹기 싫은 약도 먹는 거지, 제 생각은 이런 게 아네요. 어때요? 나를 구경하는 게 재미있죠?"

그녀는 장난을 하고 싶은 모양이었다. 상반신을 일으켜 침대위에 걸터앉아 두 손으로 머리칼을 재빠르게 쓸어올리며 공연히 후후 웃었다.

"환자답지 않은데?"

상규도 마음이 가벼워져서 싱긋 웃었다.

햇빛이 입원실을 대각선으로 가르며 밀려들어 왔다. 그러고 보니 창문은 서향이었다. 흰 빛깔의 간호사는 햇빛이 밀려드는 대각선 위에 맨종아리를 내놓고 물끄러미 서서, 정은이를 바라보다가 이따금씩 상규를 훔쳐보았다. 그러다가 상규와 눈이 마주치면 당황해서 눈을 돌렸다.

그녀는 견습 간호사같이 보였다. 자세히 보니 유니폼 속에 감춰진 그녀의 몸과 마음도 아주 어려 보였다. 영양이 좋아 통통하게 살이 쪘을 뿐 동작이 서툴고 굼떴다.

"이래도 환자답지 않아요?"

정은이가 발딱 일어서며 쏘아붙이듯이 짧게 말했다.

시트로 하반신을 가리고 있을 때는 미처 몰랐는데 그녀는 회색 빛깔의 환자복을 입고 있었다. 몸에 맞지 않게 커서 헐렁헐렁한 환자복을 입고 상규 앞에서 두 손을 벌리고 빙그르르 돌면서 후후거리며 웃는 것이었다.

"그만, 그만. 아주 환자다우니까 그만해."

정은이의 행동은 괴기스러운 기운이 감도는 것이었다. 사방이 흰 벽으로 된 좁은 입원실 바닥에서 헐렁헐렁하게 큰 환자복을 입고 맴을 돌며 웃어 대는 행동은 상규의 마음을 섬뜩하게 해 주는 맛이 있었다.

"그만해요. 이러면 안 돼요."

간호사가 그녀를 붙잡아 침대에 앉혔다. 이마에서 땀이 줄줄 흘러내리고 있었다.

정은이는 한동안 손으로 이마를 감싸고 있다가 얼굴을 들었다.

"현기증이 나요?"

간호사가 환자 카드를 훑어보며 물었다.

정은이는 고개를 저으며 명랑한 표정을 지었다. 바짓가랑이 아래로 조그만 맨발이 나와 있었다. 상규는 조금 전부터 정은이의 맨발을 보고 있었다. 얼굴색에 비하면 발은 까무잡잡해 보였다. 햇빛이 발등에 부서지고 있었다.

엄지발가락보다 집게발가락이 훨씬 더 길었다.

"숙녀의 발을 보는 건 실례예요."

정은이가 발가락을 꼼지락거리며 화난 듯 말했지만, 그렇게 말하는 표정은 하나도 화난 구석이 없고 오히려 상규에게 깊은 정을 표시하는 투정이 들어 있었다. 그녀의 조그만 발을 한참 바라보자 그는 웬일인지 가슴이 찡해 오며 눈시울이 아팠다.

정은이가 혜화동 병원에 입원했다는 소식을 들은 것은 그날 아침이었다. 선수 합숙소로 걸려온 상미의 전화 목소리는 상규의 마음을 마구 헤집는 것이었다.

"어젯밤에 입원했대요. 오빠야, 뭐, 정은 언니하고 적당히 한두 번 엔조이한 거니까 가 볼 필요는 없겠지만, 나중에 혹시 나한테 신경질 부릴까 봐 알려주는 거예요."

이쪽에서 말할 틈도 없이 전화는 딱 끊겼다. 곧바로 집에 전화를 했지만 상미는 벌써 학교에 가고 없었다.

그날은 춘계 리그의 마지막 날이었다. K대학은 이미 4패를 기록하고 있어서 우승에의 꿈은 깨졌지만 마지막 경기를 이기면 3위가 되고, 지면 5위로 미끄러지는 것이어서 상위 팀에 마크되느냐 아니면 탈락하느냐 하는 관건이 되는 경기였다. K대학으로서는 꼭 이겨야만 하는 경기였다.

그날의 피칭은 엉망진창이었다. K대학 팀이 가까스로 이긴 것은 오로지 상대 팀의 에러 때문이었다. 상규는 볼을 던지면서도 정은이 생각뿐이었다.

인천 바다에 갔다 온 이후로 한번도 그녀를 만나지 않은 것은 정은이가 그걸 원해서였다. 그녀는 고집이 셌다.

"아주 오래전부터 만나왔던 것처럼 느껴져요. 이번 리그가 다 끝날 때까지는 만나지 말아요. 슬럼프에서 헤어나기가 바쁘게 여자 만나느라고 또 시합이 뒤죽박죽이 되면 우습잖아요?"

"구경은 올 수 있지?"

"리포트 낼 것도 많고 학교 공부도 밀린 게 많아요. 내가 아니더라도 상규 씬 팬이 많잖아요?"

리그가 계속되는 동안 상규는 좋은 성적을 올리고 있었다. 슬럼프를 딛고 일어서자 비로소 야구를 이해하게 된 것 같은 마음이었다. 그전까지의 상규의 볼은 테크닉의 소산이었지만 이제는 테크닉과 정신의 합작인 셈이었다. 와일드 피칭으로 패스트볼이 나거나 데드볼이 날 때는 영낙없이 투수의 마음에 잡기가 있을 때였다. 시합 도중에 정은이의 얼굴이 떠올라 마음이 괴로웠지만 그것은 곧 시합을 잘해야 한다는 결심으로 바뀌어져서 그는 피칭이나 배팅이나 모두 좋은 성적을 올리게 되었다. 부원이나 감독도 그가 언제 슬럼프에 빠졌던가를 잊어버릴 정도였고, 건망증이 심한 관중들도 전상규가 등장할 때면 함성을 지르며 맞이했다.

"그 아가씨가 누군가?"

인천에 갔다 온 날 저녁, 합숙소로 들어서자 감독이 빙그레
웃으며 큰 몸을 흔들었다.

상규가 대답을 않고 머뭇거리자,

"영화 구경 갔었나?"

했다.

"바다에 갔다 왔습니다."

"바다에? 으흠, 아주 낭만적인데? 그런데 조심하게. 남자와
바다에 함께 가는 여자는 좀 위험해. 그것도 겨울 바다나 봄 바
다는 더욱 그렇지. 상규가 드디어 연애를 한다? 흐흠, 선수 생
활에 지장이 없는 한 상관없네만 너무 단시일에 뜨거워지지는
말게. 천천히 콘트롤을 잘 하라구."

감독은 담배 필터를 질경질경 씹으며 말했다. 샤워장에서는
물소리가 요란히 들려왔다. 한쪽 마룻바닥에서는 포수와 1루
수가 엎드려 팔씨름을 하고 다른 쪽에서는 라디오 방송을 들
으며 콧노래를 부르고 있었다. 호랑이로 이름난 감독이지만 일
단 시합이 끝나고 휴식으로 들어가면 선수들을 제멋대로 놀게
했다. 함께 어울려 기타도 치고 팝송도 부르고 흘러간 노래를
구성지게 불러서 부원들을 웃기기도 했다.

"바다에 함께 가는 여자는 정말 위험합니까?"

라디오를 듣던 부원이 감독을 쳐다보았다.

"위험하고 말고. 함께 바다에 가서 방파제를 거닐며 달콤하고 새콤한 이야기를 하는 척하다가 바다로 확 떠밀면 물에 빠져 죽거든. 그러니까 여자하고는 바다에 가면 위험한 거야."

"하하. 순 거짓말입니다. 그럴 땐 수영을 해서 나오면 되잖아요?"

감독의 우스갯소리에 모두들 시큰둥하게 웃고 말았지만 상규는 웬일인지 마음이 무거웠다.

합숙소는 캠퍼스 서북쪽에 있는 구릉 아래 자리 잡고 있다. 구릉에는 나무숲이 빽빽히 우거져 있고 그 밑으로 야구장이 있다. 야구장 아래로는 공과대학 건물이 ㄱ자로 위치해 있다. 그날 밤, 취침 시간이 지나도 상규는 잠이 오지 않았다. 모랫벌을 거닐다가 정은이와 함께 쓰러져 뒹굴던 일이 생각나자 얼굴이 훅훅 달아올랐다. 빈혈증이 그렇게도 무서운 병일까. 정은이처럼 똑똑 부러지도록 분명한 여자가 허튼소리를 할 리는 없을 것이었다.

'그런데 오늘 여기 와서 마음이 달라진 거예요. 좀 더 살 수 있다, 좀 더 살아야겠다는 생각이 들어요.'

정은이의 말이 다시 귓전에 맴도는 것이었다. 가슴이 아프도록 무서운 말이었다. 마지막 생을 아름답고 팽팽하게 살고 싶다는 그녀의 말이 다시 생각나자 상규는 몸을 부르르 떨면서 자리에서 일어났다. 부원들의 코고는 소리가 그때처럼 싫은 적이 없었다. 그렁그렁 코를 골거나 잠꼬대를 하는 소리가 평소에는 말할 수 없이 정답게 느껴졌는데, 그날 밤은 짜증이 나도록 싫었다.

밝은 별빛이 내리고 있었다. 구릉 쪽에서는 이름 모를 새가 울었다. 공과대학 건너편으로 이어져 나간 도시의 밤도 조용하게 잠들어 있었다.

합숙소 앞 나무 밑에 놓인 벤치에 앉자 풀벌레들이 살을 스치며 날아다녔다.

"상규가? 잠 안 자고 왜 나와?"

어둠 속에서 굵은 목소리가 들렸다. 감독이었다. 상규는 흠칫 놀라 목소리가 난 어둠 속으로 엉거주춤 다가갔다. 감독의 얼굴은 보이지 않았지만 그가 피워 문 담뱃불이 빨갛게 보였다.

"모레는 오전부터 시합이야."

"예, 알고 있습니다. 바람 좀 쐬이러 나왔습니다."

"앉게."

감독은 벤치에 앉아 있었다. 눈이 어둠에 익숙해지자 그의 얼굴도 알아볼 수 있었다. 상규는 그가 시키는 대로 벤치에 앉았다.

건너편 마을에서 개 짖는 소리가 멀리 들려왔다. 목마르게 몇 번 짖다가 멈추었다.

"자네, 혹시 야구에 대한 회의가 생긴 것 아닌가?"

"그저 바람 쐬이러 나왔을 뿐입니다."

"아니, 내 말은 그게 아니고, 일반적인 얘기야."

"왜 갑자기 그런 말씀을 하시는지 모르겠군요."

그는 담뱃불을 부벼 껐다. 상규 쪽으로 얼굴을 돌렸다. 어둠에 휩싸인 그의 얼굴은 가면을 쓴 것처럼 윤곽만 보일 뿐 다른 것은 아무것도 볼 수가 없었다.

"슬럼프에서 벗어난 것은 장한 일이지만, 무슨 이유가 있어야 되거든. 그런데 자네는 아무런 이유 없이 슬럼프를 극복했단 말야. 슬럼프에 빠질 때도 마찬가지였어. 그래서 묻는 말이네."

"저도 잘 모르겠어요."

"으흠."

"지난겨울부터 어떤 여자를 친구로 사귀고 있어요. 달라진 것은 그것밖에 없어요."

"바닷가에 같이 갔던 여잔가."

"예. 뭐 보잘것없는 계집앤데 이상하게 마음이 끌려요."

"몇 번이나 만났는데?"

"꼭 두 번 만났어요."

감독은 그 말을 듣고 쿡쿡 웃었다.

"겨우 두 번째야?"

"그런데도 굉장히 친한 기분이 들어요. 아무튼 이상해요."

감독은 또 쿡쿡 웃었다.

"내 말이 맞지? 바다에 가자고 하는 여자는 위험하다는 게 사실이지? 겨우 두 번 만난 여자한테 상규가 푹 빠지는 걸 보면 그 여자야말로 아주 위험한 여자지 뭔가."

그날 저녁 감독과 상규는 어두운 벤치에 오랫동안 앉아 있었으나 더 이상의 말은 하지 않았다. 감독은 감독대로 어떤 추억에 젖어드는 모양이었고 상규는 상규대로 정은이에게 한 발두 발 점점 깊게 빠져 들고 있었다.

"그 여자가 바로 열쇠였군. 자네가 슬럼프를 극복한 이유를 풀 수 있는 열쇠 말이네. 그러나 이것도 알아두게. 다시 슬럼프에 빠지는 이유도 된다는 걸."

벤치에서 일어서며 감독은 아주 낮은 목소리로 말했다. 너무 낮아서 웅얼거리는 것 같았다.

리그의 마지막 날인 그날, 시합이 끝나자마자 상규는 감독에게 말하고 팀을 빠져나왔다. 시합이 끝나면 부원들이 모두 어울려 영화 구경을 가거나 불고기 파티를 벌이는 게 관습이었다. 상규가 먼저 나가겠다는 말을 하자 감독은 빙그레 웃으며 어깨를 툭 치는 것이었다.

"또 바다에 가는 거야?"

"아닙니다."

"위험한 여자는 애당초 조심해야 되는 거야."

"위험하지 않아요."

상규는 침을 꿀꺽 삼키고 나서 말을 계속했다.

"입원해 있어요. 병원으로 가는 길입니다."

감독과 부원들이 눈을 둥그렇게 떴다. 상규는 그 말을 마치고 나서 곧바로 몸을 돌려 운동장을 빠져나왔던 것이다.

"퇴원을 하고 싶은데, 의사 선생님 안 계세요?"

정은이는 발가락을 꼼틀대며 간호사를 쳐다보았다.

"누워요. 곧 선생님이 오실 거예요. 혈압이 굉장히 내려갔어요."

간호사는 정은이를 부축해서 침대에 눕히려고 했다. 그러나 정은이는 신경질을 냈다.

"병원에 이렇게 누워 있어 봐야 내 병이 낫는 건 아니에요."

"치료를 받아야 할 게 아냐?"

상규가 한마디 했다. 그의 생각으로는 약도 많이 많이 먹이고, 주사도 자꾸자꾸 놔야 될 것 같은데, 병원 측에서 왜 정은이를 이대로 방치해 두는지 알 수 없었다. 입원을 한 환자가 아니라 잠깐 쉬러 온 사람을 대하는 것처럼, 상규가 병실에 들어온 지 한 시간이 돼 가는데도 간호사는 그냥 멀뚱히 서 있을 뿐이고 의사는 콧배기도 안 보이는 것이었다.

"블러드 뱅크에 연락을 하는 중이에요. 요즘은 좋은 피가 드물어요."

햇빛이 정은이의 얼굴에 닿자 커튼을 다시 늘이며 간호사는 말했다.

"또 수혈을 받으라고요? 이제 그것도 지긋지긋해요."

햇빛은 어느새 병실의 한구석만을 비치고 있었다. 바람이 조금씩 불어서 창밖의 나뭇잎이 살랑살랑 흔들렸다.

"야구 얘기를 물어보지 않아서 섭섭했겠네요. 오늘 경기는 어땠어요?"

정은이가 상규를 쳐다보며 말했다. 너무 창백한 얼굴이었다.

"응, 오늘 시합은 아주 개판이었어. 3회까지 모두 3진을 먹었는데 그만 4회 말에서 3루타를 얻어맞았지. 그래도 이겼으니까."

그때 병실 문이 열리고 키가 홀쭉하고 깡마른 의사가 들어왔다. 의사는 이상한 눈초리로 상규를 건너다보았다. 그 시선에는 적의가 있는 것 같았으나 상규는 머리를 꾸벅하고 인사를 했다.

"혈압을 다시 재 봐."

의사는 간호사에게 간단히 말하고 나서 정은이 쪽으로 다가 갔다. 눈까풀을 뒤집어 보았다.

"왜 말을 안 듣지? 휴식을 충분히 취하라고 했는데, 상태가 나빠진 걸 보니 또 공부를 많이 했나 보구나."

간호사는 혈압기를 가지고 와서 정은이의 가느다란 팔뚝에 감고 튜브를 눌렀다.

"조금 전에 아버지가 전화를 하셨다. 곧 이리로 오신다고 했어."

"퇴원하면 안 돼요?"

"안 돼."

혜화동 병원은 정은 아버지의 친구가 원장으로 있는 오래된 병원이었다. 정은이의 빈혈병을 고치려고 대학병원으로, 세브

란스로, 우석병원으로, 성모병원으로 다니던 아버지는, 자기 딸의 병이 완치될 수 없다는 것을 알고 난 다음부터 혜화동 병원으로 옮겨 앉힌 것이었다. 친구가 원장이므로 모든 것을 믿어도 좋았고, 정은이가 어릴 때부터 자주 놀러 다니던 집이므로 병원에 입원을 했다는 기분이 되도록 들지 않게 하기 위한 배려에서였다.

"수혈 준비해."

잠시 후에 간호사는 수혈 기구를 챙겨 가지고 들어왔다. 삼각뿔 모양으로 생긴 비닐 주머니에는 시뻘건 혈액이 가득 담겨 있었다.

"이런 것 처음 보죠?"

정은이는 의사한테 가느다란 팔뚝을 내맡기고 나서 상규를 보며 후후 웃었다.

"정은이도 보이 프렌드가 있었나?"

의사가 정은이의 팔뚝을 알코올 솜으로 닦으며 말했다.

의사가 들어오고부터 상규는 병실에 있기가 거북했다. 정은이와 자기가 많은 사람이 보는 가운데 카메라 앞에 나란히 서 있는 것 같은 생각이 일어나는 것이었다.

피가 든 비닐 주머니에서 길게 늘어뜨린 가느다란 튜브 끝은 바늘로 연결되어 있었다. 간호사는 바늘을 정은이의 정맥에 꽂았다. 바늘이 닿자 정은이는 야릇하게 웃으며 상규를 쳐다보았다. 튜브를 통해서 피가 흘러내리기 시작했다.

"이 피는 아주 깨끗한 거다. 블러드 뱅크에 특별히 부탁을 해서 가져온 거야. 아무 생각 말고 한잠 푹 자요. 그렇게 쳐다보지 말고."

"수혈받기도 싫증이 나요. 벌써 몇 번째죠? 제 몸 속에 있는 피는 모두 딴사람의 피뿐일 거예요. 기분이 나빠요."

그녀는 눈을 말똥거리며 따지듯 말했다. 의사는 깡마른 체구였지만 온몸에서 풍기는 분위기는 넉넉하고 여유가 있었다.

"누구의 피든 간에 피는 순결하고 성스러운 거야."

의사가 나가자 다시 병실에는 상규와 간호사만이 남아 정은이를 지켜 보고 있었다. 지난번에 입원했을 때 수혈을 받다가 정은이가 바늘을 빼 버린 일이 있었다. 그래서 그다음부터는 옆에 간호사가 지켜서 있도록 의사가 명령을 했다.

"아무리 피를 받아 봐야 말짱 헛일이에요. 임시변통에 불과한 거예요."

정은이는 찬찬한 목소리로 상규를 쳐다보며 말했다. 찬찬한 목소리, 그렇다. 오기가 똑똑 떨어지던 목소리에 비하면 그것은 찬찬한 목소리였다. 그러나 그 목소리에는 패배나 좌절의 기분이 아닌 평화와 안정의 기분이 담겨 있었다. 그러나 그것은 눈물겨운 평화였다.

"생각해 보세요. 이 조그만 몸에 든 피가 모두 남의 피라는 것을. 이름도 얼굴도 모르는 수많은 사람들의 피가 섞여 있는 거예요."

정은이는 속으로 울고 있었다. 어느새 병실은 어두움이 깃들고 있었다. 간호사는 전기 스위치를 올려 어둠을 밀어내었다. 어둠은 창으로 쫓겨나가, 창밖의 나뭇가지에 얼굴을 부비며 병실을 들여다보고 있었다.

잠시 후에 병실의 문이 열리고 노신사 한 분이 들어왔다. 정은이의 아버지였다.

"좀 어떠냐?"

머리가 희끗희끗한 그는 정은이에게 다가가며 말했다. 그 말을 들으며 상규는 병실을 빠져나왔다.

복도는 어두웠다. 낡은 건물이어서 창틀의 페인트 칠이 듬성듬성 벗겨져 있고 군데군데서 곰팡이 냄새도 코를 찔렀다.

병실을 나오기 직전에 마주친 정은이의 눈길은 물기에 젖어 있는 것처럼 보였다. 상규도 마찬가지였다. 온몸이 근질근질하고 아무나 붙잡고 소리라도 지르고 싶도록 가슴이 답답해 왔다. 그러나 상규가 병실을 나온 것은 답답한 가슴을 틔우기 위해서만은 아니었다. 의사를 만나고 싶었다.

사실 그는 정은이의 병세가 어느 정도인지도 잘 몰랐다. 상미한테 물어보았으나 그 애도 잘 모르는 모양으로 철딱서니 없게도,

"몸이 좀 아픈 게 무슨 흠이에요? 오빠처럼 정신상태가 글러먹은 게 더 큰일이지."

하며 놀려대기만 했던 것이다.

"들어오게."

원장실 문을 노크하고 들어서자, 등을 돌리고 의자에 앉아 있던 의사가 이렇게 말했다. 상규는 깜짝 놀라 주춤했다.

"자, 앉아요."

그는 얼굴을 돌리지도 않고 또 말했다. 그제서야 그의 맞은 편 벽에 큰 거울이 걸려 있는 것이 보였다. 거울 속에서 바짝 마른 의사가 웃고 있었다.

"자네가 바로 전상규 군이지?"

그는 의자를 빙그르르 돌리며 상규를 마주 보았다.

"저를 어떻게?"

의자에 앉으며 얼굴을 붉히자 그는 껄껄 웃었다. 껄껄 웃었 다기보다는 키르르 하며 웃었다고 해야 옳았다. 그의 웃음소리 는 독특한 구석이 있었다. 메마른 웃음이었지만 순하고 어리숙 한 기분이 나는 그런 웃음 소리였다. 흰 가운을 입고 키가 훌쭉 큰 그는 흡사 늙은 두루미 같아 보였다. 웃음 소리도 두루미처 럼 어딘지 헐쑥하고 엉성한 것이었다.

"정은이 병실에서 자네를 처음 보자 어디서 많이 본 얼굴이 란 말이야. 아주 낯이 익단 말야. 가만히 생각해 보니 자네가 바로 전상규야. 바로 엊저녁 경기도 구경을 했거든. 운동장에 직접 나가지는 않아도 TV중계는 꼭 보지. 엊저녁에는 자네도 안타를 하나도 못 쳤지? 하긴, 피처는 공만 잘 던지면 의무를 다하는 거니까 배팅에 너무 욕심을 내면 안 되지."

의사는 이름있는 대학의 야구 선수를 직접 대하니까 기분이 몹시 좋은 모양이었다. 의자에 앉은 채 몸을 앞뒤로 흔들며 웃었다. 키르르르…… 하는 웃음 소리에는 어리숙하고 바보 같은 기분이 듬뿍 묻어 나오고 있었다. 깡마른 사람은 대개 이지적인 편인데 의사는 전혀 그렇지가 않았다.

"정은이 병세를 알고 싶습니다."

"자네가 지금 본 대로야. 아주 악성이기 때문에, 손을 쓸 수도 없지. 똑똑한 아이인데 안됐어. 그대로 방치할 수는 없으니까, 할 수 있는 데까지는 해봐야겠지만, 현재로서는 절망적이지."

책상 위에 놓인 명패에는 흰 글씨로 '의학박사 길인태'라고 씌어 있었다. 상규는 그 일곱 개의 글자를 하나하나 속으로 읽다가 갑자기 외치듯 말했다.

"길 박사님, 정은이 하나 살리지 못하면서 부끄럽지도 않으십니까? 빈혈 환자도 치료를 못 하면서, 야구 중계나 보면 답니까?"

그 말을 듣고 의사는, 가시에 찔린 두루미가 푸덕거리는 것처럼 당황해서 의자에서 엉거주춤 일어섰다. 그는 한동안 말없이 서 있다가 이윽고 입을 열었다.

"정은이는 내가 딸처럼 대하는 애야. 그 애 아버지와 나는 동향이고 동기동창이지."

"죄송합니다. 제가 너무 다짜고짜 흥분을 했습니다."

"사과할 것 없네. 정은이한테 자네 같은 친구가 있는 줄 몰랐네."

간호사가 들어왔다. 원장실에 상규가 와 있는 것이 뜻밖이라는 표정을 했다.

"다 끝났나?"

"아뇨. 아직 남았어요. 아버지께서 병실에 계시겠답니다."

"퇴근해도 좋아. 곧 미스 최가 나올 테니까."

혜화동 병원은 내과, 외과, 산부인과가 있었다. 고용 의사가 세 명이고 간호사는 모두 일곱 명이었다. 원장인 길 박사 댁은 병원의 안채에 자리 잡고 있었다. 요즘 종합병원이 부쩍 늘어나서 그쪽으로 환자를 많이 뺏겨서 그렇지, 몇 년 전까지만 해도 몰려드는 환자들을 미처 다 받을 수 없을 정도로 인기가 많았다. 인기라기보다는 전통과 신의 때문에 환자들이 많이 찾는 곳이었다.

병실에 다시 가 보니 정은이는 잠들어 있었다. 머리맡에 앉아 있는 정은이 아버지는 상규가 문을 열고 들어가도 그저 멍하니 바라볼 뿐 아무런 기색도 하지 않았다.

"최선을 다할 뿐일세."

상규가 병원을 나올 때 길 박사가 손을 잡으며 말했다. 약간 언덕배기에 자리 잡은 병원은 밤바다에 떠 있는 선박처럼 느껴졌다. 계단을 내려오면서 상규는 깊이 모를 어두운 바다속으로 빠져들어가는 듯한 생각이 들었다.

길모퉁이를 돌자 손에 잡힐 듯이 창경원의 돌담이 가로등 불빛을 받아 밝게 보였다. 상규는 바지 주머니에 손을 쑥 집어넣은 채 뚜벅뚜벅 안으로 걸어갔다.

그렇다면 자기 위안이 아닌가. 가망이 없다는 걸 뻔히 알면서도 입원을 시키고 약을 먹이고 피를 넣어주고…… 정은이를 살리자는 게 아니라 살아 있는 자들이 자기 위안을 하기 위해 그러는 것이 아닌가.

버스정류장에 왔을 때 빗방울이 후둑후둑 떨어지기 시작했다. 버스가 와 닿자마자 사람들이 내리고 탔지만 상규는 어느 쪽으로 가야 할지 방향도 정하지 못하고 있었다. 집으로 가려면 미아리 쪽으로 가는 버스를 타야 했다. 합숙소로 가려면 마포 쪽으로 가는 버스를 타야 했다. 그러나 합숙소에는 아무도 없을 것이었다. 리그가 다 끝났으니 부원들이 모두 집으로 돌아갔을 것이다. 그러나 집으로 갈 마음도 선뜻 나지 않았다.

"비가 오네요."

그가 서 있는 가로수 밑으로 어떤 여자가 바짝 다가들며 말했다. 푸르스름한 가로등이 여자의 얼굴을 비추었다. 처음에는 누군지 알아볼 수 없었다.

"퇴근하는 길입니까?"

"아까부터 댁을 보고 있었어요. 깊은 생각에 잠겨 있는 모습이에요."

묻는 말에는 대답하지 않고 그 여자는 좋알거리며 좀 더 가까이로 다가섰다. 빗방울이 점점 많이 떨어지고 있었다. 가로수의 널따란 잎사귀에 툭툭 떨어지는 빗소리가 차츰 소란스러워져 갔다.

짧은 스커트에 블라우스를 입은 모습은 딴사람같이 보였다. 흰 가운을 입고 있을 때는 꼭 나방이처럼 작고 통통하게만 보였었다.

그녀는 혜화동 병원의 간호사였다. 정은이의 병실에 들어와서 어정쩡한 얼굴로 서 있던 서툰 간호사. 그러나 가운을 벗고 옷을 갈아입은 그녀는 흡사 다른 사람 같아 보였고 병원에서 보았을 때보다 생기가 있게 느껴졌다.

"무척 걱정이 되나 봐요."

비에 젖은 머리칼을 한 손으로 훑어 내면서 그녀는 말했다. 상규의 한쪽 어깨도 비에 젖고 있었다. 가로수는 두 사람이 숨을 만하지 못했다. 밑둥은 크지만 가지를 싹둑싹둑 잘라내어 잎은 보잘 것이 없었다.

"아주 가망이 없습니까?"

"글쎄요. 제가 아는 것은, 치료 받는 것을 정은이가 스스로 달가워하지 않는다는 것 뿐이에요."

"그런데 참, 깨끗한 피가 없다니 그게 무슨 말이죠?"

의사도 간호사도 정은이도 모두 요즘은 깨끗한 피가 없다는 말을 했다.

"혈액은행에 있는 피는 매혈자들이 판 것이에요. 요즘 혈액

관리가 잘 안 돼서 병균이 든 피가 많아요. 그래서 수혈을 하면 다른 질환이 생기는 수가 많답니다. 병균이 없는 건강한 사람의 피를 깨끗한 피라고 하죠."

비가 점점 더 쏟아졌다. 나무 아래에도 비가 마구 쏟아졌다. 차가운 빗방울이 이마에서 흘러내렸다. 문득 상규는 어떤 생각이 떠올랐다. 왜 그 생각이 이제 떠올랐을까.

"차나 한 잔 할까요?"

급한 목소리로 상규가 말하자 그녀는 기다렸다는 듯이,

"엘리제로 가요."

하며 맞은편을 가리켰다.

빗속으로 '엘리제'라는 네온사인이 언뜻 보였다. 그들은 빗속을 달음질쳐서 다실로 뛰어들어 갔다.

"정은 씨를 지독하게 사랑하나 보죠?"

커피를 홀짝 마시고 나서 상규를 빤히 쳐다보는 그녀의 표정은 아무 스스럼도 없었다. 가까이에 마주 앉아 얼굴을 자세히 보니, 오목조목하게 살이 찐 그녀는 탐스러웠다.

"지독하게라니요? 어떤 것이 지독한 겁니까?"

머리칼에서 흘러내리는 빗물을 수건으로 닦으며 상규도 그녀를 빤히 쳐다보았다.

"표정에 다 나타나 있어요. 상규 씨는 운동 선수라서 그런 데는 둔감한 줄 알았는데, 아까 정은씨 팔뚝에 제가 주사바늘을 꽂으니까 상규 씨가 얼굴을 찡그리지 않았어요? 환자의 아픔을 함께 나눈다는 건 중요한 거예요. 어때요? 제 말이 맞죠?"

"내 이름을 어떻게 아십니까?"

"정은이가 어젯밤 나에게 모두 말했거든요."

"정은이가?"

"여자는 다 마찬가지예요. 사랑하는 사람이 생기면 안절부절못하고, 자기 마음을 남한테 말하고 싶어 하는 거예요."

그 말을 듣자 상규는 가슴속이 찌르르해 왔다. 도도하고 오기만만한 정은이가 간호사한테 자기와의 쑥스러운 이야기를 하다니.

"제 이름은 모르죠?"

"물론."

커피를 죽 마셨지만 아무런 맛도 알 수 없었다. 빗물이 흐르는 우산을 접으며 한 떼의 손님들이 들어와서 그들의 옆자리에 앉아 큰소리로 투덜대기 시작했다.

"이름을 알려주지 않았으니까."

"아까 병원에서 사무 명찰을 달고 있었는데요? 정은이 때문에 저는 안중에도 없었겠죠."

그녀는 핸드백에서 아크릴로 된 작은 명찰을 꺼내 그의 앞으로 내밀었다. 거기에는 '김말자'라고 씌어 있었다.

"아, 김말자 씨."

"제가 다섯째 딸이에요. 딸 그만 낳으라고 말자라고 이름을 지었대요. 하지만 내 밑으로도 여동생이 둘이나 된답니다."

병원에서 볼 때는 그녀의 행동은 서툴고 굼떠 보였는데, 사실은 그렇지 않은가 보았다. 아무 이야기고 간에 입만 열면 술술 내뱉었다. 딸 이야기를 하며 말자가 킥킥 웃어 대자 상규도 마음이 조금 안정되었다.

병원에서 나온 다음부터 그의 마음에도 스산하게 비가 내리고 있었다. 질척질척하게 내려 피부를 근질근질하게 하는 비.

최선을 다할 뿐이라구? 절망적이라구? 상규는 길 박사의 말을 생각하며 가슴에서 솟아오르는 분노를 이겨낼 수가 없었다. 하지만 그것이 어찌 길 박사의 죄이겠는가.

"정은이 혈액형이 뭐죠?"

상규는, 앞에 마주 앉아 있는 자기를 이모저모 뜯어보며 재미있어 하는 말자에게 물었다. 그 말을 듣자 말자는 손톱으로 티 테이블을 똑똑 두드리며 한동안 아무 대꾸도 하지 않았다.

"엘리제에 자주 오느냐든가, 혜화동 병원에 언제부터 있었느냐든가, 집이 어느 쪽이냐든가 하는 걸 물어볼 줄 알았는데요?"

그때 상규는 눈을 감고 병실에 누워 잠이 든 정은이의 조그만 얼굴을 떠올리고 있었다. 말자가 묻는 것에 대답을 하지 않고 딴소리를 하자, 후닥닥 놀라 의자에서 등을 떼고 곧바로 앉았다.

"정은이는 B형이에요, 댁은 혹시 O형 아녜요? 맞았죠? 정은이에게 피를 주세요. 댁은 건강하니까 웬만큼 피를 빼도 끄떡

없을 거예요."

말자는 생글생글 웃으며 재빠르게 말했다. 머리가 찡하도록 상규는 놀라 입을 딱 벌렸다.

그의 혈액형은 O형이었다. 가로수 밑에서 말자와 비를 피하고 있다가, 그녀를 데리고 다실로 들어온 것도 바로 정은이의 혈액형을 알아 보고, 만일에 자기의 피를 정은이에게 수혈해 줄 수 있는가를 확인하려는 마음에서였다.

"내가 O형이면 정은이에게 피를 줄 수 있습니까?"

"물론이죠."

"어떻게 하면 되지요?"

말자는 사무적인 어조로 수혈 방법을 설명했다. 보통 블러드 뱅크에서 피를 공급받아 수혈하지만, 위급할 때는 헌혈 형식으로 병원에서 직접 할 수 있다. 피를 주는 사람과 받는 사람이 곧바로 각자의 정맥을 연결하여 수혈하는 방법도 있다는 것이었다.

"의사 선생님을 만나야겠습니다."

상규가 자리에서 벌떡 일어서자, 말자는 킬킬 웃으며,

"지금은 가 봐야 소용없어요. 한꺼번에 수혈을 많이 할 수 없어요."

했다.

밖으로 나오자 비는 더욱 억수로 쏟아지고 있었다. 질척거리는 길에는 피곤한 밤 버스들이 속력을 내어 달리고 있었다. 버스를 기다리느라고 서 있는 그들 앞으로 비에 함빡 젖은 신문팔이 소년이 쓸쓸하게 뛰어갔다.

"정은 씨가 완쾌되길 빌겠어요."

말자는 예의 바르게 말하고 나서 버스로 뛰어올랐다. 상규는 버스정류장을 지나쳐서 창경원 쪽으로 천천히 걸어갔다. 죽죽 내리는 비를 그대로 맞으면서 걸어가는 그의 모습을 지나가는 행인들이 흘끔흘끔 쳐다보았다. 담 밑에는 군데군데 우산을 받은 연인들이 서로 손을 맞잡고 서 있었다.

그에겐 우산을 함께 쓸 사람이 없다는 생각이 떠올랐다. 상규의 앞에 가는 젊은 남자는 옆의 여자의 어깨를 안은 채 조그만 우산 하나에 간신히 두 개의 머리만 감추고 걸어갔다. 여자의 왼쪽 손에는 접은 박쥐우산이 들려 있었다. 그런 모습을 보자 따뜻한 불빛을 얼굴에 받은 것 같은 생각이 들었다.

창경원 정문에는 비가 오는데도 사람들이 꽤 많이 서 있었다. 우산을 쓴 연인들이 시간에 쫓겨 정문을 나서고 있었다. 문득 창경원에 들어가고 싶은 생각이 났다.

"시간이 지났소."

매표구는 닫혀 있었다. 정문에 서 있던 수위가, 비를 함빡 맞은 채 매표구 앞에서 머뭇거리는 상규에게 퉁명스럽게 말했다.

이튿날, 상규는 오래간만에 강의를 들었다. 무역론 시간이었지만 강의 내용은 거의 알아들을 수 없었다. 신학기가 되자 곧바로 춘계 리그 연습으로 들어갔고 또 연달아 시합에 출전했으므로 올바로 강의를 들을 수 있는 시간이 하나도 없었다. 대학의 운동 선수가 강의실에서 맛보는 뼈저린 패배감과 고독은 경험해 보지 않은 사람은 아무도 모른다. 그만큼 학과 공부와 선수 생활은 양극적인 것이어서 이러한 딜레마를 극복하기가 여간 어렵지 않았다.

오전 중에는 캠퍼스에서 보내다가 오후가 되어 야구부실로 가 보았다. 며칠 후면 대학연맹전에 대비하여 다시 합숙훈련에 들어가야 했으므로 부원들은 벌써부터 연맹전 이야기를 하면서 임전태세를 취하고 있었다. 상규가 들어서자 입이 건 부원이 말했다.

"웬일이야? 인천에 가 있는 줄 알았는데?"

"인천?"

"왜 있잖아? 이거."

그는 새끼손가락을 치켜들며 낄낄거렸다.

"적당히 해야지, 너무 심하게 하면 몸을 버린다."

상규의 어깨를 툭 치며 부원들이 말했다.

"걔, 괜찮더구나. 그래, 어느 라인까지 갔니?"

"쓸데없는 소리 하지 마. 내가 언제 인천에 갔다고 말했어?"

상규는 좀 신경질이 났다. 야구부실에 잠깐 들렀다가 바로 혜화동으로 가려는 참이었는데 공연히 남의 입질에 오르내리는 게 못마땅했다.

"임마, 지금이 몇 세기인 줄 알아? 그따위 18세기식 연애는 집어치워."

구원 투수가 야구공을 손바닥 위에 놓고 뱅뱅 돌리며 빈정댔다. 18세기식 연애라니, 그게 무슨 말일까. 상규는 손을 내저으며 아무런 대꾸도 하기 싫다는 시늉을 했다.

"그래, 먹었니?"

구원 투수가 그의 등 뒤에 대고 말을 계속했다. 평소에도 상규와 곧잘 티격태격하는 사이였다. 팀의 양 기둥과 같은 두 사람은 서로 사이가 좋지 않았다. 상규의 주무기는 강속구이고 그의 주무기는 커브였다.

"녀석, 대답 않는 것 보니 또 헛물만 켰군."

"닥쳐!"

상규의 주먹이 구원 투수의 턱을 향해 날아간 것은 그 말과 동시였다. 손으로 턱을 감싸며 의자째로 나둥그러졌다. 그가 다시 일어나서 상규 앞으로 다가섰다. 삽시간에 야구부실은 숨 막힐 듯한 긴장에 휩싸였다. 부원끼리 폭력을 쓰는 일은 흔하지 않았다. 만일 폭력을 쓰다가 감독에게 발각되면 출전 금지 처분을 받게 되고 정도가 심하면 제명처분도 했다. 팀웍이 무엇보다 중요한 운동 선수끼리 서로 인간적으로 단합하지 않으면 그 팀은 볼짱 다 보는 것이다.

부원들이 우르르 달려들어 두 사람 사이를 가로막은 것과, 출입문이 열리고 감독이 들어선 것은 동시의 일이었다.

"이 녀석들, 다음 주까지는 강의나 열심히 들으라고 했잖아!

누가 야구부에 모이라고 했어!"

모이라고 지시를 한 것도 아닌데 부원들이 모여 웅성대고 있는 것이 은근하게 기분이 좋은 모양이었다. 감독이 들어오자 부원들은 씩 웃고 나서 한쪽으로 몰려 앉았다.

"날씨가 굉장하군. 연맹전 치르자면 고생하겠는데."

감독은 흑판 위에 다음 주부터 시작되는 합숙훈련의 스케줄을 적으며 날씨 탓을 늘어놓았다. 스케줄을 다 쓰고 나서 그는 큰 몸집을 뒤로 휙 돌리며 말했다.

"다음 주까지 야구부실 근처에서 어정거리는 놈은 기합을 주겠다. 얼씬도 하지 말아! 야구 속에서만 뒹굴게 아니라 때로는 멀리 떨어져서 관망하는 것도 필요해!"

부원들은 싱글싱글 웃으며 쫓기듯이 밖으로 나왔다. 감독도 뒤따라 나오다가 상규를 보고,

"병원에 간다더니 잘 됐나?"

하며 한쪽 눈을 찡긋했다.

그는 대꾸할 말이 없었다. 그들과 헤어져서 돌 벤치가 있는 강당 앞으로 가서 턱을 고이고 앉았다. 간밤에 비가 와서 그런지 나뭇잎들은 더 싱싱하게 푸르고 돌 벤치도 깨끗했다. 기다란 돌을 쭉 늘어놓은 그곳을 학생들은 돌 벤치의 숲이라고 불렀다. 기타를 둘러맨 채, 숲속으로 들어가는 학생들을 보자 그들이 지닌 여유가 부러웠다. 연습과 시합에 쫓기다 보면, 캠퍼스에서 한가하게 시간을 보낼 틈이 없었다.

"미안해. 이게, 병원에 입원했다면서? 나는 몰랐다."

구원 투수가 가까이 오면서 새끼손가락을 쳐들었다. 미안한 것은 상규 쪽이었다.

"굉장한 빈혈병이야."

"그래?"

상규는 아무하고도 이야기하고 싶지 않았다. 그와 헤어져서 캠퍼스를 이리저리 한 바퀴 돌다가, 시간을 다투어 혜화동 병원으로 가야 한다는 생각이 들었다. 하룻밤 사이에 정은이가 어떻게 된 것은 아닐까. 마음이 급해졌다. 캠퍼스에서 나와 그는 차를 잡아타고 혜화동으로 갔다. 피가 남아 있는 한 정은이에게 피를 넣어 주어야겠다. 수혈이 대증요법이라지만, 쉬지 않고 자꾸 넣어 주면 그만큼 정은이가 오래 견딜 수 있으리라.

차에서 내려 언덕배기로 올라가며 병원을 보았을 때야 병원 건물이 붉은 벽돌로 돼 있고 한쪽 벽은 온통 담쟁이덩굴로 휩싸여 있다는 것을 알았다. 어제 왔던 병원인데, 하룻밤 사이에 달라진 듯했다.

"아침에 퇴원했어요."

현관에서 만난 말자가 석양을 등에 지고 서서 간단하게 말했다. 그녀도 어젯밤 다실에서 마주 앉았을 때와는 생판 다른 모습으로 보였다. 흰 가운이 저녁 햇빛을 받아 눈부시게 반짝였다.

"왜 이렇게 늦게 오죠?"

"벌써 퇴원을 했다니, 그래도 괜찮아요?"

"정은 씨는 원래 병원을 싫어해요. 원장님도 모르게 아침 일찍 혼자서 나갔어요."

"집으로요?"

"글쎄요?"

병원을 나와 그는 정은이네 집으로 전화를 했다. 신호가 여러 번 울리고 나서야 전화를 받았다. 전화를 받는 사람은 사투리를 쓰는 늙은 여자였다.

"모르겠어유. 왔다가는 바루 나갔어유."

상규는 화가 나서 수화기를 내동댕이쳤다. 공중전화 박스 옆에서 담배와 주택복권을 파는 소녀가 쩔꺼덕하는 소리를 듣고 고개를 홱 돌려, 표독스러운 눈초리를 보냈다. 상미에게 들은 것 밖에는 정은이네 가정에 대해 아는 게 없는 상규였다. 어머니가 돌아가시고 나서 집안일을 하는 친척 할머니가 와 있다고 했는데 전화를 받은 사람이 바로 그 할머니인가 보았다. 정은이의 병에 대해서는 아무 관심도 없는 듯한 그 할머니의 뚝뚝한 목소리는 기분 나빴다.

E대학으로 갔다. 정은이가 학교에 갔으리라는 생각이 들었다. 정문 앞에 가서 생각해 보니, 정은이가 무슨 과에 다니는지도 모르고 있었다. 상규는 지금까지 정은이가 다니는 학과도 모르는 자기가 미웠다. 화가 났다. 홧김에 지나가는 여학생의 팔을 홱 붙잡고 말했다.

"정은이 알지요? 오정은 알죠?"

"뭐, 이따위 사람이 다 있어?"

여학생은 기가 차다는 듯이 그의 손을 뿌리치며 쏘아붙였다. 지나가던 학생들이 잠깐 발을 멈췄다가 싱겁다는 표정으로 지나쳐 갔다.

"오정은이 알죠?"

커다란 스케치북을 들고 학교로 들어가는 여학생을 붙잡았다. 청바지를 입은 학생은 태연하게 발길을 멈추고, 상규를 아래 위로 째려보았다.

"오정은이가 누군데요?"

"정은이가 무슨 과죠?"

"정은이요? 정은이는 많지요. 영문과에도 있고, 무용과에도 있고, 회화과에도 있고, 이번에 개봉된 영화의 여주인공도 정은이고……, 어느 정은이를 찾죠?"

그 학생은 손가락으로 동그라미를 뱅뱅 그리며 타박타박 걸어갔다. 지나가는 학생들이 멈춰 섰다가 쿡쿡 웃으며 얼굴을 돌렸다.

E대학은 여자대학이어서 남학생은 교문 안으로 들어가지 못하게 했다. 정문 옆에 있는 장난감처럼 생긴 수위실에서 부르는 소리가 들린 것은 잠시 후의 일이었다.

"잡상인 출입금지라는 팻말 보이지 않소?"

수위는 큰소리로 점잖게 말했다. 상규는 어이가 없어서 피식 웃었다.

"잡상인이 아니라 대학생 같은데?"

수위실 안에 있던 다른 수위가 얼굴을 내밀었다.

"음, 그렇군. 이봐, 학생. 대낮부터 여학교 앞에서 어슬렁대니 자네 꼴도 안됐군. 여학생 꽁무니 그만 따라다니구 가서 공부나 해!"

일주일이 지나도록 정은이는 나타나지 않았다.

그녀가 혜화동 병원에서 남몰래 빠져나간 날 오후, E대학 앞에 가서 망신만 당하고 밀려난 상규는 며칠이 지나도록 똑같은 행동을 되풀이 했다. 병원으로, 집으로, 학교로, 정은이를 찾아다녔지만 아무 데서도 그녀를 만날 수 없었다.

정은이의 다 늙은 아버지는 집으로 찾아간 상규를 보고 덤덤한 표정을 할 뿐이었다. 그녀의 집은 텅 비어 있는 것처럼 보였다. 낡은 왜식 집이었다. 벽의 페인트 칠도 다 벗겨지고 창틀의 나무도 닳아서 홈이 움푹움푹 패여 있었다. 꽤 넓은 정원도 황폐해진 채로 버려져 있었다. 전지를 해 주지 않아 멋대로 비쭉비쭉 자란 나뭇가지와 벌레들이 파먹은 잎새들이 푹푹 찌는 더위에 축 늘어져 있었다. 구석구석에는 잡초가 무성했다.

정은이의 아버지는 상규를 처음 볼 때부터 철저하게 무관심한 태도로 나왔다. 병원에서 잠시 눈이 마주쳤을 때도 그랬지만 집으로 찾아간 상규를 대하는 태도도 무관심하고 무기력할 뿐이어서 처음에는 어리둥절해졌다.

"아무 소식도 없습니까?"

"그렇소."

그는 낮은 목소리로 말하고 나서 힘없이 눈을 감는 것이었다. 그러나 그의 이러한 표정은 조용히 명상에 젖어 있는 듯 보일 뿐 딸이 어디로 갔는지 몰라 애태우는 기색은 나타나지 않았다. 이상했다. 환자가 온다간다 말 한 마디 없이 종적을 감췄는데도 저렇게 태연할 수가 있을까. 정은이를 그대로 방관만 하는 듯하던 병원에서의 분위기나 집의 분위기가 모두 상규의 마음을 송곳으로 쿡쿡 찔러 대는 구석이 있는 것이었다.

"어떻게 손을 써서 빨리 찾아봐야 안 됩니까?"

이 말을 듣고 그녀의 아버지는 감았던 눈을 뜨고 그리고 손을 들어 밖을 가리켰다. 그러한 그의 낮고 조용한 행동은 그때 마침 창으로 비춘 저녁 햇살을 받아 음영이 뚜렷하게 만들어져서, 석고상같이 보였다. 손을 들어 밖을 가리켰지만 그것은 살아 있는 사람의 동작이 아니라, 미술관 창고 속의 낡은 석고상이 손을 들고 있는 것처럼 보이는 것이었다.

한참 만에 그의 손이 천천히 내려졌다. 창으로 들어온 한 줄기 바람이 심한 나무 곰팡이 냄새를 몰고, 그들이 앉아 있는 마루방으로 불어 왔다.

그때 가벼운 여닫이가 열리고, 머리칼이 허연 할머니가 나왔다. 심하게 사투리를 쓰는 시골 할머니였다. 할머니는 삐걱삐걱 소리가 나는 낭하를 지나 안쪽으로 사라졌다.

"혼자 있게 해 주길 바라네."

정은 아버지가 힘없는 목소리로 말했다. 말을 하면서 그는 또 손을 천천히 들어 바깥쪽을 가리켰다. 조금 전의 동작도 상규에게 나가 달라는 시늉이었다는 것을 그때야 알았다. 갑자기 가슴이 쿵쾅쿵쾅해 왔다.

정은이의 집에서 풍기는 강한 거부의 분위기에 압도당해서였다. 처음 대문을 들어설 때부터 공기가 이상하게 느껴졌던 것이다. 정은 아버지는 상규를 보자 덤덤한 표정으로 대할 뿐, 상규가 누구인지, 자기 딸과 어떤 사이인지 물어보지도 않았고 왜 정은이를 그토록 찾느냐는 말도 하지 않았다. 다만, 휑뎅그렁하게 빈 마루방으로 먼저 성큼 올라가서 칠이 다 벗겨진 나무 의자에 앉아 상규를 물끄러미 바라볼 뿐이었다. 곳곳에서 풍기는 곰팡이 냄새와 여기저기서 들리는 삐거덕대는 소리 속에서 늙어 빠진 그와 대면을 하고 있다는 것이 어쩐지 맥 풀리고 공연히 관절이 느슨해지는 기분이었다. 그런데, 혼자 있게 해 달라구? 상규는 가슴이 쿵쾅거릴 정도로 극도로 맥이 풀리고 말 못 할 열등감 속으로 깊숙하게 빠져 버리는 기분을 맛보았다.

뜰을 내려서자 잡초 속에서 쥐가 기어나오다가 도로 쏙 들어 갔다. 쥐를 보고 상규가 흠칫 놀라자, 정은이 아버지가 묘하게 웃었다. 입가의 근육이 양쪽으로 조금 실룩이면서 이빨을 드러 내었다. 소리를 내지는 않았으나 그것은 웃음이었다. 처음 나타내는 웃음이었다.

그의 웃음에 용기를 얻어서 상규는 큰소리로 말했다.

"또 오겠습니다. 정은이한테서 무슨 소식이 오면 저에게도 알려주시기 바랍니다."

"알겠네."

그도 분명하게 대답했다. 그러고 보니 정원은 온통 쥐가 득실거렸다. 나무 밑에서도 잡초 속에서도 쥐가 기어다니고 있었다.

"쥐가 무서운가?"

대문의 빗장을 따면서 그가 구부정한 어깨를 흔들며 상규를 보았다.

"기분이 좋지는 않군요."

"내가 사육하는 거야."

"사육을 하다니요?"

상규는 입을 크게 벌렸다.

"아침 저녁으로 먹이를 주니까 사육하는 거지."

"쥐에게 먹이를 줍니까?"

"먹이를 주고 해치지 않으니까 이젠 사람을 봐도 무서워하지도 않지."

그가 말을 하는 동안에도 사방에서 쥐들이 찍찍거리며 들락날락했다. 어떤 놈은 벽으로 기어오르다가 찍 떨어지고 어떤 놈은 정은 아버지의 발등을 밟고 느릿느릿 기어가기도 했다.

"이것 보게."

잡초가 무성한 구석으로 다가갔다. 정원석을 쌓아 놓은 곳이었지만 풀이 무성해서 돌은 보이지도 않을 정도였다.

그가 가리킨 곳은 잡초 더미의 밑바닥이었는데 상규가 가까이 가자 거기에서 커다란 쥐가 한 마리 툭 튀어나와 돌 사이로 숨었다.

"다섯 마리를 낳았다네."

"네에?"

처음에는 무슨 말인지도 몰라 눈만 둥그렇게 떴으나 곧 알아차렸다. 풀더미 안에서 꼼지락거리는 것은 쥐새끼였다. 자세히 보니 눈도 못 뜨는 갓난 아기 쥐였다.

"새끼까지 치는군요."

상규는 웃으면서 그를 쳐다보았다. 겉으로는 웃고 있었지만 마음속은 이상하게 짜릿해졌다.

"요즘은 이놈들하고 살지. 모두 다 떠나 버리고 남은 것은 쥐들뿐이야."

그가 말했다. 바람결에 쥐똥 냄새가 훅 풍겼지만 역겨운 것은 아니었다. 마루방에서 전화벨 소리가 길게 길게 울렸으나 그는 미동도 하지 않고, 꼼틀거리는 쥐새끼만 들여다보았다. 안에 있는 시골 할머니도 전화를 받지 않는 모양이었다.

상미한테서 들은 얘기로는 정은이의 오빠와 언니도 있다는데 그들은 모두 어디에 간 것일까. 낡고 텅 빈 집에 사람은 없고 쥐들만 법석을 떨고 있었다.

"전에도 가출을 한 적이 있지만 이번처럼 며칠 동안은 처음이네. 곧 돌아오겠지. 그 애야말로 얼마나 괴롭겠나? 그런데 정은이는 괴로운 빛을 하지 않거든. 아주 쾌활해. 그걸 볼 때마다 가슴이 미어지는 것 같아."

그는 마치 쥐새끼들한테 말하는 것처럼 중얼거렸다. 돌 틈으로 숨은 어미 쥐 눈을 말뚱거리며 얼굴을 내밀고 있었다.

상규가 다시 대문께로 다가가며 인사를 하려고 하자 그는 또다시 무기력한 얼굴로 되돌아와 있었다. 쥐새끼들을 보면서 생기가 돌던 표정은 이미 사라져 있었다.

그 집을 나와 버스정류장까지 걸으면서 상규는 이상하도록 가슴이 자꾸만 두근거리는 것이었다. 도대체 정은이는 어디로 간 것일까. 그녀의 집은 어떻게 되었길래 매사에 그토록 무관심하고 덤덤하기만 한 것일까. 쥐를 사육하는 아버지의 이해할 수 없는 표정은 또 무엇인가.

이런 의문들이 조금 풀린 것은 그길로 혜화동 병원에 가서 길 박사를 만나고 였다.

"자네가 어리둥절했겠군."

길 박사는 재미있다는 듯이 키르르 웃는 것이었다. 상규의 마음은 조급할대로 조급했지만, 근육은 마음과는 달리 그의 묘한 웃음을 흉내 내고 있었다. 같이 웃다가, 지금 웃고 있는 자기가 미운 생각이 든 상규는 시무룩한 얼굴을 돋보이게 하려고 엄숙한 표정을 지었다.

"나를 또 힐책하지는 말게. 지난번 자네 말을 듣고 난 다음부터는 야구 구경하기조차 죄의식을 느낀단 말야."

그는 또 키르르 웃었다.

"정은이네 집은 좀 다른 데가 있지. 처음 보는 사람은 도저히 이해를 할 수 없을 거야."

길 박사는 말을 끊고 담배를 피워 물었다.

흰 가운을 입은 바싹 마른 그의 체구는 아주 나약해 보였지만 담배 연기를 빨아들이는 힘만은 강했다. 담배 연기가 코와 입으로 폭폭 쏟아져 나오고 있었다.

길 박사는 정은이의 집에 대한 이야기를 했다. 살은 다 빼고 뼈다귀만 잘라내듯 말했다.

정은이의 아버지는 일제 때 동경에서 미술학교를 나온 분이었다. 왜정 때는 선전에 출품하여 특선도 했던 화가인데 해방이 되고부터 화필을 접었다. 그가 화필을 놓은 이유는 아무도 모르는 것이고 지금은 화단에서조차 오지천이라는 화가의 이름도 모르게 되었다. 그러나 죽마고우인 길 박사는 그가 왜 화필을 접었는지 이해할 수 있었다. 그의 가계에 내려오는 빈혈병이 그 원인이었다. 딱 부러지게 밝혀진 유전병은 아니었으나 그의 선조들이 대부분 젊어서 죽었다. 또한 그의 첫딸이 죽고 그 밑 자식들도 시원치 않다는 것을 알고 그는 조부 증조부로 올라가면서 조사를 해 보았다. 모두 30 전후에 세상을 떠났다. 그의 첫딸은 해방 후 정부수립이 되던 해에 결혼을 했는데 그해에 죽었다. 원래 오씨 가문은 충청도의 부호여서 재산이 많으므로 온갖 치료를 다 했으나 속수무책이었다. 고향에서 이웃 사람들이 자기 집을 가리켜 '어질병을 앓는 집'이라고 부르는 내력을 알게 되었던 것이다. 너무 잘 먹어서 어질병을 한다고 가난한 농민들은 부러워하기까지 했다는 것이었다. 그의 반생은 그림을 팽개치고 이 어질병과 피눈물 나는 투쟁을 했다고 해도 과언이 아니었다. 그러나 그가 이 투쟁에서 백기를 든 것은 벌써 10여 년 전의 일이었다. 둘째 아들을 잃고 나서였다.

그때 그는 집안에서 가족의 조직을 완전히 해체해 버린 셈이었다. 물론 가장의 위치도 포기했다. 재산도 미리미리 분배를 하면서 그는 마지막으로 자식들에게, 이런 무서운 병이 우리 집안에 있는 줄 알았더라면 너희들을 낳지 않았을 것이다, 라고 말했다. 그의 자식 가운데는 미국으로 이민을 간 사람도 있고 엉뚱하게 선원 노릇을 하는 사람도 있지만 서로 아무런 연락을 하지 않기로 했으므로 지금 어디에 있는지 아무도 자세히 모르고 있다. 가족을 해체할 때 정은이는 국민학생이었다. 정은이 스스로 가족에서 떠날 수 있는 힘이 생길 때까지 부모가 맡아 기른 것이었다.

정은이를 기르면서 오지천 씨 부부는 혹시나 하는 마음으로 아이의 건강을 지켜보았다. 그러나 대학 입학을 앞두고 증세가 나타났다. 증세가 늦게 나타나는 대신에 악화되는 속도가 빨라서, 이미 손을 쓸 수도 없었다.

정은이는 영리하여서 자기 병을 슬픔으로만은 받아들이지 않았다. 오히려 한정된 생을 더욱 탄력있게 살고 싶다는 욕망에 가득 찼다. 공부도 더 열심히 하고 집안에서 일도 부지런히 해대는 것이었다. 그러다가 훌쩍 여행을 떠나기도 했다.

"아버지, 너무 상심하지 마세요."

정은이가 오히려 아버지를 위로하기까지 했다. 그리고 정은이는 아버지에게 부탁을 했다.

"그림을 다시 그리세요."

길 박사는 이야기를 마치고 다시 담배를 피워 물었다. 창밖의 나뭇잎이 바람을 받아 살랑살랑 움직이고 있었다. 가까운 교회에서 종소리가 뚜겅뚜겅 들려왔다.

"그런데 이번은 좀 이상하단 말이야. 아주 심각한 것 같아. 벌써 여러 날째 안 돌아오는 것도 이상하고. 혹시 짚히는 데라도 없나?"

"……."

짚히는 데를 상규한테 물어보는 길 박사가 이상하게 보였다. 상규로서는 정은이가 가출을 해 왔다는 사실도 몰랐다.

"아무튼 기다려 봄세. 자네가 있으니깐 무사히 돌아올 거야. 가족에게서는 정은이가 떠났는지 몰라도, 자네와의 관계는 벗어나지 못할 거야."

그날 저녁때 상규는 엘리제에서 말자를 만났다. 병원을 나오려는데 말자가 쫓아와서 말을 건네 왔던 것이다.

"퇴근 후에 엘리제에 갈 테니 그리 오세요."

다짜고짜 이렇게 말하고 말자는 다시 병실 낭하로 뛰어가서 어둠 속으로 몸을 숨겼다. 당돌했으나 밉지가 않은 기분으로 상규는 곧바로 엘리제로 가서 자리를 잡고 앉았다.

차를 마시면서도 머릿속에는 정은이의 생각뿐이었다. 정은이에게 피를 넣어주려는 마음이 자꾸만 강하게 그를 사로잡는 것이었다. 가족을 해체시킨 무서운 병이라지만 피를 계속 넣어준다면 그만큼 정은이가 더 견딜 수 있을 것이다.

눈을 감고 정은이를 생각해 보려 했으나 이상하게도 그녀의 얼굴 모습이 떠오르지 않았다. 웬일일까. 도무지 정은이가 어떻게 생겼는지 생각이 나지 않았다.

건너편 자리에 앉은 손님이 스포츠 신문을 펴들고 있었다. 고딕 활자로 커다랗게 대학연맹전 개막 기사가 실려 있었다. 10개 대학이 참가하여 벌이는 대학야구의 빅게임이었다. 이틀 후로 다가온 경기에 대한 생각이 미치자, 아침 일찍 감독에게 사정사정해서 합숙소를 빠져나오던 자기가 스스로 생각해도 민망하게 떠올랐다.

"그 여학생 때문에 우승컵을 놓치겠는데?"

감독이 그의 등을 툭 치면서 웃었을 때 상규는 얼굴이 화끈거렸다. 시합을 앞둔 선수가 여자 친구를 찾으러 훈련 도중에 빠져나온다는 것은 있을 수 없는 일이었다. 누구보다도 상규가 가장 잘 알았다. 하지만, 정은이를 찾아내지 않고는 시합이고 뭐고 간에 달라 붙을 수 없는 자기가 괴로웠다.

그때 말자가 찻집으로 들어섰다. 그를 발견하고는 나풀나풀 대며 다가와서 털싹 앉았다.

저녁 때가 됐는데도 굉장히 더웠다. 천장에 매달린 선풍기가 땀을 줄줄 흘리며 돌아갔다.

"덥죠?"

말자는 손수건으로 이마를 닦으며 웃었다. 오목오목한 얼굴에 땀이 송글송글 배어 있었다.

"불쾌지수가 굉장히 높아요. 날씨가 이렇게 무더우면 일도 손에 잘 안 잡히고 공연히 짜증이 나요. 그래서 이런 날은 환자를 간호하기도 힘들죠."

그녀는 손목을 들어 시계를 보다가 그것을 풀어서 태엽을 감기 시작했다. 손목이 통통하게 살이 쪄서 시계줄이 감겼던 자리가 오목하게 자욱이 져 있었다.

"어때요? 엘리제가 마음에 들어요?"

긍정적인 대답을 바라는 눈치였지만 상규는 아무 말도 하고 싶지 않았다. 말자가 만나자고 한 것은 정은이에 관계된 어떤 이야기를 하기 위해서라고 믿었던 게 잘못인 모양이었다. 말자는 들어오자마자 정은이 얘기는 쏙 빼고 엉뚱한 말만 지껄였다.

"이 다방은 음악이 좋아요."

상규의 귀에는 다만 시끄럽게 들리는 팝송이 흘러나오고 있었다. 상규는 아까부터 뮤직 박스 안에 앉은 깡마른 청년이 기분 나쁘게 느껴지던 참이었다. 뮤직 박스와 정면으로 마주 보는 자리에 그는 앉아 있었다.

"찐짜찐짜 꽈르르……, 어때요? 리듬이 경쾌하죠?"

말자는 장난기가 배어나는 웃음을 띠며 까불었다. 상규는 건너편 자리의 손님이 보는 스포츠 신문을 말자의 어깨 너머로 훔쳐보았다. 일곱 시였다. 합숙소로 돌아가야 할 시간이었다.

그가 자리에서 막 일어나려고 하자 말자는

"못 가요."

하며 빤히 쳐다보았다.

상규는 깜짝 놀랐다. 못 가요라니. 들었던 엉덩이를 다시 의자에 붙였다. 순간적으로 굳어졌던 말자의 얼굴은 다시 뽀얗게 살아 올랐다.

잠시 후에 그들은 찻집에서 나왔다. 상규가 다시 자리에 앉자 이번에는 말자가 먼저 일어서서 또박또박 걸어 나왔다.

"미안해요. 질투가 나서 그래요. 정은이를 너무 사랑하는 게 질투가 나요."

말자는 코맹맹이 소리를 했다. 감정이 격양된 모양이었다.

"저는 안중에도 없겠지요. 오늘 만나자고 한 내가 바보죠."

그는 말자의 말을 들으며 정은이의 모습을 떠올리려고 애를 썼다. 아까부터 아무리 생각해도 정은이의 얼굴이 떠오르지 않았다.

"그런 게 아닙니다. 워낙 말주변이 없어서 아무 대꾸도 안 한 거예요. 오해하지 마십시오. 합숙소로 돌아가야 할 시간이 돼서 먼저 일어섰던 겁니다."

그는 재빠르게 말했다. 말을 하고 나니 속이 후련했다.

"상규 씨가 수혈을 해 줄 거라고 했더니 정은이가 막 울더군요. 나를 붙잡고 엉엉 울었어요."

"정은이가 울었어요?"

"그 말을 해 주려고 오늘 만나자고 한 거예요. 정은이한텐 상규 씨 밖에 없어요."

우연히 상규와 만나 수혈 이야기를 했다는 것을 이튿날 아침 일찍 병원에서 정은이에게 말했을 때, 정은이의 반응은 의외로 심각한 것이었다. 말자는 정은이를 위로할 겸 해서 그 말을 했던 것인데 듣는 쪽은 그렇지가 않았다.

"그럴 수 없어요."

정은이는 이렇게 외치듯 말하며 말자를 끌어안고 우는 것이었다. 그녀를 달래 놓고 말자는 병실을 나와 옷을 갈아입었다. 이른 아침이어서 구석진 간호사실은 아직도 푸르스름한 빛깔을 하고 있었다. 햇빛은 아직 비치지도 않았다. 교대 시간에 매일 늦게 오더니 오늘은 웬일이냐고 묻는 미스 최의 말을 들으면서도 말자는 마음이 공연히 급해지던 것이다. 상규의 피를 정은이에게 수혈하게 된다는 사실은 간호사인 그녀에게도 놀랍도록 흐뭇한 일이었으므로 그 사실을 얼른 원장에게도 말하고 준비를 미리미리 서둘러야 했다.

가운을 갈아입고 다시 정은이의 병실로 갔을 때 이미 그녀는 나가고 없었다. 그전에도 정은이는 아침 일찍 일어나 병원 잔디밭을 거닐기도 하고 나뭇가지에 앉아 우는 새 소리를 듣기도 했던 것이어서 그날도 그러려니 했다. 그러나 정은이는 이미 옷을 갈아입고 완전히 퇴원을 한 뒤였다. 다른 때도 이런 일이 자주 있었으므로 길 박사를 비롯한 병원 의사들은 아무도 놀라지 않았지만 말자는 깊숙한 구덩이 속으로 빠지는 듯한 절망감을 느끼며 당황해했다.

상규가 수혈을 해 주려고 한다는 이야기를 이제는 누구에게 할 필요도 없는 것이었다. 정은이가 나가고 난 뒤 상규가 빨리 오기를 기다렸지만 그는 오지 않았다. 뒤늦게 와서 허둥대는 꼴을 보자 그가 얄밉고 마음속에서 분노가 치밀었다. 그러나 말자는 이런 모든 감정을 흰 가운 속에 감추고 냉정한 얼굴로 상규를 대했다.

그 후 며칠이 지나는 동안에도 말자의 마음속에는 정은이와 상규의 모습이 강렬하게 살아 있었다. 간호사이면 환자의 병을 돌보면 되는 건데, 왜 그들의 사랑에 대한 관심이 점점 커 가는 것인지 그녀 자신도 몰랐다. 상규의 모습을 지우려고 하면 할수록 점점 더 강렬한 모습으로 떠올랐다. 질투가 나기도 하고 연민이 생기기도 했다. 정은이를 살리기 위해서라면 무슨 일이라도 하고 싶은 마음이 생기다가 곧 정은이가 이 세상 어디에서 아무도 모르게 죽어 없어지기를 바라는 마음이 일기도 하는 것이었다. 그러한 불안정한 기분을 처음 맛보는 말자는 사소한 일에도 신경을 곤두세우고, 환자에게 주사를 놓으면서도 필요 이상으로 세게 궁둥이를 철썩 갈겨 주었다.

그들은 어느새 창경원 앞까지 와 있었다.

"정은이가 왜 울었을까요?"

상규는 이렇게 말하면서도 정은이의 얼굴을 떠올리려고 눈을 감았다. 그러나 머릿속은 이상할 정도로 텅 비어 있을 뿐이었다.

옆에서 걸어가는 말자의 젖가슴이 툭툭 부딪쳐 왔다. 그녀는 한참 후에 입을 열었다.

"정은이가 우는 일은 처음 봤어요."

상규의 피를 수혈받는 것을 거부하고 어디로 숨어 버린 것이 아닐까. 도대체 정은이는 어디로 간 것일까. 어째서 아무 소식도 없이 며칠째 나타나지 않는 것일까.

"창경원에 들어갈까요?"

그때 상규의 입에서는 엉뚱한 말이 나왔다. 가로수의 나뭇잎이 바람에 흔들리는 소리가 꼭 빗소리같이 들려왔다.

'웃기지 말아요. 내가 왜 상규 씨 피를 받아요?'

어둠 속에서 정은이의 목소리가 들리는 것 같았다. 그러한 환청에 대답이라도 하려는 듯 상규는 창경원에 가자는 말을 했다.

"네?"

말자가 놀라는 시늉을 했다. 그러나 그녀는 잠시 후에 새들새들 웃으며 그를 빤히 쳐다보았다.

"어디로 숨고 싶으신 모양이죠? 정은이한테 복수라도 하겠다는 마음이군요."

방향도 모르고 정은이를 찾아다니는 그는 어디로 숨어버리고 싶은 마음이 들었던 것이 사실이다.

그는 정은이의 얼굴 모습을 떠올리려는 노력을 하면서 말 못할 괴로움을 겪어야 했다.

"숨고 싶은 게 아니라 밖으로 나가고 싶습니다."

창경원을 들어서면서 그는 큰소리로 말하며 웃었다. 입장객들이 서로 웃고 떠드는 모습을 보자 그도 한결 마음이 가벼워졌다.

고궁은 들어서자마자 그 특유한 냄새를 피우며 그들의 마음을 사로잡았다. 신선한 나무 냄새와 흙냄새, 그리고 고궁을 떠받치고 있는 고목의 썩는 냄새, 동물원 주변에서 풍기는 텁텁한 오물 냄새가 서로 조화를 이루며 그들의 마음을 보이지 않는 끄나풀로 얽어매고 있었다.

"정은이를 사랑한 것을 후회해요?"

어린이 놀이터가 보이는 벤치에 앉았을 때 말자가 그의 아픈 곳을 찔러 왔다.

그는 대답 대신 손을 뻗쳐 그녀의 손을 잡았다. 그의 손에 잡힌 그녀의 작은 손은 처음에는 놀라 파르르 떠는 것 같았으나 곧 평온하게 갇혀 버린 채 점점 팔딱팔딱 뜨거워지기 시작했다.

벤치 뒤에서 부스럭거리는 소리가 났다. 그 소리에 사람 냄새도 섞여 왔다.

"아이, 몰라요."

앳된 여자 목소리가 들려왔다. 상규는 그것이 말자의 목소리인 줄 알고 흠칫했으나, 숲속에서 들려오는 소리인 것을 깨닫고 싱겁게 웃었다.

"엉뚱한 데가 있어요. 상규 씨 말에요. 왜, 내 손을 잡는 거예요?"

말자는 그의 어깨에 기어오르는 벌레를 손으로 튕겼다. 그녀의 더듬대는 목소리에서 문득 그녀가 간호사라는 사실을 새삼 느꼈다. 뒤뚱맞고 굼떠 보이는 그녀의 동작이 더 간호사다웠다. 가운을 벗고 나서 재잘대는 말자보다 이렇게 서툴고 굼뜬 모습이 더 그녀에게 어울렸다. 벤치에 앉아 손을 잡자 그녀는 재잘대는 대신에 서툰 간호사로 되돌아와 있었다. 왜 손을 잡느냐고 묻는 그녀의 목소리도, 의사에게 꾸중을 들었을 때 몸 둘 바를 모르는 초년 간호사의 서툴고 풋풋한 기분을 자아냈다.

벤치 뒤 숲속에서는 잠잠한 채 아무 기척이 없었다. 바람 소리만 요란할 뿐이었다.

상규는 그녀의 손을 잡은 채 고개를 들어 앞을 바라보았다. 네온사인이 번쩍이는 어린이 놀이터는 한산해 보였다. 불빛을 반짝이며 공중을 돌고 있는 장난감 비행기도 텅 비어 있었고, 빨간 칠을 한 시소도 죽은 방아깨비처럼 엎드려 있었다.

이따금 벤치 앞의 잔 자갈길로 데이트하는 젊은이들이 고개를 숙이고 걸어갔다. 정말 자세히 보니 그들은 모두 한결같이 고개를 숙이고 걸어가고 있었다.

한참 후에 벤치 뒤에서 부스럭대는 소리가 들리더니 사람이 나왔다. 그들도 고개를 숙이고 자갈길을 총총걸음으로 빠져나갔다. 그때 상규의 손 안에 갇힌 말자의 손이 움직이며 강한 악력을 전해 왔다. 그들의 손은 땀으로 흥건히 젖어 있었다.

어린이 놀이터에서는 목마가 여름밤의 무더위를 헤치며 껑충껑충 뛰고 있었다.

"목마 타 봤어요?"

"아니요."

"목마는 여자들이나 좋아하는 거예요."

"의학적으로 근거가 있는 말입니까?"

"있어요. 허지만 비밀이에요."

말자는 그렇게 말하면서 꼬집듯이 그의 손을 꽉 잡았다.

"정은이 생각 안 나요?"

"……"

"어딘선가 목마를 타고 있을지도 몰라요."

그녀의 간단한 말은 확신에 차 있는 것 같았다. 목마를 타고 달리는 사람들이, 아무리 달려봐야 원점에 돌아와 버리는 행위에 자기를 맡긴다는 것은 절대 고독의 행위가 아닐 수 없었다.

"목마를 자주 타요?"

"이따금."

"그건 아이들이나 타는 것 아뇨?"

"글쎄요. 그럴까요."

상규는 시계를 보았다. 벌써 아홉 시가 넘어 있었다. 그가 시계를 보자 말자는 손을 빼면서,

"가 봐요. 모범적인 야구 선수는 합숙소로 돌아가야지요."

하며 발을 달싹달싹 움직이며 자갈돌을 툭툭 차 냈다.

"그래야겠어요. 연맹전이 곧 시작되는데 요즘 연습도 게을리하고 야단났어요."

상규가 일어서자, 말자는 벤치에 앉은 채로 고개를 까닥하고 인사를 했다.

"저는 좀 더 있다 나가겠어요."

그는 절망에 가득 차서 창경원을 나왔다. 막 나오고 나자, 다시 되들어가고 싶은 생각이 강렬하게 났다. 그러나 그는 이미 밖으로 나와 있었다. 그는 잠시 망설였다.

밖으로 나와, 소음을 내면서 질주하는 무더운 밤 버스들과 바쁘게 오가는 행인들을 보았을 때 그는 이상하게도 강한 성

욕을 느꼈던 것이다. 말자의 손을 잡고 있을 때도, 벤치 뒤에서 여자 목소리가 들렸을 때도 아무렇지도 않았는데 웬일인지 밖으로 나오자 그 생각이 났던 것이다. 다시 합숙소로 돌아가야 하는 자기의 모습이 싫었다. 며칠 동안 정은이를 찾으러 꼭 같은 행동을 되풀이했으나 밤이 되어 우중충한 꼴로 합숙소로 돌아가는 전상규는 처절한 절망에 빠진, 의식도 없는 작은 짐승이 되어 있었다.

"내가 상규 씨를 사랑하는 것은 상규 씨와는 아무런 관련이 없는 거예요. 벗어나요. 나를 벗어나요. 피를 넣어준다는 말은 하지 말아요. 실망했어요. 우리가 셰익스피어 비극의 주인공인가요?"

어둠 속에서 정은이의 목소리가 분명하게 들려왔다. 상규는 고개를 들고 정은이를 찾았다. 그러나 그녀는 없었다. 어둠뿐이었다. 어둠을 칼날 같은 불빛으로 밀어내며 달리는 피곤한 버스가 오갈 뿐이었다.

그는 입장권을 끊어 다시 안으로 들어갔다. 조금 전에 앉았던 벤치를 찾으려고 사방을 두리번거렸으나 왼쪽인지 오른쪽인지 얼른 생각이 나지 않았다. 그는 어린이 놀이터 쪽으로 무턱대고 걸어갔다.

놀이터 못 미쳐서 조금 전에 말자와 앉았던 벤치가 보였다. 상규가 다가가자 빈 벤치에서 후덥지근한 나무 냄새만 훅 풍겨 왔다. 상규는 그 자리에 앉아 앞을 바라보았다. 건너편에서 목마의 행렬이 빙빙 돌아가고 있고 그 위의 추에서는 전기가 작동하는 기계음이 싯싯거리며 들려왔다. 그는 어슬렁대며 그 쪽으로 다가갔다. 숲을 지날 때마다 큰 짐승들이 숨어서 희롱하는 소리가 자극적으로 들려왔다.

놀이터에는 사람이 별로 없었다. 몇 안 되는 사람들이 벤치에 앉아 청량음료를 마시며 소근소근 서로의 비밀을 이야기하고 있었다. 비밀도 아닌 것을 비밀인 양 착각하는 즐거운 모습을 보자 가슴이 훗훗해졌다.

회전목마는 거의 비어 있는 채 빙빙 돌아가고 있었다. 드문드문 사람들이 타고 있었다. 그들은 손을 들어 호수 쪽을 향해 흔들기도 하고 쳐다보는 상규를 향해 끼룩끼룩 비명 같은 소리를 지르기도 했다.

"상규 씨!"

공중에서 그의 이름을 부르는 소리가 들려왔다. 상규는 고개를 들어 소리 나는 쪽을 찾았으나 어두운 밤하늘과 시잇시잇 하는 전기음 뿐이었다.

"여기예요, 여기!"

그제야 목마를 탄 사람이 그를 부른다는 것을 깨달았다. 그는 가까이 달려갔다.

"위험해요!"

아래서 목마를 작동시키는 청년이 외쳤다.

"상규 씨……."

목마 위에 탄 사람이 다시 상규가 서 있는 곳을 지나며 말했다. 가까이에서 보니 목마의 속도는 꽤 빨랐다. 껑충껑충하면서 앞의 말을 뒤쫓아 쏜살같이 달려가는 것이었다.

그것은 정은이였다.

조금 후에 다시 정은이가 탄 목마가 상규 앞을 지나갔다. 상규는 가슴이 두근두근해지며 눈물이 핑 돌았다. 이 밤중에 혼자서 목마를 타고 있는 정은이가 불쌍했다. 추 위의 네온사인이 깜빡이며 목마를 푸르게 빨갛게 노랗게 빛깔을 주고, 말을 탄 사람들의 모습도 시시각각으로 빛깔이 변했다.

다시 목마가 그의 앞을 지날 때 자세히 보니 말을 탄 사람들은 모두 손잡이를 꽉 잡고 말이 껑충 뛸 때는 궁둥이를 들썩들썩 올리곤 했다. 그 모습은 매우 신기하게 느껴졌다. 자위행위를 하는 어둠의 환희와 절망의 몸부림처럼 보였다.

잠시 후에 목마가 멎고 몇 안 되는 사람들이 목마에서 내리고 있었다. 상규가 가까이 가자, 정은이가 팔딱팔딱 뛰어 왔다. 상규는 두 손을 벌렸다. 뛰어오는 여자도 두 손을 벌렸다.

그의 팔에 안긴 여자가 말자라는 것을 깨달은 것은 조금 후였다.

그날 밤늦게 도둑고양이처럼 합숙소로 들어간 상규는 이튿날 감독한테 엎드려 뻗쳐 자세에서 야구 방망이로 궁둥이를 맞았다.

"둘 중에서 하날 골라! 야구야, 여자야?"

감독은 화가 날대로 나서 소리쳤다. 부원들은 감독의 눈치를 슬금슬금 보면서 둘러 서 있었다.

"시합이 내일로 닥쳤다는 것 몰라? 아침에 나갈 때는 오후에 들어오겠다고 약속했지? 그런 놈이 열두 시가 넘어서 들어와?"

"잘못했습니다."

엉덩이에서 통증이 푹푹 일어났다. 상규는 방망이로 열 대를 얻어터지고야 일어섰다. 감독이 그만 때리고 싶어서가 아니라 방망이가 부러지는 바람에 거기서 끝났다.

"웬일이야? 일이 잘 안 됐니? 이게 몸이 아프다고 했잖아?"

부원들이 상규한테 우 몰려와서 저마다 한 마디씩 했다.

"그것 봐. 내가 뭐라고 했어? 여자는 그저 먹고 토해 내야지 속이 편하지 너처럼 홀딱 반해버리면 골치 썩인다니까."

"임마, 그런 게 아냐."

구원 투수가 상규를 대신하여 말을 했다.

"연습에 지장을 줘서 미안해."

상규는 이 말 밖에는 더 할 말이 없었다.

그날 연습시간에 상규는 한시도 쉬지 않고 피칭과 배팅 연습을 열심히 했다. 스스로 생각해도 며칠 나태한 사이에 피칭의 위력이 많이 떨어진 것 같았다. 그는 요며칠 동안에 식사를 제대로 하지 않은 것이었다. 볼을 던지고 나면 머리가 떵했다.

4학년 선수가 가까이 오더니 상규를 불렀다. 그는 주장 선수로서 톱타자에 외야수를 하는데 졸업 후에 H은행 야구부로 가기로 이미 정해져 있는 형님 같은 기분이 드는 부원이었다.

"좀 쉬어라. 너, 너무 과로한 것 아냐?"

"아뇨. 며칠 동안 연습도 않고 잘 놀았는 걸요."

"임마, 그게 아니라, 이거, 말이야."

그는 새끼손가락을 들면서 싱긋 웃었다.

그제서야 무슨 말인지 알아듣고 상규는 얼굴이 벌겋게 달아올랐다.

"형님두⋯⋯. 저는 아직 그런 것 몰라요."

"임마, 호박씨 까지 마! 얼굴에 다 나타난다구."

"아니에요."

그는 완강하게 부인했다. 그러나 그것은 거짓이었다. 바로 엊저녁에 그는 말자와 숲속으로 들어갔었다. 목마를 타느라고 땀에 흠뻑 젖은 그녀와 부끄러운 부위를 맞댔던 것이다. 상규로서는 그것이 쾌감이 아니라 끝없는 절망의 확인이었고 그 확인의 절정에서 그는 사랑하는 정은이의 얼굴을 다시 머릿속에 떠올릴 수 있었다.

"목마를 타는 기분이에요."

말자가 흐느끼며 말했을 때, 포충망으로 나방이를 채집한 소년이 잡았던 흰 나방이를 다시 날려 보내듯 그녀를 다시 놓아주었다.

오후 휴식시간이 되자 상규는 휴게실로 가서 전화를 걸었다.

정은이네 집으로 전화를 걸자 벨이 수없이 울린 다음에야 시골 할머니가 전화를 받았다. 아무런 소식도 없다는 이야기였다. 휴게실을 막 나오려는데 감독이 들어왔다.

감독은 상규의 엉덩이를 털썩 갈기며 웃었다.

"어때? 뻐끈하지?"

감독이 이렇게 말하자 상규는 눈물이 핑 돌았다.

"아직도 아무 연락이 없니? 음, 자넬 이해 못 하는 것은 아니나, 우선 코앞에 닥친 시합에 전념을 해. 내 말 알겠나?"

"예."

"야구는 네 자존심이다. 자기 자존심에 충실하면 사랑도 저절로 얻어지는 거야."

"예."

예, 소리 밖에는 대답할 말이 없었다.

"아무튼 이번 시합이 너에게는 기로가 될 것이다. 잘 생각해서 뛰어. 너는 다시 슬럼프에 빠지면 이젠 선수로서는 끝장이야."

부원들이 우르르 몰려오는 바람에 감독은 말을 중단하는 것 같았다. 그때 심부름하는 소년이 상규를 손짓해 불렀다.

소년이 건네준 수화기를 받아 귀에 댔다. 상미가 나타났다.

"웬일이니?"

"오빠 보고 싶어서 전화했어. 지금 휴식시간이지? 내가 그리로 갈 테니까 기다려요."

"오긴 뭘 하러 와?"

그 말을 듣기도 전에 상미는 전화를 끊었다.

부원들은 휴게실의 낡은 전축을 틀어 놓고 음악을 들었다. 빙수를 마시기도 하고 연맹전 예상 기사가 실린 스포츠 신문을 읽으며 와자지껄했다.

조금 후에 상미가 교복 차림으로 들어왔다. 부원들은 와하고 함성을 지르고, 어떤 녀석은 상미한테 가까이 와서 두 팔을 벌리고 넙죽 인사까지 했다.

"오랜만인데, 그동안에 더 미인이 됐군."

"부끄럽게 하지 말아요."

상미가 가끔 합숙소나 경기장으로 오빠를 찾아왔기 때문에 부원들은 누구나 스스럼없이 환영했다. 상규는 내성적인 성격이지만 상미는 쾌활해서 부원들의 농담도 잘 받아넘겼다. 상규는 툭 하면 얼굴이 빨개져서 토라지기를 잘 하는데 여동생은 반대로 머슴애처럼 능청맞고 쾌활해서, 남매가 서로 성격을 바꾸면 좋겠다는 농담을 듣곤 했다.

"데이트 신청해도 되지?"

부원이 이렇게 능청을 떨자 상미는 그 녀석을 꼬집으며 웃었다.

"정학 맞으면 나만 손해 아녜요?"

그러자 부원들이 와르르 웃고 나서 한마디씩 했다.

"아주 결혼을 하면 되겠군."

"히히, 정말 그런데?"

"에이, 대학생들이 뭐 이렇게 저차원일까⋯⋯."

상미는 하나도 지지 않고 대꾸를 하고 나서 오빠를 돌아보며 밖을 가리켰다.

"오빠 잠깐 나가요."

상규는 상미를 앞세우고 휴게실 옆의 벤치로 나갔다.

"정은이한테서 소식 있니?"

벤치에 앉자마자 상규가 먼저 말했다. 개미 떼가 줄을 지어 기어가다가 그들의 발이 앞을 가로막자 방향을 틀고 있었다. 합숙소 담 밑에서 쥐가 기어나와 휴게실 뒤로 쏜살같이 달려 갔다. 햇볕이 퍼부어서 합숙소 주변의 모래밭과 잔디밭이 반짝 반짝 빛나고 있었다. 습기가 구석구석에 배었고 개미와 쥐들이 자리를 옮기는 걸 보면 장마가 시작될 기미로 보였다.

"없어. 걱정이 돼요."

"그럼 뭣 하러 여기까지 왔니? 이 바보야."

"오빠가 걱정이 돼서 왔지. 정은 언니 때문에 오빠가 자살소 동이라도 벌이지 않나 해서."

"이런!"

상미가 쿡쿡 웃는 바람에 상규도 주먹으로 그녀를 툭 치며 같이 웃었다. 쥐가 수풀 속에서 기어나와 구릉 쪽으로 달려 갔다.

'정은 언니 아버지께서 쥐 사육하는 거 봤지?'

"장마가 지겠는걸."

"능청 떨지 말아요."

"연습시간이 다 됐다."

상규는 연맹전이 끝날 때까지는 정은이를 잊어버리기로 그 순간 작정을 했다. 감독의 말처럼 야구에 충실하는 것은 곧 자기 자존심에 충실하는 것이다. 이번에 다시 급전직하로 슬럼프에 빠지면 끝장이라는 생각은 상규도 하고 있었다. 그는 이를 악물고 상미를 냉정하게 처리해 보냈다. 상미는 무슨 말을 할 듯 할 듯 하다가 오빠의 눈치만 살피고 그대로 가 버렸다.

그러나 그가 정은이를 시합이 끝날 때까지 잊어버리기로 작정한 것은 뜻대로 되지 않았다. 다음날, 연맹전이 개막되어 첫날 시합에 나가려고 합숙소를 막 떠나려는데 그에게 전화가 왔다.

그는 수화기를 들고 눈을 감았다. 보이지 않는 저쪽에서도 잠시 동안 말이 없었다.

"오빠는 설마 이번 연맹전을 포기하는 건 아니겠지? 정은 언니가 오빠의 모습을 지켜볼 거예요. 엊그제 합숙소로 찾아갔을 때도 이 말을 하려고 간 거예요. 그럼 끊어요."

짤각 소리를 내며 전화가 끊겼다.

상규는 수화기를 든 채 멍하니 서 있다가, 밖에서 부원들이 외치는 소리를 듣고 허둥지둥 뛰어나왔다.

첫날 게임에서 상규는 의외로 선발 투수로 기용되었다. 상대

팀은 대학야구의 강자인 Y대학이다. K대와 더불어 대학 야구를 주름잡는 팀이다. 전문가들은 이번 연맹전의 우승팀으로 Y대를 꼽았다. 그만큼 중요한 게임이었다.

"잘해 봐!"

감독은 상규의 어깨를 툭 쳤다. 연습을 제대로 하지 않은 상규를 선발 투수로 기용하는 것이 모험이라는 것을 감독도 알고 있었다. 그러나 감독은 바로 그 모험을 좋아하는 성질이었다. 감독이 좋아하는 이러한 모험은 그 밑바닥에 계산돼 있는 다른 의미가 더 중요한 것이었다. 연습도 제대로 하지 않은 상규를 선발로 기용한 것은 상규가 지니고 있는 선천적인 재질을 높이 산 때문이기도 했으나 야구 선수로서의 상규가 지닌 의지를 시험해 보려는 속셈에서였다. 게임에 출전한 선수가 게임 이외의 생각 때문에 제대로 실력을 내지 못한다는 것은 이미 선수로서의 자격이 없는 것과 마찬가지였다.

감독의 그러한 뜻을 상규도 모를 리 없었다. 그는 이를 꽉 악물고 마운드에 섰다.

'정은 언니가 오빠의 모습을 보고 있을 거예요.'

상미의 말이 아니더라도 상규는 정은이가 어디선가 자기를 지켜보리라는 확신을 가지고 있었다. 연맹전이 끝날 때까지 정은이를 생각하지 않기로 한 것도 이런 확신에서 나온 것이었다.

볼을 잘 던지지 못하면 정은이가 비웃고 있을 것이라고 생각했다. 수혈을 해 주려고 마음먹은 상규에게 그녀의 잠적은 크나큰 절망이었다. 자기 몸속을 흐르는 펄펄 뛰는 피가 그녀의 몸속으로 구석구석 파고 들어가서 그녀의 생명의 일부가 된다는 것은 짜릿한 희열이며 쾌감이다. 그러나 정은이는 숨어 버린 것이다. 숨어 버린 그녀를 다시 불러내는 것은 야구밖에는 없다고 생각되었다.

상규는 Y대와의 첫 게임에서 산발 3안타만 허용했을 뿐 당당히 승리 투수가 되었다. 타석에 들어선 타자 앞으로 볼을 던지는 게 아니라, 어디선가 자기를 지켜보고 있을 정은이 앞으로 볼을 던지는 것이었다.

"역시 상규는 큰 놈이다."

감독은 마운드에 서 있는 상규를 바라보며, 손가락으로 콧구멍을 후벼팠다. 콧구멍을 후비는 동작은 선수들에게 만족과 격려를 보내는 사인이었다. 상규도 감독의 사인을 보고 한층 힘이 솟아올랐다.

손에서 떠난 볼을 끝까지 놓치지 않고 지켜보았다. 볼은 눈을 뜨고 날아가서 타자의 방망이를 교묘히 피해 스트라익 존으로 빠져들어갔다.

게임이 끝나고 합숙소로 돌아왔을 때 감독이 그를 불렀다. 감독은 담배를 맛있게 빨아들이고 나서 말했다.

"이상하다. 네가 이번 연맹전에서 실패할 줄 알았는데 의외로 잘 던졌다. Y대를 물리쳤으니 이젠 한숨 놓아도 되겠다. 잘

해 봐!”

상규는 눈물이 날 정도로 감독이 고마웠다.

“정은인가 하는 아가씨, 아직도 소식이 없나?”

“경기가 끝날 때까지는 생각하지 않기로 했어요.”

“임마, 거짓말 마. 네 눈동자를 보면 알 수 있어.”

상규는 감독의 어깨 너머 벽에 붙은 경기 일정표를 보았다. 풀 리그로 벌어지는 연맹전의 일정이 그려져 있었는데 우승 후보로 지목되는 강적은 붉은 잉크로 동그라미가 쳐져 있었다.

“경기가 끝나면 그 아가씨를 만나게 될 게다.”

“아닙니다. 이미 죽었을지도 몰라요.”

그 순간 상규의 눈앞에는 정은이의 얼굴이 크게 떠올랐다. 웃고 있는 얼굴이었다. 하얗고 조그만 얼굴은 잠시 후에 슬픈 표정으로 바뀌고 있었다.

“그렇지 않다.”

감독은 담배 필터를 질경질경 씹으며 큰소리로 말했다.

“사랑을 하고 있는 여자가 그렇게 쉽게 죽을 리가 없다.”

감독의 얼굴은 긴장해서 그런지 실룩실룩 떨렸다. 부원들이 들어왔다가 감독과 상규가 마주 앉은 공기가 이상해서 그냥 나가 버린다. 휴게실 쪽에서는 쾅다르르하는 음악소리가 요란하게 들려왔다.

“너희들의 사랑은 진실한 모양이다. 네가 오늘 게임에서 볼을 던지는 걸 보고 그런 생각이 들었다. 진실한 사랑을 할 때

인간은 실패하는 법이 없는 거야."

무섭고 무뚝뚝하기만 해 보이던 감독의 입에서 사랑 이야기가 나온다는 것은 의외였다. 그러나 감독의 말을 듣고 보니 정은이가 마음 한가운데 자리 잡고 있는 한, 결코 어떤 일에 실패할 리가 없으리라는 믿음이 생기는 것이었다.

그날 밤 상규는 휴게실로 가서 혜화동 병원에 전화를 했다. 전화를 받은 말자는 아주 낮은 목소리로,

"아무 일도 없어요."

하고 나서, 이쪽의 말을 기다렸다.

상규는 할 말이 없었다. 정은이한테서 무슨 소식이 있느냐고 묻자 말자는 그렇게 간단히 대꾸한 것이었다. 쉰 듯한 목소리였다.

"그럼 끊겠습니다."

잠시 후에 상규는 겨우 이렇게 말했다. 수화기에서 울리는 찌잉하는 전류음이 상규에게 말할 수 없는 열등감을 가져다주는 것이어서, 그렇게 말하기까지 얼굴이 훅훅 달아올랐다. 찌잉하는 소리는 창경원의 목마가 겅충겅충 뛸 때의 소리와 같았다.

"다른 말은 없어요?"

수화기를 귀에서 막 떼려는데 말자가 다시 말했다. 상규는 후다닥 놀라서 수화기를 다시 귀에 바짝 댔다.

"정은이 소식이 오는 대로 연락해 드리겠어요."

찰칵, 전화가 끊겼다.

연맹전 게임이 종반에 접어들자 부원들은 점점 더 신바람이 났다. 땀을 줄줄 흘리며 볼을 치고 달리던 게임이 이틀 후면 끝난다. 그러면 남해로 전지훈련을 가게 된다. 해수욕도 할 수 있고 시원하게 펼쳐진 모래사장에서 뒹굴 수도 있다. 더군다나 K대학팀은 이번 연맹전에서 수위의 전적을 올리고 있었다.

"두 게임만 이기면 전승이야."

"이번 연맹전은 뭐니뭐니해도 상규의 공이 컸지."

"아무렴. 상규가 세운 방어율은 대학야구사상 신기록이라는데?"

"연애를 해야 된다는 결론이 나오는 거야. 상규도 연애를 하더니 투수 성적이 부쩍 올라갔잖아?"

부원들이 주고받는 이야기를 심드렁하게 듣고 있던 상규는 연맹전이 끝날 때까지는 정은이 생각을 하지 않기로 했던 결심이 물거품이 돼 있음을 비로소 깨달았다. 그녀의 생각을 안하기는커녕, 한시도 빼지 않고 줄곧 그 생각만을 한 자기가 부끄러울 지경이었다. 함성을 지르는 관중 속에서 상규는 늘 정은이의 조그만 모습을 상상하곤 했다. 어떤 때는 외야석 깊숙한 곳에서 그를 지켜보고 있었고 어떤 때는 극성스럽게도 K대학 팀의 덕아웃 바로 위의 스탠드에서 그를 지켜보며 외치고 있었다. 그러나 상규는 그녀를 찾으러 달려가지는 않았다. 다만 볼을 정성껏 던지고, 타석에 들어섰을 때는 눈을 부릅뜨고 볼을 쳐서 날렸던 것이다.

마지막 한 게임을 다음 날로 남겨 둔 날 오후에 운동장으로 상미가 찾아왔다. 상미는 오빠를 만나자마자 새들새들 웃으며 종알댄다.

"역시 오빠는 이게 좀 모자라요. 이번 경기에서 아주 죽을 쏠 줄 알았는데 웬일로 그전보다 더 잘하죠?"

손에 든 방망이를 등 뒤로 가져가서 허리를 한 번 꺾으면서 상규는 웃었다.

"네가 나에게 말한 것 생각 안 나? 경기를 포기하지 말라고 했잖아?"

"그러니까 오빠는 머리가 좀 모자란다는 거예요. 내가 그렇게 말했어도, 오빠가 정은 언니 때문에 한번 야구를 포기하고 쩔쩔매는 모습을 보고 싶었는데, 이번 게임에서 승리투수가 되면 너무 재미가 없잖아요? 야구를 포기하고 애인을 찾으러 뛰쳐나오는 오빠의 드라마틱한 러브신을 보고 싶었단 말야."

상미는 계속해서 새들새들 웃었다. 부원들이 상미에게 농지거리를 하며 다가왔지만 상미는 본 체도 하지 않고, 오빠의 곁에 딱 붙어섰다.

"그래, 나는 야구밖에 모르는 바보다. 머리가 모자라는 바보야."

상규는 말을 마치고, 땅바닥에 뒹굴어 있는 볼을 집어 한 손으로 공중에 픽 던졌다. 그것이 낙하하자 방망이로 두들겼다.

볼은 딱 소리를 내며 멀리멀리 날아갔다.

상미는 오빠와 헤어질 때 속삭이는 목소리로 말했다.

"오빠, 고마워요. 오빠가 자신을 잘 지켜나가는 게 고마워요. 정은 언니도 잘 있어요."

"정은이 연락이 있니?"

"응, 편지가 왔어요."

상규는 그 말을 듣자 가슴이 후당당해졌다.

"그래, 어디 가 있대?"

"이번 경기가 끝나면 말할게요."

"지금 말해!"

"안 돼요, 나, 가요."

상미는 팔딱팔딱 뛰어서 운동장 밖으로 나가버렸다. 오후부터 열리는 게임을 보려고 관중들이 밀려들어 오는 스탠드 사이로 상미는 사라져 버렸다. 소나기가 오려는지 시원한 바람이 먼지를 일구며 운동장을 가로질러 불어왔다. 파란 잔디가 바람을 타고 둥실둥실 날아올랐다.

다음 날 아침 나절, 정은이는 혜화동 병원에 막 들어서고 있었다. 상미와 함께였다. 정은이가 병원에서 아무도 몰래 잠적해 버린 지 3주일만의 일이었다.

"너무 슬픈 얼굴 하지 마."

정은이는 병원을 들어서며 상미에게 말했다. 타이르는 듯한 목소리였다.

"나는 죽지 않을 거야. 내가 왜 숨었다가 지금 나온지 알아? 좀 더 살고 싶었기 때문이야."

상미는 정은이의 말을 들으면서 호르르 웃었다.

"언니는 역시 멋쟁이야."

그들이 병원으로 들어가서 길 박사의 방을 노크했을 때 안에서 문이 획 열리고 간호사가 나왔다. 병원은 낭하도 조용하고 입원 환자들도 별로 없는지 방마다 닫힘 표시가 내걸려 있었다.

"어머."

문을 열고 밖으로 나오던 간호사가 짧게 말했다.

길 박사가 밖으로 뛰어나와서 정은이의 어깨를 잡고,

"돌아왔구나. 모두들 너를 기다리고 있었다. 고맙다."

하며 홀쭉한 몸을 흔들었다.

잠시 후에 정은이는 입원실 침대 위에 눕혀졌다. 푸르스름한 환자복을 입은 정은이의 얼굴은 햇빛에 까맣게 그슬려 있었다.

"바다에 갔다가 왔어."

상미에게 말했다. 말자가 체온계를 정은이의 입안에 넣으며,

"바다에 갔었다고요?"

하며 눈을 동그랗게 떴다.

잠시 후에 길 박사가 들어왔다. 그는 정은이의 눈까풀을 뒤집어 본 다음, 입안을 보고 나서, 청진기로 가슴을 두드리며 어두운 표정을 지었다.

"간호사, 빨리 수혈 준비해."

말자가 밖으로 나갔다. 방 안에는 잠시 침묵이 흘렀다.

"수혈 받기 싫어요."

정은이가 헐렁헐렁한 환자복 속에서 몸을 움츠렸다.

"선생님, 나 살고 싶어요."

길 박사는 대답 대신 손으로 그녀의 이마를 짚었다. 열이 꽤 있었다. 정은이는 잠시 후에 잠이 들었다.

상미가 길 박사에게 물었다.

"괜찮겠어요?"

"응, 굉장히 악화됐다. 그래, 너는 어디서 정은이를 만났지?"

"버스 터미널에서 만났어요."

그날 아침 상미가 학교에 가려고 막 나서려는데, 뜻밖에도 정은이한테서 전화가 걸려왔다. 시외전화였다.

"지금 표를 사 놓고 전화를 하는 거야. 터미널에서 만나. 야구 구경이 하고 싶어서 올라가는 거야."

상미가 책가방을 든 채 터미널로 나갔을 때, 정은이는 이미 도착해 있다. 인천에서 오는 고속버스는, 상미가 시내버스를 타고 터미널까지 오는 시간에 정은이를 서울까지 싣고 온 것이었다.

"언니."

상미는 눈물이 핑 돌았다. 정은이는 간단한 손가방 하나만을 들고 벤치에 앉아 있다가 상미를 보자 활짝 웃으며 달려왔다.

죽음에 직면해 있는 환자 같지 않은 명랑한 얼굴이었다. 그런 명랑한 얼굴을 보자 상미는 더욱 가슴이 아팠다.

"상규 씨가 출전하는 게임이 몇 시부터지? 곧바로 야구장으로 가자, 애."

"오후부터야. 우선 병원에 먼저 갔다가 가요."

"괜찮아."

"안 돼. 병원에 먼저 가요."

상미가 고집을 내어 그를 병원으로 데리고 온 것이었다. 차를 타고 오면서 가까이서 보니 정은이의 얼굴에는 검은 반점이 전보다 더 많아져 있었다. 그러나 눈동자만은 전보다 더 빛났다. 뚫어져라고 하고 앞을 응시하는 그녀의 눈동자는 무서울 정도로 괴기스러운 섬광을 내뿜고 있었다.

정은이가 상미에게 편지를 한 것은 그보다 며칠 전이었다. 정은이는 혜화동 병원에서 남몰래 나온 후 곧바로 인천으로 내려갔었다. 인천 바닷가에는 먼 친척 할머니가 어린 손녀를 데리고 홀로 살고 있었다. 정은이는 그 할머니 댁으로 갔다. 집이 바로 바다에 면해 있어서 갈매기가 창틀에 와서 울고 밤이면 파도 소리가 방안 가득 넘실댔다.

할머니의 어린 손녀 이름이 돌녀였다. 낮이면 돌녀의 손을 잡고 모랫벌을 거닐었다. 멀리 보이는 해수욕장에서는 비치 파라솔이 깃발처럼 나부끼고 일찍 다가온 더위를 피해 온 사람들이 벌거숭이로 뛰어다녔다.

어느 날 오후, 정은이는 잔뜩 찌푸린 하늘을 쳐다보며 혼자서 바다로 나갔다. 바다를 끼고 한참 걸어가자 멀리 흰 모랫벌이 보였다. 날씨는 굉장히 무더웠다. 바다 위에 떠 있는 배들이 부웅부웅 하며 고동을 울리고 거무튀튀하게 보이는 상선들은 큰 바위처럼 옴쭉 않고 바다에 발을 담그고 있었다.

"아가씨, 쓸쓸합니까? 이리 오쇼. 쓸쓸한 사람끼리 한번 놀아볼까요? 아가씨."

그녀가 모랫벌을 걸어갈 때 머리가 긴 청년이 히히거리며 다가왔다.

"쓸쓸하지 않아요."

정은이가 톡 쏘듯이 대꾸하자 장발은 그녀의 손을 덥석 잡았다.

"거짓말."

정은이는 장발의 손을 뿌리치고 나서 머리칼을 쓸어 올렸다. 갈매기가 바다 물결을 밟으며 끼룩거렸다.

"쓸쓸한 사람끼리 이야기 좀 하자는데 그럴 것 없잖아?"

장발은 가까이 다가오며 투덜댔다. 그의 동작은 불량해 보이지는 않았다. 정은이 생각으로는 좀 귀엽기도 하고 바보스럽기도 한 기분이 들었다. 얼굴을 보았을 때 그가 의외로 앳되 보이는데 놀란 정은이는 조금 전의 당황한 기색이 없어졌다.

"맞아요. 이야기 나누는 게 잘못일 수야 없죠. 그런데 말이죠……."

"긴소리 하지 마, 나는 그런 것 싫어해."

"나는 말야. 내가 지금 쓸쓸한지 쓸쓸하지 않은지, 바로 그것을 생각하느라고 혼자 걷는 중이야. 알았어? 내 말 이해해?"

정은이도 반말로 대꾸했다. 장발의 눈동자가 흐트러진 머리칼 사이에서 둥그렇게 커졌다.

"나보다 생각이 한 발 늦군. 알았어. 너는 분명히 쓸쓸한 계집애일 테니까, 잘 생각해 봐, 쓸쓸하거든 나를 찾아와."

말을 마치고 장발은 모랫벌을 수캐처럼 껑충거리며 뛰어갔다. 그 모습을 보자 공연히 웃음이 나왔다. 장발은 뛰어가다가 멈추어 서서 바다를 향해서 우뚝 섰다. 정은이도 웃음을 그치고 그를 멀리 바라다보았다.

잠시 후에 정은이는 뚝 하고 웃음을 터뜨렸다. 장발은 소변을 보는 중이었다.

그 후 정은이는 장발을 만나지 못했다. 그의 머릿속에는 상규가 한가득히 차지하고 있었다. 상규를 생각할 때마다 정은이는 가슴이 두근거렸다. 그것은 일종의 죄책감이었다. 밝고 건강한 남자에게 어두운 그림자를 씌워준 것 같은 생각이 드는 것이었다. 차라리 상규가 자기의 몸만을 짐승처럼 요구해 와서 짓밟혔다면 더 편했을 것이었다. 인천에 같이 왔던 날 모랫벌에서 그가 몸을 요구했을 때 어째서 다 포기해 버린 생을 다시 붙잡으려는 욕망이 났을까. 그때 그에게 모든 것을 주고 이 세상 어딘가 이름 모를 흙 속으로 잠적해 버렸다면 얼마나 편했을까.

말자한테서 상규가 자기에게 수혈을 해 주려고 한다는 말을 들었을 때, 정은이는 눈물밖에 나는 게 없었다. 상규의 피를 받아서 오래오래 살 수만 있다면, 그와 함께 뒹굴며 사랑할 수만 있다면. 그러나 정은이는 자기의 다 타들어가는 생명의 마지막 끝을 보고 있었다.

사랑은 거미줄 같은 것일까. 상규와 서울을 잊으려고 병원을 빠져나와 인천으로 내려온 정은이는 어느새 자기의 정신을 잡아맨 거미줄을 느꼈다. 상규라는 크고 건강한 거미가 토해낸 거미줄. 정은이는 한 마리 나비처럼 거미줄에 매달려 있었다. 떨쳐내려고 하면 끈끈한 즙은 점점 다리와 날개를 감금하였다.

정은이가 장발을 다시 만난 것은 닷새 후였다. 모랫벌을 거닐고 있는데 바닷가에서 와자지껄하는 사람들의 소리가 났다. 꼬마 돌녀가 쪼르르 뛰어갔다 오더니,

"언니, 사람이 죽었어."

했다.

그 말을 듣자 문득 죽은 사람의 얼굴을 보고 싶은 생각이 났다. 정은이도 그쪽으로 뛰어갔다. 발이 모래에 푹푹 빠졌다.

"젊은 녀석이 안됐구만."

"한창 나이에 왜 자살을 했을까?"

사람들이 웅성거리는 틈으로 머리를 내밀고 앞을 보자 정은이의 시선에 맞부딪쳐오는 것은 바로 장발이었다. 모랫벌에 누

위 있었다.

"자살을 했나요?"

"글쎄, 미친 놈이지. 바닷가 모랫바닥에 떠억 드러누워서 약을 먹었나 봐. 일광욕을 하는 줄 알았지 뭐야."

콧수염을 기른 상인이 대꾸했다. 잠시 후에 경관이 오고 시체가 실려갔다. 자동차가 모래 바람을 일으키며 가는 모습을 보면서 정은이는 비로소 눈물을 흘렸다.

쓸쓸한 사람끼리 이야기나 좀 하자던 그가 설마 자살을 할 줄은 몰랐다. 그가 왜 자살을 했는지 그런 이유를 하나도 모르면서도 그는 자살을 할 이유가 충분했다는 생각이 들고, 잘 죽었다는 생각도 드는 것이었다.

"아버지가 걱정하시겠다. 그만 서울로 올라가렴."

할머니가 이렇게 말해도 정은이는 고개를 흔들었다.

"학교는 아주 그만둔 거니? 하긴, 그까짓 학교, 다녀 봐야 뭘하겠느냐만."

"맞아요. 할머니 말씀처럼 학교 다녀 봐야 뭘 해요? 차라리 죽어 버리는게 낫지."

"에그, 끔찍도 해라."

할머니는 성호를 그으며 혀를 끌끌 찼다.

"할머니, 나 오늘 죽은 사람 봤어, 꼭 잠자는 것 같애."

돌녀가 말참견을 했다.

그날 밤 정은이는 혼자서 바닷가로 나갔다. 상규와 함께 왔던 바닷가까지 가려면 왼쪽의 구릉을 끼고, 한참 동안 올라가야 됐다. 상점이 쭉 늘어서 있는 곳을 지날 때 가게 앞에 사람들이 모여 웅성대고 있었다. 또 누가 죽은 것일까 하고 가까이가 보았다.

텔레비전 구경을 하고 있었다. 바로 야구 중계방송이었다. 구경하는 사람들이 웃고 떠들며 박수를 쳤다.

"투 아웃이야?"

"응, 이번에 한 방 까면 역전이란 말야."

"히히."

구경꾼 중에는 소년들이 많았다. 서울에서 벌어지고 있는 대학 연맹전의 게임이었다.

대학 야구라는 말을 듣자 정은이는 갑자기 상규를 만난 것처럼 가슴이 뛰었다. 상규가 보고 싶었다. 미칠 것 같았다. 정은이가 그곳을 지나 해변가로 나왔을 때 밤은 완전히 어두워져 있었다. 어둠속으로 바닷물결 소리가 넘실대며 들려오고 그 사이로 젊은 남녀들이 팔짱을 끼고 걸어갔다. 정은이가 지나갈 때 텐트 속의 젊은이들이 휘파람을 픽픽 불었다.

상규와 함께 왔던 모랫벌은 한적했다. 고촉의 외등이 해안을 비치고 있어서 모랫벌은 은빛으로 빛나고 물결도 곱게 넘실댔다. 정은이는 모랫벌에 앉았다. 머리가 어찔어찔해 왔다. 바닷바람이 모래 먼지를 일구며 불고 있었다. 모래를 한줌 집어서 바다로 휙 던졌다. 모래는 흔적도 없이 어둠 속으로 빨려 들어갔다.

그날 밤 정은이는 서울로 편지를 했다. 상규한테 편지를 하고 싶었지만 어디로 해야 될지도 몰랐다. 그래서 상미한테 학교로 편지했다. 며칠 후에 서울로 돌아간다는 내용을 간단히 쓰고 상규에게 미안하다는 말을 덧붙였다.

그녀가 다시 서울로 돌아간다는 것은 다시 살고 싶다는 결심의 소산이었다. 가서 다시 치료를 받자. 언제 죽을지 몰라도 살아 있는 한 상규를 열심히 만나자. 상규가 없는 바닷가에서 홀로 죽어갈 수는 없다.

건강이 점점 악화돼 간다는 것을 누구보다도 그녀 자신이 잘 알았다. 고개를 조금 돌리기만 해도 머리가 찡하니 어지럽고, 걸음을 걸을 때마다 땅바닥이 푹 꺼지는 것 같은 착각이 일어나는 것이었다.

정은이가 침대 위에서 잠이 든 동안에 말자는 수혈을 했다. 비닐 주머니에 든 피가 다 들어갈 때까지 정은이는 잠을 잤다. 이마에는 땀이 자꾸 배어나서 옆에 붙어 앉은 상미가 계속해서 수건으로 닦아내야 했다. 길 박사가 들어와서 정은이의 가슴을 헤치고 청진기를 댔다. 가슴이 풀어지자 거기에는 터질 것 같은 유방이 언뜻 내비쳤다. 희고 아름다운 젖무덤이었다. 상미는 그것을 보고 큰 충격을 받았다. 곧 죽음을 앞둔 여자의 젊음이 거기에 뭉쳐 있었다.

"정은이네 집에도 연락을 해요."

길 박사는 어두운 얼굴로 간호사에게 지시했다. 혈압을 재던 간호사가 근심스러운 표정을 했다.

"오빠에게 알려야죠?"

길 박사가 나가고 난 다음에 간호사가 상미한테 말했다. 상미는 그 말을 듣고 깜짝 놀랐다. 간호사의 가슴에 붙은 명찰을 보았다. 정은이와 오빠의 사이를 잘 아는 듯 보였다.

"나하고는 초면이군요. 학생은 오빠를 많이 닮았네."

말자가 혈압기를 접으면서 웃었다.

"오빠를 잘 아시나요?"

"아녜요. 목마를 함께 타 봤을 뿐이에요."

"목마라니요?"

"창경원에, 있잖아요……."

말자가 말을 얼버무리며 나가고 난 뒤, 상미는 빈 병실에 홀로 앉아 정은이가 잠에서 깨어나기를 기다렸다. 병세가 악화되어 아주 절망적인 모양이었다. 그럴수록 빨리 오빠와 만나게 해야겠다는 생각이 들었다.

생각하면 이상한 일이었다. 지난겨울, 오빠가 슬럼프에 빠져 있을 때 소개해 준 정은이였다. 오로지 야구에만 전념하던 선수가 아무런 이유 없이 슬럼프에 빠져 낙심하고 있을 때 기분 전환 삼아 여자를 사귀는 것은 좋은 일이라는 생각이 들어서였다. 또한 너무 내성적이고 주변머리 없는 상규에게 정은이처럼 활발하고 명랑한 아가씨는 여러 가지 면에서 좋은 파트너가 되리라는 속셈에서 그들을 소개해 주었던 상미였다.

상규가 슬럼프를 극복하고 나자 이번에는 정은이가 돌이킬 수 없는 상황에 빠졌다. 정은이에게 그런 무서운 병이 있으리라곤 생각도 못 했던 상미였다. 상미는 이들의 만남이 순수하고 아름다워지기만을 바랄 수밖에는 아무런 다른 대책이 없었다. 인천에 가서 아무도 모르게 숨어 있던 정은이한테서 편지가 온 날, 상미는 교회에 나가 정은이의 건강이 좋아지기를 주님께 기도했다.

정은이가 잠에서 깨어난 것은 정오가 지나서였다. 눈을 뜨자마자 야구 구경 가자고 말했다.

"의사 선생님 말씀이 오늘은 움직이면 안 된대요."

상미가 그녀의 손을 잡으며 말했다.

"안 돼요."

말자도 창의 커튼을 걷으며 정은이를 돌아다보았다.

상미는 갑자기 눈물이 나오려고 해서 얼른 밖으로 나왔다. 붕대로 얼굴을 온통 가린 환자가 침대에 실려 신음 소리와 함께 운반되고 있었다.

"왜 나왔나?"

길 박사가 지나가다가 상미를 보고 멈춰섰다.

"학생, 울고 있군."

상미의 어깨를 만지며 길 박사가 낮은 목소리로 말했다.

"내 방으로 갈까."

길 박사는 상미를 앞세우고 방으로 들어갔다. 소파에 앉자 길 박사는 담배를 입에 물고 성냥을 그었다. 몇 번을 그어도 불이 켜지지 않았다.

"정은이가 걱정이 돼서 그러냐? 그 애는 이미 끝났다. 이젠 어떻게 손을 쓸 수도 없어. 참 안된 일이다."

"곧 죽겠군요?"

"글쎄, 그건 잘 모르겠다."

"언니를 살려주세요. 요즘은 좋은 약도 많지 않아요?"

길 박사는 일어서서 책상 위에 놓인 라디오를 켰다. 다이얼을 이리저리 돌리다가 야구 중계방송이 나오는 채널에 맞추었다. 급하게 지껄이는 아나운서의 목소리가 불안한 상미의 마음을 마구 헤집어 놓았다.

"아직 시작되지 않았군. 상규 군이 나오는 게임 말이야."

"야구를 좋아하십니까?"

"암, 전상규의 피칭 폼을 좋아하지. 그 친구 타격도 좋거든."

"정은 언니와 구경가면 안 됩니까?"

"내가 안 된다고 말했지?"

길 박사는 말을 갑자기 멈추더니 눈을 감았다. 잠시 후에 입을 열었다.

"가만 있자. 네 시부터 게임이니까."

"가도 괜찮겠어요?"

"간호사와 함께 가 봐."

길 박사가 정은이에게 야구 구경을 가도록 허락한 것은 의사로서는 무책임한 일인지도 몰랐다. 상태가 악화된 환자한테 그러한 외출을 허락한다는 것은 말도 안 되는 소리였다. 그러나 길 박사의 생각은 달랐다. 이미 포기해 버린 환자한테 병원의 규칙이나 관례만을 내세워서 권위를 내세운다는 것은 위선에 속한다. 차라리 환자가 하고 싶다는 대로 해 주는 것이 지금에 와서 의사가 할 수 있는 최선의 방법이었다.

"선생님, 빨리 와 보세요."

그때 말자가 방으로 들어섰다. 침착해야 할 간호사가 몹시도 허둥대고 있었다.

길 박사도 간호사 만큼이나 허둥대며 밖으로 나갔다. 낭하를 뛰어가면서 말자가 상미에게 말했다.

"정은이가 정신을 잃었어요."

그들이 병실에 들어섰을 때 정은이는 팔을 쭉 늘어뜨리고 침대 위에 누워 있었다. 길 박사가 눈까풀을 뒤집어 보고 나서 주사 준비를 시켰다. 길 박사의 표정은 굳어질 대로 굳어진 채 상미에게 말했다.

"정은이가 돌아왔다고 상규에게 말해 줬나?"

"아직 못 했어요."

간호사가 들어오자 길 박사가 말했다.

"정은이네 집에 연락했지?"

"아무도 전화를 받지 않아요. 지금 다시 해 보겠습니다."

길 박사는 정은이 팔뚝을 걷고 주삿바늘을 갖다대며 간호사에게 신경이 날카로운 소리로 말했다.

"빨리 연락해요."

정은이가 다시 정신을 되찾은 것은 한 시간 후였다. 무기력해 보이는 정은 아버지가 병실에 온 지 얼마 뒤의 일이었다.

"아버지, 용서하세요. 저도 역시 안 되겠어요."

정은이는 아버지의 손을 잡으며 말했다. 그 목소리는 냉정하고 침착한 것이었다. 아버지는 아무 말도 않고 딸의 머리를 쓰다듬었다.

"쥐는 잘 커요?"

"그래. 왜, 대문 옆에 굴을 파고 살던 놈 있지? 그 놈이 새끼를 다섯 마리나 낳았다."

"다섯 마리나 낳았어요? 먹이 주느라고 아버지가 바쁘셨겠네."

간호사와 상미는 그들 부녀가 주고받는 말이 무슨 소리인지 알 수가 없었으나, 숨소리도 크게 내지 못하고 그들을 지켜보았다.

상미는 손목시계를 봤다. 누구에게 들키면 큰일이라도 나는 듯, 살며시 팔을 올려 시계를 보았다. 눈앞에 안개가 낀 것처럼 희뿌연해서 시계가 얼른 보이지 않았다.

네 시였다.

"아버지. 다시 그림을 그리세요."

"오냐."

부녀의 대화는 한없이 이어질 것 같았다. 정은이는 침대에서 일어나 걸터앉았다가 일어섰다. 푸르스름한 환자복은 코메디언의 유니폼처럼 헐렁헐렁해서 공연히 웃음을 자아냈다.

"더 예뻐 보이는데?"

상미가 가벼운 마음이 돼서 이렇게 말하자 정은이도 웃으며 두 팔을 쫙 벌렸다.

"내일부터는 학교에 열심히 나가야겠다. 도서관에 가서 책이나 많이 봐야지."

정은이가 다시 침대에 털썩 앉으며 말했다. 오지천 씨는 그제야 자기 딸이 학교에 오랫동안 결석을 해 왔다는 사실이 생각났다. 휴학을 하라고 해도 정은이는 말을 듣지 않았다. 어떤 때는 밤을 세워서 책을 읽고 리포트를 쓰던 정은이였다. 만일 다른 병이라면 정은이만은 꼭 살려낼 수 있을 것이었다. 만일 악성 빈혈만 아니라면 무슨 수를 써서라도 살려내어, 총명한 정은이의 미래를 활짝 열어줄 수 있으련만.

정은이와 상미가 간호사와 함께 운동장에 도착한 것은 다섯 시가 넘어서였다. K대학과 H대학의 시합이 벌어지고 있었다. 정은이는 이따금 현기증을 느꼈으나 대수롭지는 않았다. 오히려 평소보다도 정신이 더욱 깨끗해지는 것 같았다.

말자의 손에는 가방이 하나 들려져 있었다. 혹시 정은이가 또 기절을 하거나 무슨 증세를 보일 때 쓸 약을 넣은 가방이었다.

뒤늦게 경기장으로 들어서는 그들을 입구에 선 경비원이 이상하다는 눈초리로 아래 위를 훑어보았다. 그들은 1루쪽 스탠드로 올라갔다. 맨 앞자리가 비어 있어서 앞으로 나가 셋이 나란히 앉았다. 스코어 보드에 양 팀의 득점이 나와 있었다. 5대 3이었다. H대학이 이기고 있었다. 그들이 도착했을 때가 7회초 H대학의 공격이었다.

마운드에 선 투수는 상규였다. 투 아웃에 주자는 3루였다.

"저기, 오빠가 있네."

상미가 정은이의 옆구리를 찌르며 손가락으로 상규를 가리켰다.

"보고 있어."

조금 떨리는 듯한 목소리로 대꾸했다. 관중들이 지르는 함성소리에 정은이의 목소리가 빨려들어 갔다.

7회초 공격이 끝났다. 관중들은 박수를 쳤다. 타자를 내야 땅볼로 아웃시킨 투수를 격려하는 박수였다. 7회말이 되어 상규는 두 번째 타자로 나와 타석에 섰다.

"재미있어요?"

말자가 정은이에게 물었다. 정은이는 배시시 웃고 나서,

"생각했던 것보다 재미가 없네요."

했다.

타석에 들어선 상규가 초구를 노려 방망이를 휘둘렀다. 흰

공은 딱 소리를 내며 하늘 높이 치솟았다. 관중들이 와하고 함성을 질렀다. 그러나 외야수가 펜스 가까이 달려가서 공을 잡아내자 휴우 하고 한숨을 쉬는 것이었다.

"아름답네요."

정은이가 손뼉을 치면서 기분좋게 말했다.

"오빠가 아웃됐는데 기분이 좋아?"

상미가 혓바닥을 쏙 내밀며 말했다.

"홈런을 치면 어쩌나 했지. 아웃돼서 고개를 숙이고 들어가는 상규 씨가 더 좋은데, 뭘."

말자가 웃으며 말했다.

"정은 씨다운 말이에요. 지금 기분은 좋아요?"

정은이는 고개를 까딱했다. 푸른 잔디가 쭉 깔린 그라운드에 흰 유니폼을 입은 선수들이 공을 쫓아 달리는 모습은 한 폭의 그림처럼 아름다웠다.

상미가 스탠드 앞으로 바싹 나가서 고개를 내밀고 아래쪽을 내려다보았다. 바로 거기가 K대학의 덕아웃이었다.

"오빠!"

낯익은 부원이 얼굴을 들었다.

"오빠 좀 찾아 주세요."

"앗, 상미 아니야? 어이, 상규야, 상규야."

곧바로 상규가 뛰어나왔다. 스탠드 난간에서 얼굴을 내밀고 있는 동생을 보자 주먹을 휘두르며,

"너 정신이 돌았니? 이게 무슨 짓이야? 빨리 꺼져!"

했다.

부원들이 재미나다는 듯이 와글대며 웃었다.

"괜히 야단이다. 지금 이 자리에 정은 언니가 와 있단 말야. 게임이 끝나면 이리 와요."

"뭐?"

상규는 데드볼을 맞은 것처럼 머리가 띵했다. 무슨 말을 물어보려고 입을 열자 상미는 몸을 숨겼다. 곧 8회가 시작되었다.

"그 아가씨가 온 것 아냐? 감독님께 말씀드려서 투수를 교체시켜 달라고 해 보렴. 감독님이 너는 귀여워 하시니까 청을 들어줄지도 모른다."

부원이 상규한테 속삭였다. 2점을 뒤지고 있는 이 판에 그런 말이 통할 리도 없거니와 설사 이기고 있다해도 시합 중에 선수가 감독에게 그따위 말을 한다는 것은 상상조차 힘든 일이었다. 게임 중에 감독이 선수에게 미치는 권한은 절대적이어서 모든 것을 감독의 사인을 받아서 해야지 그렇지 않으면 설사 홈런을 쳤어도 기합을 받는다.

상규는 정은이를 빨리 만나기 위해서 게임을 재빠르게 끝내리라 마음먹었다. 강속구가 주무기인 그의 볼은 게임 후반으로 갈수록 얻어맞기가 쉬웠다. 속구에 차츰 익숙해지기 때문이었다. 그래서 8회에는 속구와 슬로 커브를 적당히 뒤섞었다. 이런 것은 미리 감독한테 허락을 받아야 하므로,

"커브 볼을 좀 섞어서 하겠어요."

했더니 감독은 고개를 끄덕였다.

8회는 상대방의 세 타자를 모두 범타로 아웃시켰다. 마운드에서 볼을 던지면서 그는 1루쪽 스탠드를 훔쳐보았다. 스탠드 하단에 상미가 앉아 있는 게 보였다. 여고생 교복을 입어서 얼른 눈에 띄었다. 상미 옆에 앉은 정은이는 꼼짝도 하지 않았다. 타자를 아웃시키고 그쪽을 쳐다봐도 그녀는 미동도 하지 않았다. 그 옆에 말자도 앉아 있었지만 모두들 마찬가지였다. 말자를 보자 목마 생각이 났다. 야구도 목마를 타는 것과 마찬가지인지도 모른다. 쉽게 달려가는 목마가 아니라 어렵게 어렵게 달려가는 목마였다. 출발한 원점으로 돌아오는 경기는 야구뿐이다. 홈인할 때의 긴장과 환희는 스코어보드에 한 점을 보태고 나면 소멸해 버리는 것이다.

그 게임에서 K대학은 5대 6으로 역전승했다. 마지막 두 이닝에서 상규가 호투를 하여 상대방 타자를 하나도 출루시키지 않은 반면에 K대학에서는 집중 안타를 퍼부었기 때문이었다.

게임이 끝나고 상규가 스탠드로 올라갔을 때는 이미 정은이는 그 자리에 없었다. 상미 혼자 있다가 울먹거리며 말했다.

"언니는 간호사랑 병원 갔어요. 상태가 아주 안 좋아요."

스탠드는 어느새 텅 비어 있었다. 상규는 그말을 듣자 가슴 저 밑바닥에서 불길이 타올랐다. 그것은 분노의 불길이었다. 스탠드에서 그라운드 안으로 뛰어내린 상규는 마침 소년이 흘어진 기구를 모으는 것을 보고 그쪽으로 뛰어갔다. 이미 선수들도 모두 퇴장하고 어스름이 깔리고 있었다. 그는 볼을 집어서 방망이로 쳤다. 볼을 주워 담던 소년이 눈을 동그랗게 뜨고 상규를 보았다. 그는 미친듯이 볼을 방망이로 두들겼다. 볼은 높이높이 날아오르며 경쾌한 소리를 냈다.

"오빠! 병원으로 빨리 가요!"

상미가 스탠드 위에서 안타깝게 불렀지만 그에게는 들리지도 않았다.

"죽으면 안 돼, 죽으면."

상규의 중얼거림을 옆에서 들은 소년은 눈을 점점 크게 떴다. 상규는 울고 있었다.

정은이는 병원으로 돌아오자마자 혼수 상태에 빠졌다. 상규가 달려왔을 때 잠깐 정신을 차렸다가 다시 깊은 어둠 속으로 빠졌다.

"돌아가요. 우승을 했으니까, 파티도 굉장할 텐데, 여긴 뭣하러 왔죠?"

정은이가 이렇게 말했을 때도 상규는 몸이 굳은 것처럼 똑바로 선 채 아무 대꾸도 못했다.

"언니."

다만 상미가 옆으로 다가가며 정은이를 불렀을 뿐이었고, 정은 아버지가 힘이 하나도 없는 어깨를 추스렸을 뿐이었다. 말자는 들락날락하면서 약을 가져온다, 주사기를 들고 온다, 총총걸음을 하고 있었다.

병실에 차츰 어둠이 깃들기 시작했다. 말자가 전등 스위치를 켰으나 불은 들어오지 않았다.

"정전인가 봐."

창 밖에서 우수수 하는 소리가 났다. 번갯불도 번쩍번쩍 빛났다. 비가 퍼붓는 모양이었다.

"지천 화백, 그림을 다시 그리시오."

길 박사가 의자에 털썩 앉으며 정은 아버지한테 낮은 목소리로 말했다. 그는 대답 대신 기침을 쿨럭쿨럭 했다.

상규는 밖으로 뛰어나왔다. 뒤에서 상미가 불렀지만 그는 대꾸를 하지 않고 달려나갔다. 빗줄기는 유령의 머리칼처럼 길게 길게 흩날리며 쏟아지고 있었다. 비를 흠뻑 맞으면서 그는 뛰어갔다. 버스들이 빗물을 튕기면서 질주하고 이름모를 소음이 땅속에서라도 울려나는 듯 웅얼웅얼대고 있었다.

그는 잠시 후에 창경원으로 들어섰다. 그가 달려들어 가자 입구를 지키던 수위가 고함을 쳤으나 금방 어둠 속으로 사라지는 상규를 더 이상 쫓을 생각을 안했다. 비를 맞으며 서로 어깨를 대고 걸어 나오던 젊은이들이 상규가 앞으로 달려가자 흠칫 놀라 멈추어 서곤 했다.

"다 끝났소."

그가 어린이 놀이터로 가서 목마를 타려고 하자 직원이 우산을 받고 나오면서 큰소리로 외쳤다. 회전목마는 작동되지 않은 채 멈추어 서 있었다. 그만그만한 말들이 모두 꼬리를 치켜 세운 채 서 있었다.

"빨리 작동시켜 주시오!"

상규는 숨을 헐떡이며 급하게 말했다. 직원은 혀를 끌끌 차면서,

"씨도 먹지 않는 소리 치우고 빨리 꺼져 버려, 젊은이."
했다.

상규는 그의 어깨를 꽉 잡았다.

"작동 스위치가 어디 있소? 빨리 말해요!"

직원이 놀라 입을 딱 벌렸다. 완력으로 나오는 바람에 겁이 난 모양으로 스위치가 있는 기계실을 가리켰다. 상규는 직원을 앞세우고 기계실로 가서 스위치를 올렸다. 찌르르 하는 소리를 내며 회전목마가 돌아가기 시작했다.

기계실 앞에 선 나무에다 직원을 묶어놓고 나서 벌벌 떠는 그에게 다짐하듯 말했다.

"조용히 있으시오. 내가 시간이 급해서 이런 짓을 하는 거요. 말을 타고 찾아갈 사람이 있단 말이오."

그는 달려가서 목마 위에 올라탔다. 목마는 방울 소리를 딸랑이며, 하늘 저 멀리로 떠난 사람을 찾아서 껑충껑충 뛰기 시작했다.

(문학사상, 1975)

새와 십자가

새와 뱀

병정들이 한바탕 휩쓸고 지나간 마을에는 여자들과 아이들만 남았다. 어른들은 낯선 병정들한테 붙잡혀 파랑재 너머로 끌려갔다. 조그만 마을은 텅 비었다. 구석구석마다 들쥐가 찍찍대고 벌레들이 수물거린다. 아이들만이 뜨거운 폭양 아래 내팽개쳐진 마을을 들쑤시며 야단을 피운다. 산으로 개울로 짓싸매며 돌아다닌다. 사면이 산으로 막혀 외부와는 숨통이 막힌 마을은 한 달이 못 되어 식량이 동이 나기 시작했다. 감자와 옥수수가 조금 남아있는 집에서도 남자들이 돌아올 때까지 대려고 아껴가며 먹는다. 여자들은 벌통 같은 허리를 벅벅 긁으며 한숨을 쉰다. 사타구니를 손가락으로 헤집는다. 아이들은 떼지어 다니며 묵은 산밭에서 감자를 캐먹는다. 노래 부르며 나무 열매도 따서 허기를 채운다.

소년은 아침 일찍 산으로 올라간다. 날아가버린 새를 찾기 위해 아침마다 나무숲을 쏘다닌다. 옥수수알만 한 산거미들이 재빨리 잎사귀 뒤로 숨는다. 거미줄에 매달린 이슬이 소년의 종아리에 채인다. 이슬은 아침 햇살을 한 입 마시며 터져버린다.

개암나무 잎사귀가 맨 종아리에 툭툭 채인다. 잎사귀에 묻었던 아침 이슬이 도르르 도르르 굴러내린다. 소년은 채 여물지도 않은 개암을 따서 껍질째로 입안에 넣는다. 꼭꼭 씹는다. 고소한 개암 맛은 안 나고, 비릿한 냄새가 입안에 가득하다. 아마 풋개암 냄새는 푸르뎅뎅한 빛깔일 게다. 풋개암 냄새, 이 비릿한 냄새가 바로 산의 냄새이다. 소년의 이런 생각 위로 눈부신 아침 햇살이 이슬방울을 데리고 쏟아진다. 눈부신 바람 속에도 상쾌한 햇빛 속에도 산의 푸른빛 냄새는 배어있다.

'오늘은 산새를 꼭 찾아야지.'

이마에서 땀을 닦아내며 중얼거린다. 소년은 새를 찾으려고 귀를 기울인다. 솜털이 송송 난 조그만 귀는 은빛 거미줄처럼 바쁘다. 그러나 거미줄에 걸리는 것은 나뭇잎에서 쉬다가 오는 바람 소리뿐. 나뭇잎들은 소년을 둘러싸고 각각 다른 음을 내는 악기처럼 바람 소리를 받아서 영롱한 산의 소리를 쉴 새 없이 뿜어낸다. 몸을 쉬지 않고 흔든다.

소년의 이마에 땀방울이 맺혔다가 떨어진다. 노간주나무는 뾰족뾰족한 침엽을 두 손에 치켜들고 쉬쉬 소리를 낸다. 소년의 희고 작은 종아리를 따금따금 찌른다. 소년은 귀를 쫑긋대

며 떡갈나무 숲으로 미끄러져 들어간다. 떡갈나무 잎은 코끼리
귀처럼 벌름벌름 바람을 헤치며 소년의 발자국 소리를 엿듣는
다. 떡갈나무 그늘에 앉아 조그만 손으로 턱을 고이고 산을 내
려다본다. 오리나무·상수리나무·노간주나무·떡갈나무·개암나
무·산밤나무·사시나무·소나무·도토리나무·산앵두나무가 산
을 뒤덮었다. 산발치에는 딸기덤불·머루덤불·인동덤불이 명주
실 타래처럼 단정하게 산을 감쌌다. 소년은 갑자기 발딱 일어
선다. 산개미가 종아리를 물었기 때문. 소년은 종아리를 문지
르고 나서 오줌을 찍 갈긴다. 풋개암알같이 작고 보송보송한
불알을 한 번 툭 친다.

옛날 어떤 할아버지가 불알산이라고 이름 지었는지는 몰라
도, 산의 생김새가 꼭 불알 같다. 두 개의 그만그만한 조그만
구릉이 붙어서 생긴 산이다. 상쾌한 햇빛이 산 위에 쏟아져 내
린다. 햇빛은 진드기처럼 잎사귀에 매달려 있다가 바람이 불면
반짝반짝 빛나며, 작디작은 날벌레같이 공중으로 날아오른다.
그럴 때면 초록색이던 나뭇잎들이 은빛으로 변하여 물결치고
물결 소리는 잔잔한 산의 평화를 이룬다.

소년은 떡갈나무숲을 헤치고 나온다. 살금살금 인동덤불 속
으로 기어들어 간다. 눈을 반짝인다. 새집을 찾는다. 없다. 귀를
쫑긋댄다. 없다. 이마에 맺힌 땀을 닦고 입안에 든 풋개암 껍질
을 후 뱉는다. 바위틈에서 밤송이만 한 다람쥐가 기어 나와 개
암 껍질을 물고 쏙 들어간다. 소년은 인동덤불 속의 바위 위에

쪼그리고 앉는다. 인동덤불의 작은 잎새들이 소년을 우산처럼 씌워준다. 빗방울만 한 인동열매가 우산살 같은 덤불에 맺혀있다. 햇빛과 바람 소리가 빗소리처럼 요란하게 덤불을 스치고 지나간다. 햇빛·바람·이슬·나뭇잎. 소년은 턱을 고이고 가만히 앉아 있다.

산새야 산새야
마을엔 왜 왔니
털을 뽑아줄 테야

이 노래가 떠오르자 소년은 금세 콧등이 시큰해진다. 산새를 찾느라고 산을 쏘다니다가 마을로 내려가면, 다른 아이들이 이 노래를 부르며 소년을 놀려대곤 했다. 이 노래의 가락은 마을에 전해오는 민요이다. 시집온 첫날밤에 신방에서 뛰쳐나온 신부를 힐난하는 노래다.

시악시야 시악시야
밤나무에서 왜 우니
털을 뽑아줄 테야

털을 뽑아준다는 것은 사타구니의 털을 뽑아 따끔따끔 아프게 해준다는 말인데, 여기 담긴 이야기는 슬프다. 아주 먼 옛날 밤나무집 아들이 장가를 들었는데, 그의 물건이 어떻게나 장대했던지 첫날밤에 신부가 아픔을 견디지 못하여 신방에서 뛰쳐 나와 밤나무 밑에 가서 엉엉 울었다. 신랑집이 발칵 뒤집혔다. 사람들이 밤나무 밑에 가서 울고 있는 신부를 달랬다. 그래도 신부는 엉엉 울면서 막무가내였다. 사람들은 화가 나서, 그러면 털을 뽑아버린다면서 알몸뚱이 신부의 사타구니에서 털을 쥐어뜯었다. 그러자 이번에는 털 뽑는 아픔에 못 견딘 신부가 다시 신방으로 쫓겨 들어갔다. 사람들은 히히히 웃었다. 그 신부는 열 달 후에 떡두꺼비 같은 아들을 낳았다. 그 후부터 마을에 혼사가 있게 되면 사람들이 신방 앞에서 밤샘을 하며 이 민요를 부르게 되었다. 또 이 노래는 아들딸 많이 낳으라는 뜻으로도 쓰여졌다.

소년이 산새를 집에서 기른 것은 지난 봄부터였다. 어느 날 아침에 일어나 보니 잘 날지도 못하는 어린 산새 한 마리가 울타리에 앉아 찌찌찌 울고 있었다. 날개를 바들바들 떨었다. 주둥이가 샛노랗고 꽁지털은 다 나지도 않았다. 그날부터 소년은 집에서 산새를 기르게 되었다. 풀벌레를 잡아다 주고 새장을 만들어 주었다. 다른 사람이 먹이를 주는 것은 받아먹지 않고 소년이 주는 것만 먹었다. 그리고는 즐거운 듯이 찌찌찌 울었다. 마을에서는 어느새 소년을 산새라고 불렀다. 소년도 그게 싫지 않았다. 새는 점점 자라면서 푸르스름한 빛깔을 띠었다. 날개 위에는 노란 점이 돋아났다. 주둥이도 갈색으로 변했다. 소년은 산새를 손 위에 앉히고 마을을 신나게 돌아다녔다. 산새는 푸르록 날아서 공중을 한 바퀴 돌고 다시 소년의 손등으로 돌아오곤 했다.

어느 여름날 아침, 조용하던 마을은 갑자기 엄습한 전쟁 때문에 모든 게 와르르 무너져버렸다. 쾅쾅, 따따따, 콰릉콰릉. 무서운 소리는 조용한 아침을 갈기갈기 찢어버렸다. 그 소리에 놀라 산새가 날아갔다. 돌아오지 않았다. 소년의 고운 꿈도 날아갔다. 소년은 산새를 찾아 꿈을 찾아, 산을 헤맸다.

소년은 인동덤불을 헤치고 밖으로 나온다. 돌멩이를 한 개 집어서 산발치로 휙 던진다. 돌멩이가 다래덤불에 가서 떨어지자 푸른 잎새의 물결이 일렁이고, 그 속에서 새 한 마리가 포롱포롱 날아오른다. 새집이 있나 보다. 소년은 다람쥐처럼 재빨리 산발치로 내려간다. 다래덤불을 헤치고 기어들어 간다. 새집을 찾는다. 새집이 보인다. 소년은 숨을 죽인다. 하얀 새알이 새집 속에 소복하게 놓여있다. 가슴이 두근거린다. 쩍쩍쩍하는 어미새의 소리도 들린다. 소년은 덤불 속을 두리번거리며 살핀다. 그때다. 찬바람이 휙 스친다. 다래덤불 밑둥만큼 한 뱀이 어미새를 잡아먹는다. 소년의 몸이 불덩이처럼 달아오른다. 뱀이 바늘 같은 혀를 날름대며 새집 안에 있는 알을 삼키려고 하자, 소년은 꼬리에 불이 붙은 강아지처럼 소리를 지르며 덤불 밖으로 뛰어나온다.

"산새! 산새!"

다리가 후들후들 떨린다. 파랑재 너머에서 포성이 쿵쿵 들려온다. 이슬은 쉴 새 없이 흩어지며 소년을 흠뻑 적신다. 사태가나서 산이 깎여나간 비탈을 미끄러지듯 내려오다가 소년은 곰보를 만났다. 곰보는 도라지를 캐어 질겅질겅 씹고 있다.

"뱀이 산새를 잡아먹는 걸 봤다!"

"거짓말."

도라지를 한입 물어 뜯으며 곰보는 누런 이빨을 드러내놓고히죽거리며 웃는다.

"새알도 다 먹어 버렸을 거야!"

"거짓말 마, 이 밥통아. 산새는 날개가 있거든."

소년은 곰보에게로 바짝 다가선다. 곰보의 키가 한 뼘은 더크다.

"정말이다!"

"날개도 없는 뱀이 어떻게 산새를 잡아먹니! 멍청아."

소년은 분해서 눈물이 날 것 같다.

"그럼 네가 기르던 산새도 뱀이 잡아먹었겠구나?"

곰보는 조롱하듯 말한다. 소년은 손을 내젓는다.

"아니야, 그 산새는 소리 때문에 날아간 거야."

"소리 때문에 날아갔다구?"

곰보는 도라지를 또 한입 물어 뜯어 질겅질겅 씹으며 침을퉤퉤 뱉는다. 파랑재 너머에서 포성이 우뢰 소리처럼 우릉우릉들려온다. 풀섶에서 산여치가 찌륵찌륵 울어댄다.

"흥."

코웃음을 치고 나서 곰보는 도라지를 소년에게 내보이며 자랑스러운 듯이 말한다.

"도라지를 먹으면 어른처럼 힘이 세어진다. 그러면 말이다 색시도 얻을 수 있다."

곰보는 도라지를 씹으며 웅얼웅얼 노래를 부른다. 곰보의 목청은 언제나 찌걱찌걱하고 고르지 못하다. 곰보는 침을 퉤퉤 뱉고 나서 이번에는 가락을 조금 변조시켜서 후렴처럼 덧붙인다.

밤나무집 아들은 밤나무만큼 크고
색시는 밤톨만 하대요
헤이야 헤이야
밤톨이 깨졌대요

집이 모두 20호가 채 못 되는 마을은 사람 수도 아주 적다. 불알산에 자라는 나무 숫자보다도 더 적다. 산밭을 일궈서 곡식을 거두고, 원추리·달래·꼬들피·말굴레·취·젓갈나물 등 산나물과, 밭두렁이나 개울 둑에 자라는 나생이·질경이·쑥·보리아재비·국수뎅이·꽃다지·황새나생이 등 들나물을 뜯어다가 봄여름 반찬을 하고 또 저장해 두었다가 겨울철에 먹어야 하고, 땔나무를 해야 하고 깔달이와 안달미를 베어다가 지붕을 이어야 하기 때문에 이 마을에는 일손이 많을수록 살기가 넉넉해지는데, 어쩐 일인지 몇 년이 지나도 인구가 늘지 않는 것이다. 아이를 많이 낳을 생각으로 조혼을 시키는 풍습 때문에, 연약한 연장이 퇴화해서인지도 모른다.

이 마을에서는 열다섯 살을 넘기기 전에 결혼을 시키는 것이 관례처럼 돼 있는 정도다. 아이를 많이 낳으려는 염원이 어찌나 강한지 열 살을 넘으면 아이들은 마늘·파·도라지·더덕 등의 자극성 식물을 먹도록 권장하는데, 이것은 잠자고 있는 성감이 빨리 자극되어 음모를 돋아나게 하고 연장이 정말로 밤나무만큼 장대하게 자랄 수 있다는 생각에서 연유한 풍습이다. 마을을 둘러싸고 있는 야산의 이름들도 불알산·사타구니산·불두덩이산·씹산·삼신할미산 등으로 돼 있어 다산을 원하는 이 마을의 소망이 반영돼 있다.

천등산·맹산·파랑재산·시랑산 등이 하늘을 찌를 듯이 높이 솟아 사방이 산으로 싸인 이 조용한 마을은 깊은 산 속에 있는 옹달샘처럼, 산냄새에 싸여 깨끗한 생명력이 넘친다.

행복하고 즐겁던 소년의 산새를 날아가 버리게 만든 굉음은 그 후 며칠 사이에 이 마을을 일변시켰다. 무서운 어둠의 소리를 앞세우고 들이닥친 낯선 병정들이 마을의 남자들을 끌고 파랑재 너머로 가버린 뒤, 여자들은 더위와 정적에 지쳐 활기를 잃어버렸지만, 아이들은 자기들 앞에 무한대로 개방된 이 마을의 구석구석을 들쥐처럼 파헤치며 뛰놀고, 그전에는 미처 생각지도 못했던 놀이를 하고, 민요에다가 멋대로 말을 붙여서 노래하면서 파닥거리며 재잘대는 것이다.

"이따가 비석치기 하자!"

곰보가 바지 안으로 손을 넣어 사타구니를 긁으며 말한다.

"그래. 그래. 교회당 마당에서 하자."

소년이 대답한다. 그들은 마을 끝에 있는 교회당을 내려다본다. 빛나는 햇볕 속에 부서진 달팽이처럼 엎드려 있는 교회당 앞으로 하얀 옷을 입은 왜가리 아저씨가 한쪽 다리로 서서 종루를 쳐다보는 모습이 보인다.

곰보는 팔뚝에 달라붙어 숨을 할딱거리는 청개구리를 손으로 떼어 사태진 모래 위에다 던진다. 뜨거운 흙에 발이 뜨거워 못 견디겠다는 듯 청개구리는 오줌을 한 방울 내갈기고 팔딱팔딱 뛰어서 덤불 속으로 숨는다. 산매미 울음소리가 이어졌다 끊겼다 한다. 점점 여리게 점점 여리게. 쉼표, 이윽고 산매미는 울음을 그쳐버린다.

"교회당에 가는 걸 병정들이 알면 가만두지 않는대."

곰보가 도라지를 질겅질겅 씹으며 지껄인다. 도라지의 아릿한 냄새가 확 풍긴다. 소년은 곰보의 말을 듣고서 낯선 병정들의 이름이 인민군이라는 걸 기억해 낸다. 무서운 발자국 소리를 내며 진군해 온 다음, 이 마을의 어른들을 끌고 간 병정들. 소년의 산새를 날아가 버리게 만들고 교회당을 불태운 무서운 소리.

"왜가리 아저씨는 말이다. 병정들을 뱀이라고 그랬다."

"뱀이라고 그랬어? 그들은 사람인데? 사람을 보고 뱀이라고 그랬어?"

소년은 놀라서 외친다.

"정말 이상한 아저씨야!"

곰보가 오줌을 내갈기며 말한다. 표피에 싸인 도토리알처럼 둥글고 아름다운 귀두가 살며시 바깥을 엿보고 있는 곰보의 물건은 당당하고 힘찬 오줌 줄기를 내뿜는다. 파랑재 너머에서 포성이 우뢰 소리같이 쿵쿵 들려온다.

고추에 수염 나면
나도 장가간대요오

느릿느릿한 목소리로 곰보가 노래를 부르며 도라지를 캔다. 산매미가 울기 시작한다. 점점 세게. 곰보의 노래와 산매미의 울음이 합창이 되어 불알산의 푸른 잎새의 물결 위에 퍼져간다. 소년은 그와 헤어져 비탈길을 내려온다. 두 개의 구렁텅이에 있는 삐롱재 샘터에 와서 무릎을 꿇고 엎드린다. 입을 벌리고 물을 마신다. 차다. 수면이 잠잠해진다. 소년의 조그만 얼굴이 샘물 위에 깨끗하게 비친다. 소년은 샘물 속에 비친 얼굴을 가만히 들여다본다. 샘물 속에 가라앉은 가랑잎을 일정한 속도로 달싹달싹 들추며 샘물이 퐁퐁 솟아오른다. 가랑잎 밑에서 가재가 수염을 흔든다. 그 바람에 수면이 넓은 파문을 지으며 일렁인다. 샘물 속에서 소년을 쳐다보는 얼굴에 부우연 안개가 서린다.

산새가 날개를 파닥인다.

소년은 벌떡 일어선다.

눈물이 핑 돈다.

곰보의 노래가 들린다.

산의 갈피갈피에서는 산매미가 쩡쩡 울어댄다. 소년은 뜨거운 자갈길을 지나 햇빛의 시냇물을 깡충거리며 건너뛴다.

비석치기

햇빛이 눈부시게 쏟아지는 교회당 마당. 비석치기를 하는 아이들. 돌멩이 소리가 딱딱 울린다. 소년이 돌을 들고 서너 발짝 앞에 세워 놓은 차돌을 겨냥해서 던지려고 하자 아이들이 재잘거리며 노래를 부른다.

소년이 던진 돌은 빗나가서 땅바닥에 찰싹 떨어진다. 물방울이 튀어오르듯 햇빛의 시냇물이 출렁거린다. 다시 돌을 들고 손을 앞뒤로 크게 흔든다.

"이번엔 꼭 맞힐 거야."

아이들은 손뼉을 치면서 재잘거린다.

비석 비석 못 치면
소리개 할망구가 된대요
이힝이힝 할망구가 된대요

　소년이 던진 돌은 차돌을 맞히고 대굴대굴 구른다. 차돌도 돌땅을 맞은 물고기처럼 하얀 배때기를 드러내고 자빠진다. 소년은 차돌을 집어 들고 종루 밑으로 가서 궁둥이를 까내린다. 쪼그리고 앉는다. 항문 바로 밑에다가 하얀 차돌을 놓는다. 고개를 쳐들고 종루를 쳐다본다. 끈이 끊어진 채 종이 높다랗게 매달려 있다. 얼굴이 빨개지도록 힘을 쓰지만 똥은 좀체로 나오지 않는다. 종루 기둥을 기어오르는 등나무 잎새의 그림자가 땅 위를 어른어른 기어 다닌다. 바람이 휙 불면 등나무 잎새의 그림자는 새떼처럼 푸드득거리며 흔들린다. 비석치기 하는 아이들이 재잘대는 소리가 새소리처럼 요란하다. 깨끔이가 깡충거리며 뛰어온다.

　“나오니?”

　깨끔은 손에 들고 있던 차돌을 땅 위에 내려놓고 그 위에 쭈그리고 앉아 궁둥이를 까내린다.

　“똥이 나오지 않는다.”

　소년이 이렇게 말하자 깨끔이는 흥흥거리고 웃는다.

　“괜히 소리개 할망구가 될라.”

　소년은 얼굴이 빨개지면서 끙끙 힘을 쓴다. 마침내 한 덩어리가 쏙 빠져나와서 차돌 위에 떨어진다. 등나무 잎새를 뜯어 밑을 닦고 일어선다. 자랑스럽게 깨끔이를 본다.

"나왔다!"

까무잡잡한 깨끔이의 얼굴도 빨개진다. 소년은 종루 밑에서 흙을 파서 똥 위에 뿌린다. 발을 툭툭 구르며 노래를 부른다.

네모 번듯 비석을 봐
그럴듯하네 그럴듯하네요
소리개 할망구는
비석도 없이 자빠졌대요

비석치기를 한 차돌을 똥과 함께 땅에 묻어 놓으면 얼마 후에 하얀 곱돌로 변한다. 이렇게 만든 곱돌은 백묵처럼 사용되어, 사람이 죽은 다음 묘 앞에 세워지는 구들짱처럼 커다란 돌위에 고인의 비문을 쓰는 연장으로 삼는다. 소리개 마을에 살던 할머니는 생전에 곱돌 만드는 일을 게을리해서 죽은 다음에 비석도 없이 쓸쓸한 무덤에 묻혔다. 비석치기를 할 때 돌을 못 맞춰도 안 되고, 차돌을 땅에 묻을 때 곧바로 똥이 나오지 않아도 안 된다.

소년은 흙을 퍼다가 똥 위에 자꾸 뿌린다. 흙이 수북이 쌓인다. 깨끔이도 똥을 누고 일어서서 똥 위에 흙을 뿌린다. 종루를 기어오르는 등나무 잎새 위에 햇빛의 이슬비는 쉴 새 없이 쏟아져 내린다.

"산새야. 뭘 하고 있니?"

왜가리 아저씨가 목발을 딱딱거리며 다가온다.

"곱돌을 만드는 거예요."

"곱돌을 만든단 말이지?"

"그럼요. 곱돌을 안 만들어 놓으면 소리개 할망구처럼 죽은 다음에 비석도 없게 되거든요. 그렇지? 산새야."

깨끔이가 말참견을 한다.

왜가리 아저씨는 지난 봄철에 이 마을에 새로 왔다. 한쪽 다리가 없는 그를 보고 아이들은 대개 왜가리 아저씨라고 부르지만, 어른들은 그를 목사니 전도사니 하고 부른다.

교회당 뒤에 작은 움집을 짓고 거기서 살고 있는 왜가리 아저씨는 매일 새벽마다 종루의 종을 쳐서 이 마을의 잠을 깨우곤 했다. 종루에서 울려 퍼지는 종소리는 지붕과 지붕을 스쳐서 산에 부딪치며 왜가리 울음소리처럼 온 마을에 퍼졌다. 잠에서 깨어난 사람들은 파랑재로 화전을 일구러 갈 차비를 하기 전에 종루에서 퍼져오는 종소리를 들으며, 밤나무만 한 것을 밤톨에다 깊숙이 삽입하면서 아이를 낳게 해달라는 기구를 했다.

저녁이면 사람들은 종소리에 이끌리는 듯이 하나둘 교회당에 모여들어 왜가리 아저씨가 말하는 이야기를 들었다. 왜가리 아저씨가 말하는 에덴의 아담과 이브 이야기, 노아의 홍수

이야기, 예수 그리스도의 탄생과 십자가에 못 박힌 이야기를 마을 사람들이 이해를 했던 것은 아니다. 왜가리 아저씨의 쓸쓸하고 조용한 외모에서 우러나오는 분위기와 말씨는 종루에서 퍼져오는 종소리와 함께 이 마을 사람들을 조용히 움직였을 뿐이다. 감동이라는 중량감 있는 말을 쓰는 게 적당할지 모르지만, 어쨌든 그들은 나뭇가지에 앉아있던 새떼가 공연히 바람 소리에 이끌려 푸드득 일제히 날아오르듯 종소리에 이끌려 교회당을 찾았던 것이다. 나무 잎새를 스치는 바람 소리에 이끌리는 산짐승처럼. 병정들이 마을을 지나가면서 불을 지른 다음, 불에 타서 지붕과 한쪽 벽이 허물어진 교회당은 종루의 줄이 끊어진 다음부터는 나뭇잎을 스치는 신기한 바람 소리처럼 들리던 종소리가 다시는 울리지 않았다. 남자들이 파랑재 너머로 끌려간 다음부터는, 아무도 왜가리 아저씨의 이야기를 들으러 오는 사람도 없었다. 다만 아이들만이 부서진 교회당이 풍겨주는 폐허감에 가슴을 설레이면서 새떼처럼 교회당 주변에서 놀 뿐. 가끔 왜가리 아저씨가 교회당을 거니는 모습이 눈부시게 쏟아지는 여름 햇살 속에서 외롭게 보일 뿐.

"비석에다가 뭐라고 쓰는 거냐?"

"예?"

"무슨 말을 쓰느냔 말이다."

"그림을 그려요."

"그림?"

"남자가 죽으면 돌 위에다가 나무를 그리지요……."

"삼태미 할머니가 죽었을 때는 그릇을 그렸지. 그렇지 산새야?"

"응, 그건 여자니깐."

"음. 그것참 재미있군."

왜가리 아저씨는 소년과 깨끔이를 바라보며 고개를 끄덕끄덕한다. 왜가리 아저씨는 이 말을 처음 듣는 것이다.

"장가를 안 가고 죽은 사람은 새를 그려요."

"아이들이 죽으면 말이지?"

왜가리 아저씨가 소년의 말을 받아 지껄인다.

"시집 안 간 계집애가 죽어도 새를 그려요."

"왜 새를 그리니?"

대답할 말이 생각나지 않는다. 깨끔이도 고개를 갸우뚱하면서 눈을 말똥거린다. 곰보 동생이 죽었을 때 불두덩산에 묻고 새를 그리는 걸 봤다……. 소년은 비석치기 하는 아이들 쪽으로 햇빛의 시냇물을 철벅거리며 뛰어간다.

"몰라요! 새는 알을 낳으니까 그런단 말예요."

아이들은 비석치기를 하면서 흥얼흥얼 노래를 부른다. 뜨거운 햇빛은 이슬비처럼 아이들의 몸을 함초롬히 적신다. 종루 밑에 선 왜가리 아저씨는 깨끔이를 손짓해 부른다.

종루를 기어오르는 등나무 잎사귀가 팔랑팔랑 춤을 춘다.

"새는 알을 낳지?"

"……"

"알에서 새가 나오지?"

"예, 아저씨, 그런데 말이지요. 산새가 불알산에 갔다가 뱀이 새를 잡아먹는 것을 봤대요. 뱀이 새를 잡아먹을 수 없지요? 새는 날개가 있거든요."

"그럼. 산새가 거짓말을 했군……."

"그렇지요? 아저씨. 산새가 거짓말을 했지요?"

파랑재 너머에서 포성이 우릉우릉 울려온다. 소나기를 몰아오는 우뢰소리처럼 포성이 울려온다. 왜가리 아저씨를 말끄러미 쳐다보면서 쫑알댄다.

"그렇지요? 아저씨. 산새는 거짓말쟁이지요?"

"……"

"아이참, 아저씨두."

깨끔이는 비석치기 하는 아이들한테로 뛰어가며 쫑알쫑알댄다. 소년에게로 다가가며 깨끔이가 쏘아댄다.

"너 거짓말 했지? 뱀은 산새를 잡아먹지 못한대. 왜가리 아저씨도 그렇게 말했다."

"거짓말 아니야!"

파랑재 너머에서 포성이 우릉우릉 울려온다. 소년은 눈을 말똥거리며 소녀를 빤히 바라다본다. 소년의 눈동자에 이슬이 맺힌다.

"날개가 있지만, 있지만, 못 날아간 거야."

산새에 대한 그리움에 목이 멘다. 산새. 마을을 휩쓸었던 총소리에 놀라 날아가 버린 산새. 총소리가 뱀처럼 징그러운 입을 딱 벌리고 산새를 잡아먹었는지도 모른다.

비석치기를 하는 아이들은 이제 햇빛에 함빡 젖어서 까만 살갖이 물고기 비늘처럼 번쩍거린다. 곰보가 어이, 어이하며 소리를 지르고 있다.

"어이, 얘들아. 먹 감으러 가자."

아이들은 새떼처럼 짹짹거리며 교회당에서 나온다. 왜가리 아저씨는 종루 기둥에 기대어 서서 아이들이 몰려가는 것을 보고 있다. 하늘로 날아오르려는 왜가리처럼 고개를 쳐들고 아이들을 보다가는, 끈이 끊어진 채 종루 위에 높이 매달린 울지 않는 종을 쳐다보면서 파란 정맥이 돋은 손으로 등나무 잎사귀를 어루만지기도 한다.

아이들은 느티나무를 지나 사과밭 돌담을 깡충깡충 뛰어넘어 간다. 사과밭으로 몰려간 아이들은 짹짹거리며 사과나무를 쳐다본다.

"아이, 아직도 안 익었구나."

"임마, 사과는 가을에 익는 거야."

"아유, 거미줄이 하얗게 덮였구나."

"눈이 온 것 같다. 그지?"

"에그머니나!"

깨끔이가 발을 동동 구르며 소리를 치자 아이들이 그쪽으로 우 몰려간다.

"뭐야? 뭐?"

"벌레야. 저기 봐."

깨끔이가 사과나무 가지를 가리키며 숨을 할딱거린다.

"야아! 송충이구나!"

"사과나무 잎사귀를 다 갉아 먹었구나."

"아이 징그러워라."

사과나무 가지에 송충이떼가 빨갛게 달라붙어 있다. 잎사귀들은 송충이에게 살을 다 뜯기고 앙상하게 뼈만 남아있다. 송충이들은 진홍색 몸뚱이를 꿈틀거리며 옆 가지로 떼를 지어 기어가고 있다.

"사과나무가 하나도 남아나지 않겠다……."

"다 죽고 말 꺼야."

송충이 한 마리가 아이들 머리 위로 뚝 떨어진다. 아이들은 기겁을 하며 우루루 달아난다.

"이까짓 게 뭐가 무섭니?"

곰보가 이렇게 말하며 땅에 떨어진 송충이를 발로 쓱 문질러 버린다. 아이들은 곰보에게로 우르르 몰려와서 놀란 새새끼처럼 쩍쩍거린다.

"곰보야. 너는 송충이가 무섭지 않니?"

"안 무섭다. 그따위 것 죽여버리면 그만인 걸."

곰보는 힝 하고 코를 풀면서 자랑스럽게 말을 잇는다.

"어이, 우리 말이야. 송충이를 모조리 잡아버리자."

"어떻게?"

"내가 나무에 올라가서 흔들 테니까 송충이가 떨어지면 작대기로 때려서 죽여라."

곰보는 사과나무로 기어오르면서 누런 이빨을 드러내고 히죽히죽 웃는다. 아이들은 나무 밑에 모여 서서 곰보가 민첩한 동작으로 나무를 기어오르는 모습을 경이와 선망에 찬 시선으로 바라본다. 햇빛이 눈부시게 쏟아져 내리며 곰보의 몸뚱이를 비추기 때문에 아이들은 눈이 부셔서 곰보를 쳐다볼 수가 없다. 고개를 떨구고 눈을 감았다 떴다 한다. 파랑재 너머에서 포성이 우릉우릉 울려온다.

곰보가 외친다.

"자! 비켜라!"

아이들은 새떼처럼 쩍쩍거리며 비켜선다. 곰보가 나뭇가지를 흔들자 송충이가 후드득후드득 땅바닥으로 떨어진다. 땅바닥에 떨어진 놈들은 다시 몸을 바로잡고 수물수물 기어 다닌다. 아이들은 돌멩이와 작대기를 들고 송충이를 탁탁 때린다. 그럴 때마다 온몸에 소름이 쭉쭉 돋아난다.

"사과도 벌레한테 다 먹혀서 껍데기만 남았다."

나뭇가지 위에 걸터앉은 곰보가 사과를 한 개 따서 땅바닥으로 떨군다. 하얀 사과벌레가 구더기처럼 수물거린다. 과피만 멀쩡할 뿐 과육은 성한 데가 없게 벌레들이 구멍을 파서 누렇게 썩어버린 사과를 보자 아이들은 입술을 꼭 깨물고 사과벌레를 발로 밟아 죽인다.

"사과가 하나도 남아나지 않겠다."

"모든 게 벌레투성이야. 고추밭도 벌레가 다 뜯어먹어 버린대."

"하여간, 응, 벌레는 모두 죽여버리는 게 좋아."

나무 위에서 곰보가 훌쩍 뛰어내린다.

"다 죽였니?"

곰보의 목덜미에 송충이 한 마리가 수물수물 기어간다. 아이들은 진저리를 치면서 재잘거린다.

"목덜미에 송충이가 있다!"

곰보는 손으로, 마치 땀을 닦듯, 목덜미를 쓱 문질러버린다. 곰보의 손바닥에 묻은 송충이의 토막 난 몸뚱이에서 시퍼런 피가 흐른다.

"이것 봐. 아직도 움직인다."

손바닥에서 움직이는 송충이의 토막을 펴 보이며 곰보가 웃는다. 뜨거운 햇빛이 쫘쫘 쏟아져 내린다.

"떡 감으러 가자!"

곰보가 단안을 내리듯 손바닥을 툭툭 털며 말한다. 들쥐 한 마리가 사과밭을 가로질러 쏜살같이 달아난다.

아이들은 돌담을 깡충깡충 뛰어넘어 감자밭을 지나 개울로 몰려간다. 풀섶에서 햇볕의 후꾼거리는 냄새가 코를 찌르며 풍겨온다. 길 한복판에 앉아 눈을 멀뚱거리던 개구리가 풀 속으로 뛰어 달아나고, 메뚜기·여치·방아깨비들이 아이들의 발자국 소리에 놀라 풀섶에서 후다닥거리며 높이뛰기 넓이뛰기를 부산하게 한다.

과수원의 벌레들

아이들이 물속으로 텀벙텀벙 뛰어든다. 잔잔한 물속에서 헤엄 연습을 하던 피라미 새끼들이 쏜살같이 바위 뒤로 뺑소니를 친다. 기다란 수염을 단 가재가 꼬리를 파닥거리며 바위 밑으로 달아난다. 어떤 놈은 어슬렁어슬렁 뒷걸음질을 치며 물속에 가라앉은 가랑잎 밑으로 기어들어 간다.

아이들이 물장구를 치는 소리가 퐁당퐁당 들린다. 손바닥을 펴서 물을 쳐내며 물싸움을 한다. 띵똥땡띵똥땡. 입에 들어간 물을 푸푸 하며 내뿜는 소리와 물싸움을 하며 악을 쓰는 소리에 뒤섞여, 바위를 때리며 흐르는 개울물 소리가 아름답게 화음을 이룬다. 공중으로 튀어 오르는 물방울은 햇빛을 받아 반짝 눈을 떴다가 금세 눈을 꼭 감고 물속으로 떨어져 내리곤 한다.

바위 뒤로 뺑소니를 쳤던 피라미 새끼들은 이따금씩 음표처럼 작은 몸뚱이로 물살을 가르며 달려 나왔다가는, 되돌이표를 만난 오선지 위의 음표들처럼 다시 원점으로 쏜살같이 되돌아가곤 한다.

밤나무집 아들은 밤나무만큼 크고
색시는 밤톨만 하대요

아이들은 물속에서 첨벙첨벙 물장구를 치면서 노래를 부른
다. 개울물이 바위를 때리며 하얗게 부서졌다가는 흘러가며 노
래 소리에 반주를 한다.

"암만 어른이 돼도 밤나무만큼 크지는 않을 거야."

한 아이가, 알에서 금방 나온 빨가숭이 새새끼처럼 어리고
작은 사타구니를 만지며 아이들을 둘러본다. 계집아이들도 사
타구니를 만져보면서 재잘거린다.

"밤나무만큼 크면 무거워서 어떻게 달고 다니니?"

"어른들은 다닐 땐 그것을 떼어서 두고 다니나 봐."

"거짓말."

"치, 엉터리다."

아이들은 물속에서 텀벙거리며 뛰어나온다. 물새들이 후루
룩 날아오른다. 모래밭 위로 올라선다. 어떤 아이들은 엎드리
기도 한다. 햇볕에 뜨거워진 모래밭이 아이들의 몸뚱이를 따끔
따끔 쏜다. 파랑재 너머에서 포성이 쿵쿵 울려온다.

"포성이 점점 크게 울린다. 그지?"

어떤 아이가 턱을 고이고 앉아 파랑재를 바라보면서 말한다.

"어른들이 얼른 돌아왔음 좋겠다."

"뭐가 좋으니? 산밭에 데리고 가서 일만 시키는 걸."

"아냐. 전쟁하는 것 구경하고 싶어서 그래. 사람이 막 죽고 피를 흘리는 것 보면 참 신날 거야."

"그러면 우리들도 죽는다……."

"난 비석 묻어놓았으니까 괜찮아."

"나두……. 죽으면 쌀밥만 먹으니깐."

"나두. 내꺼는 벌써 곱돌이 다 됐을 거야."

소년은 눈을 깜박깜박하면서 말을 계속한다.

"음, 그때는 총소리였는데도 새가 놀라서 날아갔는데, 정말 대포 소리가 나면 다 날아가 버릴 거다. 집도 나무도……."

"우리들도 날아가 버릴 거야, 그지?"

깨끔이가 눈을 똥그랗게 뜨면서 말한다.

"우리도 날아가 버린다……."

아이들은 이렇게 중얼거리며 서로서로 얼굴을 마주 본다.

"새떼처럼 날아갈 거야."

"나는 안 날아간다."

개울물에다 오줌을 내갈기면서 곰보가 큰소리로 외친다.

"너희들이나 날아가지 나는 안 날아간단 말야. 그까짓 대포 소리는 아무것도 아니다."

곰보는 오줌방울이 뚝뚝 떨어지는 물건을 한 손으로 흔들면서, 누런 이빨을 내보이며 히죽히죽 웃는다. 곰보의 불두덩에

는 쥐옥수수 수염같이 가늘고 갈색 나는 털이 돋아 있다. 곰보
는 그것을 자랑하느라고 손으로 툭툭 건드린다. 손으로 건드릴
때마다 품위를 갖춘 곰보의 물건은 머리를 끄덕끄덕한다.

　　꼬추에 수염났다 요옹요옹
　　끄덕끄덕 색시야 끄덕끄덕

　아이들은 곰보를 따라서 노래를 부르며 모래밭을 빙글빙글
돈다. 곰보의 물건은 자꾸 고개를 끄덕거린다. 그러다가는 새
처럼 날개를 푸드덕거리며 날아오를 것 같다. 알에서 나온 지
가 며칠 안 되는 새 새끼가 무모하게 새집 밖으로 날아가듯.
　눈부시게 쏟아지는 햇빛은 아이들의 발가숭이 몸뚱이를 살
살이 적신다. 둥글둥글 춤을 추는 아이들은 모래밭 위를 짓싸
댄다. 털이 났다는 것은 힘의 상징이 밖으로 드러난 것을 뜻
한다. 색시를 얻을 수 있다. 아이를 낳게 된다. 호박 줄기처럼
주렁주렁 열매를 맺는다. 그러면 식구가 는다. 살기가 넉넉해
진다.

　　끄덕끄덕 밤나무만큼 커서
　　아이 낳고 부자 되고 절씨구

　아이들은 다시 새떼처럼 짹짹거리며 물속으로 텀벙텀벙 뛰

어든다. 헤엄을 치던 피라미 새끼가 쏜살같이 바위 뒤로 숨는 다. 곰보는 탐스러운 제 물건을 앞세우고 계집아이들을 쫓아다 니며 그것을 갖다 댄다. 방아깨비처럼 궁둥이를 짓까불며 히히 거린다. 계집아이들은 재잘대며 물장구를 친다. 개울물은 콸콸 흐르다가 바위에 부딪쳐서 하얗게 죽는다. 바위는 물을 뒤집어 썼다가 바보처럼 다시 물 위로 얼굴을 내민다. 피라미떼들은 바위 뒤로 뺑소니를 쳐서 날렵하게 헤엄을 친다. 가랑잎 밑으 로 기어들어간 가재영감은 수염만 밖으로 내밀고 꼼짝도 않는 다. 가재의 수염이 낮은 음자리표처럼 꼬부라진다. 마치 오선 지 위에 뿌려놓은 음의 높낮이를 통제하는 듯.

'곰보가 벌써 어른이 됐다……'

이런 생각이 나자 소년은 가슴이 후들후들 떨린다.

소년은 두 손으로 물을 떠서 얼굴을 뿌득뿌득 씻는다. 파랑 재 너머에서 우레 소리처럼 포성이 우릉우릉 울려온다. 물에서 나오며 하늘을 내려다본다. 하늘은 한없이 깊다. 그 푸르고 깊 은 하늘에서 햇빛의 소나기가 세차게 뿜어져 나온다. 소년은 모래밭 위로 깡충깡충 뛰어간다.

발바닥이 따끔따끔. 모래밭에 쪼그리고 앉는다. 모래밭에 옴 폭옴폭 패인 개미귀신집을 급습한다. 모래 속에 숨어 있는 개 미귀신을 사로잡는다. 잡았던 개미귀신을 다시 놓아준다. 개미 귀신은 재빨리 모래 속으로 쏙쏙쏙 기어 들어간다. 그럴 때면, 윗뿔로 모래를 푹 찍었다가 살며시 뺀 듯한 개미귀신집이 새로 생긴다. 등 뒤에 깨끔이의 목소리가 있다.

"뭘 하니? 산새야."

"응?"

"개미귀신 잡는구나."

"응, 그래."

깨끔이는 소년 옆에 쪼그리고 앉아서, 개미귀신이 모래를 파고 들어가며 집을 짓는 모습을 열심히 들여다본다. 물에서 갓 나온 몸뚱이에서 물방울이 뚝뚝 떨어진다. 왕벌에 쏘여 과피가 갈라진 밤알같이 생긴 깨끔이의 물건이 다리 사이의 깊은 곳에 단정하게 자리 잡고 있다. 소년은 개미귀신을 도로 잡아낸다. 개미귀신집이 금방 허물어져 버린다.

"개미귀신은 나쁜 놈이야. 그지?"

소년의 손바닥에 놓인 개미귀신을 보고 깨끔이가 동의를 구하듯 소년을 쳐다본다.

물속에서 아이들이 물살 치는 소리가 철벅철벅.

"나쁜 놈……. 그래, 사과나무를 갉아 먹던 송충이도."

"아까 송충이 잡을 때 막 무섭더라……."

"송충이를 잡았으니까 이젠 사과가 열릴 거야."

"그래그래, 사과가 빨리 익었으면 좋겠다."

"어른들도 없으니까 우리 맘대로 따먹어도 된다."

"산새야?"

소년의 얼굴을 빤히 들여다보면서 눈을 깜박거린다.

"산새야?"

"응."

"불알산에 딸기 익었던?"

"익었을 거야……."

"산새 찾으러 안가니?"

"응, 저녁나절에 간다. 그런데 암만 찾아도 못 찾겠더라. 그 새는 어디 먼 하늘로 날아갔나 봐."

"뱀이 잡아먹은 새도?"

"응, 그래, 한 마리는 살아서 날아가는 걸 봤는데, 그것도 내가 키우던 산새는 아닐 꺼야."

"나는 불알산에 딸기 따러 갈 꺼다."

"……."

"옥수수밥은 이제 먹기도 싫고, 나물죽은 진저리가 난다. 나는 딸기가 제일 좋더라."

"딸기를 밥처럼 먹니?"

"그럼! 우리 집은 곡식이 하나도 없대. 오늘도 우리 엄마가 산으로 나물 캐러 갔다……."

"우리는 감자만 삶아 먹는다……."

"어른들이 돌아오지도 않고, 전쟁도 끝나지 않으면, 다들 굶어서 죽을지도 모른대……."

"다 죽으면 비석은 누가 세우니."

파랑재 너머에서 우릉우릉 소리. 아이들은 물속에서 깡충거리며 모래밭으로 뛰어나온다. 피라미떼들은 꼬리를 흔들며 실처럼 가느다란 몸뚱이로 무거운 머리를 앞세우고 오선지 위의 음표들처럼 아름답게 헤엄을 친다. 헤엄치는 잔잔한 동작은 수면 위에 떠올라 파문을 지어, 햇빛의 소나기를 맞으며 몸을 한 번 반짝 빛내고 죽는다. 가재영감이 거무티티한 몸뚱이로 어슬렁거리며 기어 나온다. 수염을 흔들며 피라미떼의 헤엄 연습을 지휘한다.

"곰보야! 너 장가 갈 거니?"

한 아이가 곰보에게 진지하게 묻는다.

"헹!"

곰보는 대답 대신 코를 풀면서 누런 이빨을 드러내 뵌다.

아이들은 옷을 입는다. 옷을 입었어도 윗도리는 벌거숭이 그대로다.

"날씨가 꼭 숯불 같다!"

한 아이의 말. 이렇게 말한 아이는 숯가마집 아들이다. 배꼽이 호박 꼭지처럼 밖으로 튀어 나왔다고 해서 배꼽이라는 이름이 붙은 아이다. 배꼽의 아버지는 소리개 윗산에 가서 구덩이를 파고 참나무를 베어 숯을 구웠었다. 아버지를 따라, 숯가마에 가본 적이 있는 배꼽은 무엇이든지 놀랍고 못마땅하면 '숯불 같다'라는 말을 해서 아이들을 웃기는 것이다.

아이들은 개울둑 위로 떼 지어 올라와 감자밭으로 들어간다. 감자벌레가 노란 똥을 내갈기며 피르르피르르 날아간다. 감자벌레에게 뜯겨서 감자잎에 구멍이 송송 나 있고 엽록소를 몽땅 먹힌 잎새는 황갈색으로 시들어버렸다. 눈깔이 툭 삐어져 나온 개구리 한 마리가 이랑 사이로 장애물 경기를 하듯 펄쩍펄쩍 뛰어넘어간다.

아이들은 손으로 감자를 캐면서 재잘거린다. 여름내내 아무도 돌보지 않은 감자밭은 황폐하기가 그지없다. 땅속에서 캐내는 감자알도 대부분 썩었거나 알이 굵지 못하다. 콩을 2분의 1로 잘라서, 그 위에다가 빨간색을 칠하고 검은 점을 똑똑 찍어놓은 것같이 생긴 감자벌레. 감자벌레 한 마리가 비행을 잘못해서 그만 배꼽의 코밑에 불시착을 한다.

"아이, 숯불 같다!"

배꼽은 기겁을 하며 손으로 얼굴을 문지른다. 아이들은 배꼽이 이렇게 소리를 지르자 일제히 노래를 부르면서 감자를 캔다.

숯불 숯불 숯불 빨갛대요
시악씨도 한 달의 한 번씩
숯불을 눈대요오 숯불

여자가 한 달에 한 번씩 하는 생리작용을 말하는 노래. 첫날밤에 밤나무 밑에 가서 울다가 사타구니 털을 뜯겼다는 색시에게 장가를 든 밤나무 집 아들이 장가를 간 지 며칠 후 어느날 밤, 색시의 그곳에서 붉은 피가 나오는 것을 보고는 그만 기겁을 하며 놀라서 밖으로 뛰쳐나와 '시뻘건 숯불이 나왔다!'라고 마을 사람들에게 말했다는 이야기다. 밤나무집 아들은 그런 일이 있은 다음부터는, 언제 다시 색시의 그곳에서 숯불이 나와 자기의 밤나무를 다칠지 몰라 알맞게 하루 이틀 걸러 가며 성합을 하게 되었다. 그래서 드디어 아들을 하나 얻는 행운을 누리었다.

아이들은 캐낸 감자를 안고 도로 모래밭으로 내려온다. 모래를 파헤치고 감자를 그 속에 파묻는다.

햇빛이 모래밭 위에 쏟아져 내린다.

얼른얼른 익어라
앞니 빠진 갈강쇠야
푹푹 익어라

햇빛의 열에 뜨거워진 모래가 감자를 익게 만든다는 생각에서 아이들은 날것을 먹을 때는 모래에 묻었다가 먹는 버릇을 가진 것이다. 아이들은 모래 속에서 감자를 꺼내어 껍질째로 물어뜯는다. 아릿한 감자 맛이 입안에 가득해진다. 아이들이 우적우적 감자를 먹고 있을 때, 개울둑 위에 왜가리 아저씨가 목발을 딱딱거리며 나타났다.

왜가리 아저씨를 보자 아이들은 일제히 함성을 지르며 손뼉을 쳐댄다. 모래밭 위에서 벌어지는 야생의 오찬회에 느닷없이 왜가리 아저씨가 나타난 것이다. 아이들은 흥분을 감추지 못하고 짹짹거린다. 하나밖에 없는 다리와 뾰족한 목발이 모래에 푹푹 파묻힌다. 쓰러질 듯하다가는 다시 균형을 되찾는 왜가리 아저씨의 동작은 마치 장님이 움직이는 것처럼 신비롭게 보인다.

"뭣들 하니?"

왜가리 아저씨는 모래밭 위에 앉으며 아이들을 둘러본다. 바위를 스치고 흐르는 개울물 소리에 잇따라서 파랑재 너머에서 포성이 쿵쿵쿵쿵쿵 울려온다.

"감자예요. 지금 점심 먹는 거예요."

"모래밭에다 구웠어요."

소년은 손에 든 감자 중에서 잘생긴 놈을 골라 왜가리 아저씨에게 내민다.

"아니, 괜찮다."

왜가리 아저씨는 손을 내저으며 빙그레 웃는다.

"그래. 어서 너희들이나 먹어라."

"그런데, 아저씨."

소년은 입을 오물오물하면서 다음 말을 잇는다.

"감자밭이 온통 망가졌어요."

"망가졌다니?"

"벌레가 잎을 다 갉아먹고 감자알도 썩고요."

"사과밭도 온통 송충이투성이예요."

다른 아이가 말참견을 한다.

"송충이는 우리가 다 잡아버렸어요."

"그래?"

왜가리 아저씨가 하얀 목에는 은빛 나는 십자가가 걸려 있다. 십자가는 햇빛을 받아서 반짝반짝 빛난다. 파랑재 너머에서 포성이 꽝꽝 울려온다. 하늘에서 날카로운 바람소리가 들리는 것 같아 아이들은 물을 마신 새가 물을 마시고 나서 하늘을 쳐다보듯 일제히 얼굴을 쳐들고 하늘을 쳐다본다. 그때, 믿을 수 없을 만큼 큰 비행기가 파랑재 너머에서 쏜살같이 날아와서 아이들의 머리 위를 지나간다. 뒤이어 고막을 찢는 듯한 굉장한 폭음이 우박처럼 쏟아져 내린다. 아이들은 모래밭 위에 털썩 주저앉는다. 비행기는 맹산 너머로 자취를 감추었지만 아이들의 고막에 달라붙은 윙윙거리는 소리는 그대로 남아 있다.

"굉장히 크다!"

"굉장히 빠르다!"

아이들은 모래밭 위에서 일어서면서 재잘거린다. 하늘에는 비행기가 그려놓은 뿌우연 연기가 길게 놓여 있다. 아이들은 꿈을 꾸고 난 듯한 신비한 표정이 된다. 서로 얼굴을 마주 본다.

"읍내에 공습이 시작되나 보다……"

왜가리 아저씨도 흥분을 감추지 못하는 얼굴이다. 아이들은 또 하늘을 쳐다본다. 햇빛의 소나기가 아이들의 얼굴에 쏟아져 내린다.

"아저씨, 아까 그 비행기 어느 나라 비행기이지요?"

곰보가 감자를 우적우적 먹으며 묻는다.

"우리나라 비행기이지요?"

"음, 어느 나라 비행기냐구?"

아이들은 왜가리 아저씨를 쳐다보며 눈을 말똥거린다. 왜가리의 목에 걸린 십자가가 반짝반짝 빛난다.

"아, 그래, 너희들이 송충이를 다 잡았단 말이지?"

왜가리 아저씨는 이렇게 말하고 입을 다물어 버린다. 아이들은 서로서로 얼굴을 마주 본다. 곰보가 단호하게 말한다.

"우리나라 비행기일 꺼야."

"적군 비행기일 꺼야."

배꼽이 말한다. 곰보는 배꼽의 대가리를 한 대 쥐어박으며 말한다.

"임마! 우리나라 비행기란 말이야."

"곰보야, 정말이니?"

곰보는 감자를 한 입 물어떼면서 한 손으로 헹하고 코를 푼다.

"우리나라라는 말은 무슨 말이니?"

"우리 마을이라는 말이야."

"아까 그 비행기 한 번 또 봤으면."

"소리가 어찌나 큰지 우리들이 모두 날아가 버리는 줄 알았다."

아이들은 재잘거리며 개울둑으로 올라간다. 밤나무 숲에서 우는 참매미 소리가 하모니카 소리같이 맑게 들린다. 소년은 개울둑에 올라서자 고개를 돌리고 왜가리 아저씨를 돌아다본다. 왜가리 아저씨는 목발을 한 손으로 꼭 짚고 모래밭에 우뚝 서 있다. 그것을 보자 문득 교회당 설교단에 있는 그림 생각이 난다. 십자가에 못 박힌 예수 그리스도의 조상을 처음 보았을 때처럼 가슴이 섬찍한 것이다.

소년은 깡충깡충 뛰어서 아이들을 쫓아간다. 앞서가는 아이들이 사과밭 앞에 모여 서서 웅성거린다. 소년은 날개를 파닥거리며 뛰어간다.

"뭐야? 뭐?"

"저것 봐."

깨끔이가 사과나무를 가리킨다. 아까 낮에 송충이를 잡은 나무에는 또다시 붉은 불이 붙은 것처럼 송충이 떼가 우글거리고 있다. 아이들은 숨을 할딱거리며 그것을 지켜본다.

"야, 숯불 같다!"

배꼽은 기가 차다.

"또 잡아버리자."

"이번에는 싹 잡아버리자."

곰보가 작대기를 들고 사과나무 가지에 기어올라 송충이를 땅바닥으로 떨군다.

나무 밑에 있는 아이들은 돌멩이로 송충이를 짓이겨댄다.

"곰보야, 다른 나무에도 많아!"

어떤 아이가 그 옆 나무를 가리킨다. 송충이는 사과나무에 벌떼처럼 달라붙어 있다.

"태워버릴까?"

배꼽이 이렇게 말하자 곰보가 대뜸 찬성을 한다.

"그래그래, 아주 불을 놔야지."

곰보는 곧 이어서 아이들을 둘러보며 말한다.

"산새야, 너는 집에 가서 땔나무를 한아름 가져와. 그리고 너희들은 개울둑에 가서 마른 풀과 마른 쑥을 뜯어와, 빨리빨리."

곰보의 지시에 따라 아이들이 흩어져서 개울둑으로 몰려간다. 소년도 햇빛의 시냇물을 깡충거리며 건너 집으로 간다. 사과밭이 활활 불에 탄다. ……송충이도 모두 타서 죽는다…… 이런 생각이 떠오르자 가슴에 불이 붙는 듯한 쾌감을 느낀다. 쾌감은 곧 불안을 데리고 와서 이래저래 벌름벌름 숨 쉬는 가슴을 가라앉힐 수 없다.

소년이 집에 오자 고추밭에서 일하던 꽃데이댁이 허리를 펴고 욕을 한다.

"왜 이래 싸다녀야! 똥 마려운 강아지처럼야!"

"응, 응, 엄마. 나무 조금만 가져간다!"

꽃데이댁은 도로 등을 구부리고 고추벌레를 잡는다. 파란 벌레가 잎 뒤에 붙어서 모조리 갉아먹는 판이다. 벌레를 잡아서는 발로 쓱 문질러 버린다.

소년은 부엌에 들어가 솔가지를 한아름 안고 도망치듯 내뺀다. 사과밭에 다시 왔을 때, 곰보는 부싯돌로 불을 켜느라고 차돌 두 개를 딱딱 부딪치고 있다.

차돌이 부딪칠 때마다 흰 불꽃이 번쩍번쩍 튀어나온다. 아이들은 둘러서서 곰보의 점화작업을 지켜본다. 마침내 불이 마른 쑥에 붙는다. 곰보는 솔가지에다 그것을 놓고 후후 불어댄다. 지지직 지지직, 솔가지에 불꽃과 연기가 난다. 곰보는 솔가지를 들어다가 사과나무 아래에 놓는다. 빨간 불꽃과 연기가 난다. 솔가지는 후드득후드득 소리를 내며 싱거운 녀석 방귀 뀌듯 불길이 사과나무를 기어오르기 시작한다. 송충이한테 하얗게 살을 뜯긴 잎새들이 불이 붙어서 새빨간 단풍잎처럼 아래로 곱게 떨어진다. 뽕나무에서 오디가 떨어지듯 송충이들이 떨어진다.

얼굴들에는 땀방울이 송송 맺힌다. 송충이 타는 냄새와 잎새 타는 냄새가 코를 콱콱 쑤셔댄다. 파랑재 너머에서 포성이 요란하게 울려온다. 천둥소리에 뒤이어 쏴 하고 쏟아지는 소나기처럼, 햇빛이 불붙는 사과밭 위에 쏟아져 내린다. 불길은 불개미처럼 나뭇가지로 기어오른다. 아이들은 새처럼 가슴을 팔딱거리며 햇빛의 냇물 속에서 몸이 흠씬 젖는다.

"사과밭을 망친 나쁜 놈들이야, 모두 죽여야 해."

아이들의 조그만 입에서 무심결에 나오는 말이다.

성년제

저녁 햇살이 부챗살처럼 나무 잎새 물결 위에 퍼진다. 두 개
의 구릉이 갈라지는 곳에 왼쪽으로는 산딸기 덤불이 무성하고
오른쪽에는 인동덤불과 떡갈나무 숲이 뒤덮여 있다.

왼쪽의 구릉에서 광주리를 손에 든 깨끔이가 내려와서 딸기
덤불로 가까이 간다. 햇빛을 받아서 두 볼이 산딸기처럼 붉다.
바위로 기어오른 딸기덤불에는 빨갛게 익은 산딸기가 푸른 잎
새 옆에 다닥다닥 붙어있다. 오른쪽에는 우산살처럼 궁형으로
자란 인동덤불이 우거져 있고, 줄기에 동그란 산새집이 아슬아
슬하게 얹혀 있다. 덤불 안에 쪼그리고 앉은 소년이 눈을 말똥
거리는 모습이 인동덤불의 줄기 사이로 보인다.

산여치들이 덤불 위에서 높이뛰기를 하며 찌륵찌륵 울어댄
다. 여치의 울음소리가 흡사 우산 위에 떨어지는 빗방울 소리
같이 톡톡 찌르륵하며 들린다. 산매미가 울어댄다. 어떤 놈은
방정맞게 중간에서 노래를 그친다. 오리나무에서 쓰르램쓰르
램 하다가 푸드득거리며 날아가는 소리도 들린다. 두 개의 구
릉 사이로 펼쳐진 세모난 하늘이 점점 주황색으로 변한다. 멀
리서 포성이 우릉우릉 울려온다. 햇빛의 이슬비가 함초롬히 내
린다.

소년은 덤불 줄기에 얹힌 새집을 물끄러미 바라보고 있다.
새집 가에 흩어진 새털을 한 개 집어서 귀에다 꽂는다. 깨끔이

는 바구니에 딸기를 따서 담으며 노래를 부른다. 청개구리가
오줌을 찍 갈기며 손등 위에 올라와 앉는다. 손등에 앉은 청개
구리의 주둥이로 딸기를 가져간다. 청개구리는 팔짝 뛰어서 딸
기 덤불 속으로 달아난다,

"딸기가 익었니?"

"으응, 으응, 산새 찾았니?"

"텅 빈 새집뿐이야!"

새집 가에 흩어진 새털을 또 하나 집어서 귀에다 꽂는다. 시
무룩한 소년의 작은 얼굴.

"새털만 있고?"

"아침에 뱀한테 잡아먹힌 새의 털이야. 새알은 하나도 남지
않았어."

"새가 뱀한테 잡아먹히는 것 정말 봤니? 네가 기르던 바로
그 새니? 정말로 뱀이 잡아먹었니?"

"그래 정말이야. 내가 기르던 새인지는 잘 모르겠어. 뱀의 아
가리 속으로 막 들어가는 걸 봤으니깐."

하늘은 점점 노을이 짙게 깔린다. 딸기덤불 가에 있는 떡갈
나무 잎사귀가 코끼리 귀처럼 벌름벌름 흔들린다. 멀리서 아이
들의 노랫소리가 조용조용 들려온다.

수염 수염 꼬추에 수염

도라지 더덕 얼씨구 절씨구

깨끔이가 눈을 말똥거리며 소년을 본다.

"아이들이 도라지 캐 먹으러 왔나 보다."

"곰보가 아침에 도라지 캐 먹는 것 봤다. 그러니까 금방 꼬추에 수염이 났단 말야."

"으응, 으응, 이 바보야, 도라지 먹었다고 금방 수염이 날까? 곰보는 우리보다 나이가 많아서 그렇다."

"곰보는 색시 얻으면 좋겠다……."

"으응, 으응, 애기도 낳을 거야."

"곰보가 애기를 낳으면 새끼곰보라고 이름을 짓겠구나."

"으응, 으응, 새끼곰보……."

깨끔이는 부지런히 딸기를 따서 바구니에 담는다.

"곰보의 꼬추에 털이 나니깐, 꼭 새같이 보이더라, 꼭 산새새끼 같아."

"으응, 으응, 날아가려고 끄덕거리고 말이야, 호호호."

"아까 사과밭이 불탈 때 참 무섭더라. 이젠 송충이가 다 죽었을 거야."

"사과나무도 죽었을 거야."

"사과나무는 다시 살아난대, 좀체로 죽지 않는대. 딸기 많이 땄니?"

소년은 새집 가에 흩어진 새털을 한 움큼 집어서 머리 위에다 올려놓는다.

"으응, 으응, 사과나무는 왜 죽지 않을까? 나무들은 겨울엔 죽었다가 봄이면 다시 살아나지?"

"나무들은 마음이 착하니깐."

소년은 무심코 이렇게 대꾸한다. 혼자 피식 웃는다. 너무 엉터리로 대꾸를 했으므로.

"바보야. 나무한테 무슨 마음이 있니?"

한참 동안 아무 말도 않고 있다가 갑자기 큰 소리로 말한다.

"나는 산새가 됐으면 좋겠다!"

소년의 두 귀와 머리 위에 얹혀 있는 새털이 바람에 살랑살랑 흔들린다. 바위틈에서 다람쥐가 기어 나와 눈을 말뚱거리며 도토리 껍질을 물고 다시 바위틈으로 쏙 들어간다. 하루살이 떼는 웽웽거리며 덤불 안을 맴돈다.

산발치에서 아이들 노래 소리가 들린다. 나무 잎새도 쉬익쉬익 소리를 낸다. 쪼로롱쪼로롱 하고 방울새 우는 소리가 들린다. 아이들의 노래 소리가 끊겼다가 다시 이어진다.

시악씨야 시악씨야
밤나무에서 왜 우니
털을 뽑아 줄 테야

"으응, 으응, 딸기가 참 잘 익었다! 멍석딸기가 꼭 멍석만큼 커다랗다."

딸기를 하나 따서 입안에 쏙 집어넣는다. 3자처럼 허리가 잘록하게 생긴 개미가 딸기 위로 기어간다. 방울새 소리가 들린다.

"방울새가 꼭 내 이름을 부르는 것 같다."

"정말, 내 이름도 부르는 것 같다."

방울새는 '산새! 산새!' 하고 울기도 하고 '깨끔! 깨끔!' 하고 울기도 한다. 오리나무 가지 위에서 방울새가 쪼로롱쪼로롱 울어댄다. 햇살이 나무 잎사귀의 물결 위에 물방울처럼 흩어지며 반짝거린다.

"아니야. 꼭 내 이름 부르는 것 같다. 저것 봐. '산새! 산새!' 하지 않니?"

"으응, 으응, 그런데 산새야! 네가 기르던 산새가 어디로 날아갔을까? 주둥이 끝에 파란 점이 있는 새였지? 꼭 무슨 풀잎을 주둥이에 문 것 같았지?"

소년이 새털을 집어서 또 머리 위에 얹는다. 새털에다 침을 묻혀서 얼굴과 목에도 붙인다. 인동잎새를 한 개 따서 입에다 문다.

"한번 날아가 버린 새를 어떻게 다시 잡니? 이 바보야. 아무 새나 다른 새를 잡아서 다시 기르면 될 걸. 하늘이 얼마나 넓다구, 어느 쪽으로 날아갔을 줄 어떻게 알아? 아마 파랑재 너머로 멀리 날아갔을 거야……. 아이, 딸기가 벌써 바구니에 반쯤이나 찼네."

깨끔이는 옆의 덤불로 옮겨 앉아서 부지런히 딸기를 딴다.

딸기에 손을 대면 기다렸다는 듯이 톡 떨어지곤 한다. 날씨가 가물어서 그런지 산딸기가 유난히 빨리 익는 것 같다. 작년에는 훨씬 늦게 익었다. 청개구리가 발딱발딱 숨을 쉬면서 딸기 덤불 위를 뛰어다닌다. 깨끔이는 딸기를 따 먹으며 노래를 부른다. 청개구리들이 박자를 맞추듯 팔딱팔딱 뛰어다닌다.

청개구리가 입에서 나왔대요
밤나무집 울보 시악씨는
개구리 엄마가 됐대요

이 노래는 어젯밤에 깨끔이가 엄마한테서 배운 노래다.
"산새야. 너 이 노래 무슨 말인 줄 아니?"
"밤나무집 색시가 개구리를 낳았니?"
"아니야. 그런 게 아니야. 밤나무집 색시가 산으로 나물을 캐러 갔었대. 나물을 캐다가 입을 딱 벌리고 하품을 했대. 그랬더니 청개구리란 놈이 색시의 입안으로 뛰어들어갔다지 뭐니, 글쎄. 으응, 으응, 그런데 말이야, 색시가 하품을 다 하고 입을 다물었는데 입안이 이상하더래. 그래서 입을 벌리니까 청개구리가 오줌을 찍 갈기고 밖으로 뛰어나왔대. 나물 캐러 같이 갔던 사람이 이것을 보고 기겁을 했지 뭐니, 글쎄. 이 여자가 마을로 내려와서 밤나무집 색시는 개구리를 입으로 토해낸다고 소문을 냈거든."

딸기를 입안에 넣고 잘강잘강 씹으면서 노래를 부른다.

하품하지 말아라
청개구리 엄마 될라

우산에 떨어지는 빗방울 소리처럼 인동덤불 위에서 풀벌레들이 후다닥거린다. 소년은 바위 위에 쪼그리고 앉아 턱을 고이고 팥알처럼 생긴 인동열매를 쳐다본다. 머리와 얼굴과 귀, 목 모두가 새털투성이다.

"깨끔아!"

소년은 큰 소리로 또 한 번 부른다.

"깨끔아!"

"으응, 으응, 너 거기서 뭘 하니? 너는 딸기 안 따니? 아유. 요놈 청개구리 봐라. 내가 하품할 때만 기다리고 있구나. 망할 놈의 개구리 같으니."

아이들의 노래 소리도 점점 가까이 들려온다. 수삿터꼴 쪽에서 부엉이 우는 소리가 들린다. 부엉이 울음은 풍금의 맨 왼쪽 저음부의 건반을 둔하게 눌렀을 때 나는 소리 같다. 부엉부엉. 부우엉, 부우엉.

부엉부엉 방귀 뀌지 말아라
부엉이가 잡아갈라 엉엉

아이들의 노래 소리가 다시 이어진다. 곰보의 목소리가 제일 크게 들린다.

"곰보는 언제나 밤톨노래만 한다! 응, 응 산새야! 곰보 색시는 누가 될까?"

소년은 아무 대답도 하지 않고 두 팔을 쳐들고 앞뒤로 흔들어댄다. 팔에 붙은 새털이 바람을 타고 날린다. 바위틈에서 다람쥐가 나와서 소년을 말뚱거리며 쳐다본다. 다람쥐는 소년의 무릎 위를 살금살금 기어오른다. 소년은 재빨리 다람쥐를 꼭 잡는다. 찍찍하고 울면서 발톱으로 손을 할퀸다.

"무슨 소리니?"

깨끔이가 놀라서 묻는다.

"잡았다!"

"응? 산새를 잡았니."

꽉 움켜쥔 다람쥐가 몸부림을 친다.

"아냐! 다람쥐를 잡았다."

다람쥐는 날카로운 발톱으로 소년의 손을 할퀸다. 소년이 놀라는 틈에 손을 빠져나와 포뜩포뜩 도망을 친다.

"아냐! 아냐! 놓쳤다! 그만 달아나버렸어."

깨끔이는 입을 삐죽거리며 딸기를 집어서 먹는다. 딸기를 먹다 말고 얼굴을 찡그린다.

손으로 사타구니를 만져본다. 손에 빨간 피가 묻어 나온다. 깨끔이는 어쩔 줄을 몰라 울상이 된다. 허겁지겁 바위 뒤로 달아나 버린다.

아이들의 노래 소리가 점점 가까워온다. 파랑재 너머에서 포성도 점점 커진다. 해가 멀리 천등산 뒤로 몸을 숨기고 이마만 내밀고 있다. 방울새가 날아간다. 느릅찌기가 노간주나무에 날개를 푸득거리며 앉는다. 푸드득푸드득 새 소리가 난다. 인동덤불 밑에서 소년이 뛰어나온다. 온몸이 새털투성이다. 새 소리가 난 곳을 찾느라고 두리번거린다.

"느릅찌기구나! 깨끔이 말대로 그 새는 정말로 먼 곳으로 날아간 것일지도 몰라……. 아니야! 그 새를 꼭 찾고 말테야! 주둥이에 파란 점이 있는 그 새! 풀잎을 문 것처럼 보이던 그 새!"

소년이 떡갈나무 잎새를 한 개 따서 입에다 문다.

나무숲을 헤치고 아이들이 등장한다. 아이들은 도라지를 먹으면서 깡충거리며 뛰어온다. 아이들이 소년의 주위에 삥 둘러서서 손뼉을 친다.

"야! 정말로 산새 같다! 몸뚱이에 온통 새털이구나! 정말로 산새 같다!"

소년은 조그만 입을 꼭 다물고 아이들을 쳐다본다. 소년이 입에 물고 있는 떡갈나무 잎사귀를 가리키며 곰보가 고개를 갸우뚱한다.

"그런데 산새야? 떡갈나무 잎사귀는 왜 입에다 물고 있니? 응?"

소년이 하늘을 쳐다본다.

"내가 기르던 산새도 이렇게 주둥이에 파란 점이 있었거든."

아이들은 무슨 말인지 몰라 멀뚱해진다.

"뭐라구? 그게 무슨 말이야?"

소년은 입을 꼭 다물고 아무 말도 안 한다. 눈에서 눈물이 주룩 흘러내린다. 새털이 바람에 날린다. 아이들은 서로 얼굴을 마주 본다.

"정말 이상한 아이야!"

파랑재 너머에서 울려오는 포성이 요란. 해는 이제 머리칼 몇 올만 남기고 산 뒤로 몸을 숨겨버린다. 나무의 맨 꼭대기 가지만 햇빛을 받고 반짝반짝 빛난다. 엷은 어둠이 산 위에 눕는다.

아이들은 도라지를 질겅질겅 씹는다. 도라지의 아릿한 냄새가 확 풍긴다. 곰보가 누런 앞니를 드러내고 웃는다.

"산새야! 도라지 줄까?"

도라지 한 뿌리를 소년에게 건넨다.

"꼬추에 수염 나고 싶지?"

소년의 몸에 붙인 새털이 하나씩 하나씩 바람에 날려 떨어져 버린다. 떨어진 새털은 바람을 타고 공중으로 날아올랐다가는 나무숲 위에 팽그르르 맴을 돌며 내려앉는다. 입에 물었던 떡갈나무 잎사귀를 뱉어버린다. 떡갈나무 숲으로 바람이 버스럭버스럭 소리를 내며 지나간다. 소년은 도라지를 한입 물어뜯는다.

아릿한 냄새가 입안을 탁탁 쏜다. 아이들은 개암나무에서 개암을 따느라고 쨍쨍거린다. 곰보가 바지를 까내리고 오줌을 눈다. 두 개의 통통한 구릉으로 된 궁둥이가 탐스럽게 보인다. 오줌 소리가 인동덤불 위에 떨어지는 빗소리 같다.

소년은 곰보가 오줌 누는 것을 물끄러미 본다.

"곰보야, 너 정말 장가갈 꺼니?"

곰보는 물건에 묻은 오줌방울을 터느라고 몸을 흔들며 웃는다.

"내일 낮에 장가갈 거야. 그러면 나는 어른이 된다."

소년의 눈이 똥그레진다.

"내일 낮에 가? 그렇게 빨리?"

곰보가 그것을 바지 속으로 밀어 넣으며 히죽 웃는다. 소년에게로 몸을 돌린다.

"도토리가 내 색시 된다."

그는 도라지를 한 입 물어뗀다.

"도토리가 네 색시가 돼? 도토리가! 도토리가!"

"우리 엄마가 그랬는데, 도토리가 내 아들 많이 낳아줄 꺼래……."

소년은 곰보의 말은 듣지도 않는다.

"도토리? 그렇게 작은 계집애가 네 색시가 돼?"

곰보는 못마땅하다는 듯 화난 목소리를 낸다.

"몸집은 작지만, 씨, 씨, 궁둥이는 크단 말야. 밤톨에 수염도 났단 말야. 씨, 아주 크단 말야."

갑자기 하늘에서 요란한 소리가 울려온다. 어둠이 깃드는 하늘로 시커먼 비행기가 불을 반짝거리며 날아가는 게 보인다. 개암을 따던 아이들은 개암나무를 끌어안고 폭싹 엎드린다.

곰보도 털썩 주저앉는다. 우박처럼 폭음이 아이들의 몸을 때린다. 파랑재 너머에서 포성이 쿵쿵쿵쿵 들려온다.

"야아! 굉장히 빠르다! 아까 낮에 본 비행기보다 더 빠르다! 야아!"

"그만 내려가자, 얘들아."

대장 격인 곰보가 말한다.

"그래. 그래. 저녁 먹을 때 됐다."

소년은 그제서야 깨끔이 생각이 난다.

"깨끔아! 깨끔아!"

아무 대답이 없다. 포성이 쿵쿵쿵 울려온다. 오리나무 꼭대기에 부엉이가 커다란 날개를 퍼득거리며 날아와 앉는다. 오리나무 가지가 척척 휜다. 부엉이는 뚱그런 눈을 껌벅거리며 균형을 잡느라고 날개를 퍼득퍼득한다. 아이들이 나뭇가지를 쳐다보며 손뼉을 친다.

"부엉! 부엉! 방귀 뀌지 마라, 부엉! 부엉!"

소년은 커다란 목소리로 부른다.

"깨끔아! 깨끔아!"

딸기덤불 있는 곳으로 뛰어간다. 딸기덤불 옆에 있는 떡갈나무 뒤에 계집애의 머리칼이 보인다. 손으로 떡갈나무를 치운다. 깨끔이의 상반신이 나타난다.

"너 뭐 하고 있니? 그만 내려가자."

곰보도 와서 떡갈나무를 한 손으로 헤친다.

"이 계집애야. 거기서 뭘 하니?"

아이들도 이쪽으로 우루루 몰려온다. 소년이 떡갈나무를 뛰어넘어 계집애에게로 가까이 간다. 깨끔이는 손으로 얼굴을 가리고 훌쩍훌쩍 울고 있다.

"딸기 많이 땄니? 그만 내려가자! 비행기 소리에 놀라서 그러니?"

깨끔이의 손을 잡아 일으키려고 한다. 깨끔이는 손을 뿌리치며 몸부림을 친다. 앙 하고 울음을 터뜨린다. 아이들은 깨끔이와 소년을 넘겨다본다.

"왜 그러니? 응? 뭐야?"

소년이 깜짝 놀란다. 계집애의 다리에 빨간 피가 묻어 있다.

"깨끔아! 피, 피 봐라. 피가 막 묻어 있다. 뱀한테 물렸구나! 뱀한테! 치마에도 온통 피야!"

아이들도 놀라 가슴이 콩콩콩 방망이질을 한다.

"물린 데가 어디야? 어디를 물렸어? 입으로 빨아내야 된다. 그렇지 않으면 독이 온몸에 퍼져서 죽는단 말야?"

소년이 급해서 깨끔이를 끌어안다시피 하며 외친다.

"물린 데가 어디야? 손을 치워! 넓적다리를 물렸구나? 손을 치우라니깐! 이 계집애야! 손을 치워! 내가 입으로 빨아 줄게! 죽는단 말야! 개 같은 년아, 왜 손으로 가려?"

깨끔이의 울음보가 점점 커진다.

"이 바보야, 흑흑, 내가 뱀한테 물렸는 줄 알아? 이 바보야! 난 몰라, 엉엉엉엉엉엉."

"산새야! 빨리 빨아 줘! 치마를 치켜 봐! 물린 데를 똑바로 찾아봐! 그래, 그래, 치마를 치켜봐!"

소년이 깨끔이의 치마를 치켜든다. 피가 흐르는 곳을 빨려고 달려든다. 깨끔이가 소년의 등을 떠민다.

"이 바보야, 이 바보야."

한 아이가 눈이 뚱그라져서 외친다.

"야아! 야 숯불이다! 깨끔이한테서 숯불이 나왔다."

아이들은 떡갈나무를 중심으로 빙빙 돌면서 노래를 부른다.

숯불 숯불 에잉 에잉 빨갛다
시악씨는 한 달에 한 번
숯불을 눈대요

오리나무 가지 위에 앉은 부엉이가 덥수룩한 턱수염을 흔들며 부엉부엉 울면서 아이들의 원무를 내려다본다. 두 개의 구릉 사이로 삼각형으로 보이는 밤하늘에서는 낮잠을 잔 별이 초롱초롱한 눈을 깜박거리며 아이들을 내려다 본다. 나무 잎새들도 왼종일 더위에 시달린 숨을 혁혁 내쉬며 아이들 노랫소리를 엿듣는다. 밤여치가 찌륵찌륵 울어댄다. 어둠이 아이들의 몸둥이 구석구석에 아늑한 잠자리를 마련한다. 아이들의 모습이 유리를 통해 보는 것처럼 흐릿하게 일렁거린다. 포성이 쿵쿵 들려온다. 마침내 아이들은 어둠 속에 묻힌다. 보이지 않는다. 노래만 보인다.

숯불 숯불 에잉 에잉 빨갛다
딸기 따러온 깨끔아
숯불을 누고 왜 우니?

노아의 방주

집으로 돌아오자 소년은 마루 기둥에 걸려있는 새장을 열고 그 안에다가 산에서 가져온 새집을 넣는다. 새장 바닥에는 희끗희끗한 새똥. 새장 살에 실로 묶어놓은 도토리 껍질에는 날아가 버린 산새가 쪼아먹던 좁쌀이 그냥 남아있다. 새장을 열자 코로 스며드는 산새의 냄새 때문에 새집을 든 손이 가늘게 떨린다. 산새의 냄새, 나뭇잎새에 묻은 이슬방울의 신선한 맛과 나뭇잎새들이 햇빛을 함뿍 뒤집어쓰고 내뿜는 입김과 나뭇가지에 말라붙은 하얀 새똥에서 풍기는 향긋한 냄새가 뒤섞여 있는 산새의 냄새.

'산새가 찾아와서 알을 낳을 거야⋯⋯.'

새장을 마루 기둥에 다시 매단다. 선반 위에 놓인 아주까리 기름접시에서 지익지익 하는 소리를 내며 심지가 타들어간다. 심지에서 피어오르는 불빛이 마루 위를 흐릿하게 비춰준다. 그을음도 없는 맑은 불빛. 캄캄한 불알산에서 부엉이 우는 소리가 들려오고 어두운 파랑재 너머에서 포성소리가 잇달아 쿵쿵 들려온다. 꽃데이가 부엌에서 감자 그릇을 들고나온다.

"뭘 하고 있니야?"

꽃데이는 물 묻은 손을 치마에 쓱쓱 닦는다. 새끼손톱으로 이빨 틈새에 끼인 찌꺼기를 후벼내고 나서 코를 횡 풀어 젖힌다. 꽃데이는 마루 위에 감자를 놓고 털썩 주저앉는다. 솥에서 갓 꺼낸 감자는 뜨거운 김을 내뿜는다. 소년은 감자를 먹다가 퉤퉤 하고 도로 뱉는다.

"썩은 감자야⋯⋯."

"안 썩은 데를 골라서 먹어라야. 왜 다 뱉아 버리니? 이제 감자도 얼마 남지 않았다야⋯⋯."

소년은 감자를 먹으며 새장을 쳐다본다. 꽃데이가 손으로 부채질을 하며 목덜미의 땀을 닦는다.

"새장 속에 들어 있는 게 뭐니?"

"새집이야."

"산새 잡으러 산에 갔었구야? 너는 매일 산새타령이구나
……."

꽃데이는 종아리를 찰싹 때리고 나서 벅벅 긁는다. 모기가
웽웽거린다.

"이거 초저녁부터 모기가 등살이구야. 모깃불을 놔야겠다
야."

소년은 모기풀을 뜯으러 밭두럭으로 나온다. 하늘에는 별이
눈을 총총 떴다. 쑥을 뜯으며 하늘을 쳐다본다. 별똥별이 기다
란 꼬리를 이끌며 밤하늘에 헤엄쳐간다. 풀섶에서 잠을 자던
풀벌레들이 후다닥후다닥 뛰어 달아난다. 소년은 부지런히 쑥
을 뜯으며 노래를 부른다.

풀섶에서 반딧불이가 날아다닌다. 모기가 맨 종아리를 탁탁
쏘아댄다. 불알산에서 부엉이가 부엉부엉 운다. 꽃데이가 부르
는 노랫소리가 부엉이 울음소리에 가려 끊겼다 이어졌다 한다.

밤나무 밤나무 내 밤나무
밤톨을 두고 흥흥 어디 갔노야
밤톨 밤톨 헤엥 헤엥 밤톨이야

숯불이 나왔다고 기겁을 한 다음부터 상대하지 않는 신랑을
원망하고 그리워했다는 밤나무집 색시의 노래이다. 꽃데이 경
우에는 인민군에게 끌려가 돌아오지 않는 서방을 부르는 뜻.

남자들은 숯을 팔러 읍으로 가면 며칠씩, 어떤 때 날씨가 궂으면 한 달씩 마을로 돌아오지 않을 경우도 있는데 이럴 때면 여자들은 밤마다 '밤나무 밤나무 내 밤나무'를 불렀다.

소년은 쑥을 한아름 뜯어가지고 들어온다. 마루 밑 뜰돌 밑에다가 쑥을 쌓아놓고 마른 솔가지를 내다가 불을 붙인다. 칙, 칙, 칙, 칙. 쑥이 탄다. 매캐한 연기가 마당과 마루에 가득해진다. 목덜미와 종아리와 팔뚝지를 탁탁 쏘던 모기들이 연기에 쫓겨 달아나버린다. 코가 맵기는 하지만 쑥이 타는 냄새는 기분이 좋다. 소년은 꽃데이와 나란히 마루 끝에 앉아서 모깃불을 내려다본다. 모깃불에서 피어오르는 연기가 고양이처럼 살금살금 마당을 기어 다닌다. 야옹야옹 야옹야옹. 밭두럭에서 반딧불이 깜박거리며 날아다닌다. 쿵쿵쿵 하고 포성소리가 요란히 들리다가 갑자기 잠잠해진다. 꼭 여우비처럼.

"내일 곰보가 장가간대."

"그으래? 색시는 누구래야?"

"도토리."

"도토리야? 아직 밤톨에 수염도 안 났을 텐데. 곰보가 그래야?"

"응, 궁둥이가 참 크대."

풍뎅이가 붕붕거리며 날아와서 불 속으로 곤두박질을 한다. 곤두박질을 한 풍뎅이는 불 속에 떨어지자 재빨리 날개를 오므리고 다시 밖으로 기어 나온다. 또 다른 풍뎅이가 모깃불 위를 빙빙 선회한다. 붕붕붕 하는 풍뎅이 날갯소리가 부엉이 울음소리와 뒤섞인다. 별똥별. 투명한 밤하늘. 소년은 마루 위에 불시착을 한 풍뎅이를 잡아서 다리를 똑똑 자른다. 마루 위에다 발딱 젖혀놓고 손바닥으로 마루를 두드린다.

맴맴 풍뎅이 맴맴 풍뎅이
돌아라 돌아라 까무러칠 때까지

마루를 두드리는 소리에 놀란 풍뎅이는 날개를 펴고 맴을 돌기 시작한다. 회전속도가 빨라서 풍뎅이의 모습이 뿌우옇게 변한다. 풍뎅이가 일구는 바람이 무릎을 간지럽게 한다.

소년은 마루 끝에서 일어서서 밭두럭으로 깡충거리며 뛰어나간다. 산새의 발자국 소리에 놀란 개구리가 펄쩍펄쩍 뛰어풀 속으로 달아난다. 소년은 안달미풀을 한 움큼 뜯어가지고 안으로 들어와서 마루 끝에 걸터앉는다. 풍뎅이가 맴을 끝내고 끊긴 발을 옴죽거린다. 마루를 툭툭 두드리자 풍뎅이는 화다닥 놀라 다시 붕붕거리며 맴을 돈다.

소년은 풀잎을 접어서 그걸로 새를 만든다.

"깨끔이한테서 숯불이 나왔다. 아까 불알산에서 딸기 따다가 나왔다. 나는 뱀한테 물렸는 줄 알았다."

"그래야? 깨끔이도 사람 구실을 하누나야. 빨간 숯불이 막나와야?"

"그래. 아주 무섭더라. 시집을 안 갔는데도 그런 게 나오나?"

"나온다. 어므이도 열두 살 때 처음 나왔다. 시집온 건 열다섯 살이거든야."

풍뎅이 한 마리가 모깃불 위에 곤두박질을 한다. 꽃데이는 모기한테 쏘인 넓적다리를 벅벅 긁는다.

"너도 빨리 색시를 얻어야."

"나는 장가 안 갈 꺼다."

"무슨 미친 소리를 지껄여야?"

"산새를 찾아야지 나는 장가갈 꺼다."

"한 번 잃어버린 새는 다시 날아오지 않는다야."

소년은 풀잎으로 접은 풀잎새를 입에다 물고 피리를 불 듯이 훅훅 내분다. 삐익삐익하고 풀잎새가 운다. 꽃데이는 종아리를 벅벅 긁으며 노래를 부른다.

파랑재 너머에서 검은 포성이 쿵쿵쿵 울려온다. 모깃불에서 피어오르는 흰 연기가 차츰 약해진다.

"참, 아부진 언제 오나?"

"모르겠다……. 언제 올지. 밤나무야 밤나무야 언제 오노. 밤톨 밤톨 밤톨이여."

느티나무집 쪽에서 목발 소리가 딱딱 울려온다. 여름밤의 어둠을 헤치고 그 소리는 일정한 간격을 두고 들려온다. 마루 위에서 맴을 돌던 풍뎅이가 몸을 뒤채고 붕붕거리며 마당으로 날아간다. 소년은 풀잎새를 삐억삐익 소리 나게 하다가 화난 듯이 말한다.

"날아가도 앉지도 못할걸. 언제나 날아다니고 있어야 될 걸……."

"뭐라고 그랬냐야?"

"풍뎅이 보고 그랬다."

불알산에서 부엉이 우는 소리가 부엉부엉 들린다. 목발 소리가 점점 가까이 들려온다.

"왜가리가 온다야."

"엄마, 왜가리 아저씨는 왜 매일 밤마다 저렇게 마을을 돌아다니나?"

"다 허물어진 교회당에 혼자 있기가 심심해서 그럴 거야."

"종루에 기어오르는 등나무 봤나? 아마 오늘 밤에는 꼭대기까지 기어올라갈 꺼다."

아주까리 기름접시에서 지익지익 하는 소리가 난다. 꽃데이는 일어서서 선반 위에 놓인 접시를 내린다. 손으로 심지를 길게 뽑아 올린다. 불빛이 한결 환해진다.

"왜 요새는 교회당에 사람들이 안 모이나? 왜가리 아저씨가 보기 싫어져서 그러나?"

"아니야. 교회당에 가면 인민군이 총으로 쏴 죽인다고 했거든야. 그래서 그놈들이 교회당에 불을 질렀던 거야. 우리 보고 가지 말라고 그랬다야. 찬송가 아직도 할 줄 아니야?"

"다 잊어버렸어."

"나도 다 잊어버렸다야."

왜가리가 목발을 딱딱거리며 마당으로 들어선다. 어둠을 헤치며 들어서는 그의 모습이 여명을 헤치고 날아오는 왜가리의 모습처럼 음산하고 신비롭게 보인다.

"어이, 산새 뭐하니?"

그는 목발을 짚고 마루 아래 서서 꽃데이와 소년을 쳐다본다. 꽃데이는 마루를 가리키며 웃는다.

"궁둥이 좀 붙이소야."

소년도 풀잎새를 입으로 불면서 쩍쩍거린다. 왜가리는 마루에 걸터앉는다.

"모깃불이 좋구나."

소년은 풀잎새를 손끝으로 만지작거리며 눈을 말똥거리고 왜가리를 쳐다본다. 풍뎅이가 모깃불에 곤두박질을 하며 붕붕거린다. 불알산에서 부엉이가 부엉부엉 울어댄다.

"아저씨한테는 부엉이 소리가 어떻게 들려요?"

"어떻게 들리냐구? 음, 엉엉하고 사람이 우는 소리같이 들린다. 슬픔이 가득찬 사람이 우는 소리같구나. 너무 울어서 목이 쉰 것 같다……."

"사람이 우는 소리같이 들린다구요?"

"그래. 그래. 꽃데이댁은 어떻게 들려요?"

"밤나무 가지에서 밤이 툭툭 떨어지는 소리같이 들리는구야. 툭, 툭, 하고 밤이 떨어지는 소리같이 들리는구야."

"나는 요즈음 모든 게 우는 소리같이 들리는 것 같아요. 바람 소리도, 매미 소리도······."

"······."

소년은 이상하다는 듯 가만히 귀를 기울여본다. 포성이 쿵쿵쿵 들려온다. 모깃불에서 피어오르는 연기가 마당 위를 고양이처럼 살금살금 기어 다니다가 쥐를 만난 것처럼 귀를 곤두세우고 멈칫거린다. 다시 살금살금 기어 다닌다.

"산새야. 너는 어떻게 들리니?"

왜가리가 소년 쪽으로 몸을 돌린다. 목에 걸린 십자가도 소년 쪽으로 얼굴을 돌리며 흔들어댄다.

"산새! 산새! 산새!"

"응?"

"내 이름을 부르는 것같이 들려요. 불알산에서 우는 새소리는 모두 다 내 이름을 부르는 것같이 들려요. 아냐, 새소리만이 아니야. 개울물 소리, 나뭇잎새를 흔드는 바람 소리, 산여치 소리, 개구리 소리, 매미 소리······. 저것 들어봐요. 저놈도 산새, 산새하고 내 이름을 부르잖아요?"

소년은 풀잎새를 입에 물고 삐익삐익 하고 분다. 아주까리기름 접시에서 지익지익하고 심지가 타들어간다. 꽃데이는 일어서서 심지를 길게 빼어놓는다. 마루 위가 한결 밝아진다. 밭두렁에서 쥐가 찍찍거린다.

"음······. 그런데 산새야. 너 입에 문 게 뭐니? 나뭇잎이니?

꼭 감람나무 잎사귀를 문 것 같구나. 비둘기 말야."

왜가리는 한 손으로 목발을 뜰에다 딱딱 치면서 낮은 목소리로 말을 잇는다.

"그래. 노아의 재난은 창세기 때 끝난 게 아니야. 세상은 언제나 노아의 방주 속이야."

"아저씨. 그게 무슨 말예요?"

"아니, 아니, 아무것도 아니다."

"전쟁은 언제 끝장이 나노야?"

종아리에 달려드는 모기떼를 쫓으며 꽃데이가 왜가리 쪽을 바라본다.

"가을이 되기 전에 끝장이 날지도 모르지요. 그러면 숯촌 마을에 다시 숯 굽는 냄새가 나게 되지요."

갑자기 공중에서 우박 같은 비행기 소리가 요란하게 들린다. 소년은 마루 기둥을 붙잡고 폭삭 엎드린다. 선반 위에서 아주까리 기름접시가 떨어지며 산산조각이 난다. 비행기는 사나운 독수리처럼 눈알을 번득이며 밤하늘을 가로질러 간다. 밤하늘에 질서정연하게 앉은 별들이 놀라 눈을 깜박거린다. 잔잔한 물속에서 놀던 피라미떼가 물뱀에게 놀라 파닥거리듯, 별들은 하늘에서 눈을 깜박이며 재잘거린다. 비행기의 폭음이 가라앉자 어둠은 다시 조용해진다. 모깃불에 곤두박질하는 풍뎅이의 붕붕거리는 소리만 들린다.

"너 울고 있구나……."

왜가리가 소년을 보면서 낮은 목소리로 말한다. 밭두렁에서 반딧불이가 날아다닌다. 소년은 눈물이 흐르는 볼을 손으로 쓱쓱 문지른 다음 입에 문 풀잎새를 손바닥에 뱉는다.

마루 기둥에 걸린 새장을 내려서 그 안에 든 새집 안에다 풀잎새를 넣는다.

"그 풀잎이 산새니? 산새야. 날아가 버린 산새를 다시 찾고 싶으니? 내가 산새를 찾아줄까?"

"산새를요?"

커다란 소리로 이렇게 묻는다.

"그래. 날아갈 염려도 없는 새야."

"무슨 새인데요?"

이번에는 왜가리가 아무 대답도 않는다. 포성이 쿵쿵 들려온다. 모깃불에서 피어오르는 연기가 점점 약해지다가 이내 꺼져 버린다. 개구리 한 마리가 마당을 가로질러 뛰어 달아난다. 꽃데이가 웅얼웅얼 노래를 부르기 시작한다.

밤나무야 밤나무야
밤톨을 두고 어디 갔노야
밤톨 밤톨 밤톨이야

꽃데이의 노랫소리는 모깃불에서 피어오르는 연기처럼 밤의 공기를 가르며 퍼져 나간다. 부엉이가 "바암토올 바암토올" 하고 저음으로 반주를 넣는다. 소년은 새장을 마루 기둥에 다시 매단다. 새집 안에는 풀잎새가 작은 몸뚱이로 단정하게 앉아 있다.

"산새야. 낮에 너희들이 사과밭을 태웠니?"

왜가리가 목발을 짚고 일어서면서 묻는다. 소년은 마루 끝에 걸터앉는다.

"송충이가 사과나무를 다 갉아먹었거든요. 글쎄 사과도 벌레투성이야."

"올해는 이상해야. 감자밭도 벌레 때문에 못쓰게 됐고야. 아예 감자를 캐지도 않은 집이 많아야. 고추밭도 벌레투성이고 어제는 소리개 산밭에 가봤더니 조밭이 다 망가졌지 뭐야. 들쥐가 갈가마귀떼처럼 등살이고야……."

포성이 요란하게 들려온다. 모기가 웽웽거리며 달려든다. 꽃데이는 마루 위에 흩어진 아주까리 접시 조각을 쓸어모아 마당으로 내던진다. 별똥별이 불알산 위로 달음질을 친다. 왜가리는 목발을 딱딱거리며 마당을 건너간다. 모깃불 속에 남았던 불씨가 빨갛게 피어올랐다가 다시 사그라진다. 왜가리의 모습이 어둠에 가리어 보이지 않는다. 목발 소리만 들린다. 땅과 나무가 부딪치는 깨끗한 소리.

"그만 자자."

꽃데이는 잠이 퍼붓는 목소리로 말하고 방으로 들어간다. 소년은 마루 끝에 가만히 앉아서 왜가리의 목발 소리를 듣는다.

'참 이상한 아저씨다야. 날아갈 염려도 없는 새라는 게 무슨 말이야?'

소년은 고개를 갸우뚱거리다가 마루 위에서 발딱 일어서서 방으로 들어간다. 더운 공기가 확 풍겨온다. 소년은 꽃데이의 팔을 베고 눕는다. 꽃데이에게 묻는다.

"엄마. 아까 왜가리 아저씨가 한 말이 무슨 말이나?"

"뭐 말이야?"

"감람나무 잎새가 뭐야?"

"무슨 잎새인지 모르겠다."

꽃데이는 하품을 하면서 눈을 감는다. 소년은 꽃데이의 팔을 흔들어댄다.

"하품하면 청개구리가 들어간다……. 그라믄 노아의 홍수라는 게 뭐야?"

천장에서 노래기가 뚝 떨어져서 노린내를 풍긴다. 노래기는 방바닥에 떨어져서 고사리순처럼 몸을 도르르 굴렸다가는 다시 살살 기어서 벽을 타고 천장으로 올라간다. 부엉이 소리와 포성이 번갈아가며 들린다.

"교회에 갔을 때 들은 것 같은데 다 잊어버렸다야."

꽃데이는 잠꼬대를 하듯 밤톨 노래를 중얼거리다가 손을 뻗쳐 산새의 사타구니를 더듬는다.

"너도 맨날 산새 타령만 하지 말고, 도라지 좀 캐먹을 생각해야, 꼬추가 이게…… 밤나무가 되자면 아직도 멀었구나야.

밤나무야 밤나무야……."

노래기가 꽃데이의 얼굴에 툭 떨어진다. 꽃데이는 손으로 노래기를 집어서 마루로 내던진다.

"밤나무처럼 크면 어찌 달고 다니나?"

"아니다. 그래도 그게 밤나무만큼 큰 것처럼 생각되는 거라."

"허잉허잉."

소년은 꽃데이의 젖을 만지며 눈을 꼭 감는다. 꽃데이의 손이 소년의 사타구니와 배와 가슴을 더듬는다. 부엉이 울음소리가 들린다. 모기들이 방문에 와서 부딪치는 소리가 탱탱 들린다. 마루 위에서 개구리가 울며 펄쩍펄쩍 뛰어다니는 소리가 난다. 천장에서 노래기가 툭 떨어진다. 소년은 눈을 꼭 감는다.

'곰보가 색시를 얻는다……'

이런 생각이 떠오르자 마음이 설레어서 견딜 수가 없다. 소년은 꽃데이의 젖꼭지를 손으로 꼭 쥐고 눈을 감는다. 불알산에서 부엉이가 자꾸 울어댄다.

"산새! 산새!"

소년은 부엉이 울음소리를 가만히 흉내 내며 하품을 한다. 꽃데이도 하품을 하며 부엉이 소리를 흉내 낸다.

"밤톨! 밤톨!"

생자의 귀환

아침 일찍 잠에서 깬 소년은 발딱 일어나서 마루로 깡충깡충
나온다. 불알산 너머에서 아침 해가 빛나는 이마를 쳐들고 있
다. 아침 햇살이 눈부시게 퍼져 나온다. 소년은 마루 끝에 서서
바지를 까내린다. 지난밤에 모깃불에 타죽은 풀벌레와 풍뎅이
들이 마당 위에 콩껍질처럼 널려있다. 오줌을 다 누고 바지를
추키면서 마루 기둥에 걸린 새장을 쳐다본다.

동그란 새집 안에 든 풀잎새가 시들어버렸다. 소년은 새장
문을 열고 시들어버린 풀잎새를 꺼내어 마당으로 내던져버린
다. 풀잎새는 아침 햇빛의 시냇물 속에 풍덩 빠져버린다. 소년
은 마루에서 깡충 뛰어내려 마당으로 내려선다. 고추밭에서 꽃
데이가 벌레를 잡고 있다. 소년은 깡충깡충 뛰어서 꽃데이한테
간다. 풀잎에서 이슬이 떨어지며 발목을 적셔준다. 소년이 가
까이 가자 꽃데이가 고개를 쳐든다.

"벌레는 아침나절에 잡아야 잡기가 쉽다야. 이슬 때문에 도
망을 못 가거든. 요놈 봐라. 이슬이 온몸에 묻어서 꼼짝을 못한
다야."

꽃데이는 파란 벌레를 떼어내어 손으로 쓱 문질러 버린다.
꽃데이의 손가락은 벌레의 피가 물들어 시퍼렇다. 소년은 밭두
렁으로 가서 풀섶을 손으로 툭툭 친다. 잠에서 덜 깬 메뚜기들
이 톡톡 뛰어 달아난다. 소년은 풀섶 속으로 들어가서 두 손으

로 풀섶을 툭툭 건드린다. 풀잎에 묻은 이슬이 떨어져서 손바닥에 내려앉는다. 이슬에 젖은 손으로 얼굴을 씻는다. 아침 세면을 하는 거다. 이슬이 얼굴에 닿자 차갑고 깨끗한 풀잎 냄새가 콧속으로 스며든다. 또다시 풀섶을 쳐서 이슬을 받는다. 그리고는 얼굴을 아래위로 문지른다. 아침 햇빛이 이슬방울 속에 들어와 앉아 반짝반짝 빛나는 눈을 뜬다. 풀잎을 건드리면 햇빛은 눈을 꼭 감고 소년의 손으로 굴러떨어진다. 이슬이 함초롬히 묻은 소년의 얼굴이 햇빛을 함뿍 받는다. 햇빛은 소년의 얼굴 가득히 들어와 앉아 반짝반짝 빛나는 조그만 눈을 깜박거린다. 풀섶을 헤치고 밭두렁으로 나온다. 맨 종아리도 이슬에 함뿍 젖어 버린다. 불알산 너머에서 해가 점점 높이 솟아오른다. 느티나무 밑으로 깨끔이가 깡충거리며 뛰어오는 게 보인다. 머리카락이 팔딱팔딱 나풀거린다. 집 앞까지 와서 숨을 할딱거리며 쩩쩩거린다.

"우리 아부지, 우리 아부지가 왔다! 어젯밤에! 나는 잠자느라고 몰랐다!"

밭에서 벌레를 잡던 꽃데이가 뛰어나오며 외친다.

"정말이야? 깨끔이네 밤나무가 정말로 왔니야?"

"얼굴이 밤나무처럼 시커머졌어요. 한쪽 다리는 피투성이구요. 총에 맞았대요. 파랑재를 엉금엉금 기어서 넘어왔대요. 도망쳐 온 거래요."

꽃데이와 소년은 깨끔이를 따라 느티나무께로 깡충깡충 뛰어간다. 뛰어가면서 재잘댄다.

"산새야."

"왜야?"

"우리 아부지 아주 보기도 싫어. 얼굴이 새까맣게 됐고 턱에는 수염투성이야. 다리에서는 살 썩는 냄새가 막 난다."

"살 썩는 냄새가?"

"우리 집은 감자도 다 떨어졌구, 옥수수도 하나도 없다. 아침에 아부지는 산딸기를 먹으면서 말이지……."

"어제 따온 딸기가 아직 남았니?"

"우리 아부지가 눈물을 막 흘리더라. 참 이상하지?"

느티나무에서 매미가 쓰르램쓰르램하며 울어댄다. 꽃데이는 껑충껑충 뛰어서 느티나무 뒤에 있는 깨끔이네 집으로 들어가 버린다. 느티나무 밑에서 깨끔이가 궁둥이를 까내리고 앉는다. 소년도 그 자리에 서서 깨끔이가 오줌 누는 것을 내려다본다.

"오늘은 숯불 안 나오니? 깨끔아?"

깨끔이의 오줌 줄기가 지렁이처럼 땅 위를 기어간다.

"한 달에 한 번씩만 나오는 거래. 어제 우리 어머니가 그렇게 말했다. 그러면서 말야, 누구한테 시집가겠느냐구 그러더라."

오줌을 누고 일어서서 치마를 바로 내리며 깨끔이가 눈을 말똥말똥하며 소년을 쳐다본다.

"그래서 말야. 산새에게 시집간다고 그랬다."

"나한테 시집온다고 그랬어?"

"너한테 시집간다니까 어머니도 좋아하더라. 산새 꼬추가 참 클 거라고 그랬다."

"나는 아직 작다. ⋯⋯수염도 없고."

"산새 아부지가 오줌 누는 것을 봤는데 밤나무가 참 크더라며, 그러니까 산새도 클 거라고 우리 어머니가 말했다."

포성이 쿵쿵 울려온다. 끊겼던 매미 소리가 다시 이어진다. 아침 해가 불알산 위에 둥실 높이 떠서 햇살을 내뿜는다. 깡충거리며 깨끔이네 집으로 뛰어들어간다. 마을 여자들이 여러 명이 모여서 방에 누워있는 깨끔이 아버지를 둘러싸고 앉아 있다. 살 썩는 냄새가 풍겨오자 소년은 손으로 코를 막으며 깨끔이를 돌아다본다. 눈이 마주치자 깨끔이는 생글생글 웃으며 손가락으로 코를 막는 시늉을 한다. 소년의 물건이 언제 밤나무만큼 클까를 생각해보자 정신이 아득해진다. 어제 먹 감을 때 보니까 겨우 콩깍지만 했는데 그것이 밤나무만큼 커야 된다니 정신이 아득해진다. 꽃데이가 깨끔이 아버지 느티나무의 손을 잡으며 말한다.

"이거 보우. 다른 사람들은 언제 돌아와야? 이거 보우. 눈 좀 뜨고 대답해 봐야."

느티나무는 눈을 조금 떴다가 다시 감으며 입을 연다. 입술이 움직이기는 하지만 무슨 말을 하는지 알아들을 수가 없다. 깨끔이 어머니가 냉수를 떠서 입에다 넣는다. 마을 여자들은 서로 얼굴을 마주 보면서 커다란 먹이를 가운데 놓고 짹짹거리는 새떼처럼, 손짓을 해가며 떠들어댄다.

"이봐, 느티나무댁. 밤나무는 성합디까? 사람은 아주 다 죽었는데."

"꽃데이 주책부리는 것 봐라. 밤나무가 성하면 뭘 해? 사람이 성해야지 그것도 쓰는 것이지."

"왼쪽 다리에서는 아직도 피가 나는구면."

"아침에는 뭘 먹었우?"

"저년이 어제 따온 딸기를 짜서 먹였지. 곡식이 다 떨어져서 아무것도 해줄 게 없다."

"큰일이야 큰일. 우리 집에도 남은 것이라곤 감자 몇 알밖에 없어."

어른들의 어깨 너머로 느티나무를 넘겨다보는 소년을 툭툭 치면서 깨끔이가 눈짓을 한다. 소년은 밖으로 나왔다. 밖에 나오니 아침의 신선한 공기가 콧속으로 확 들어온다. 바람을 훅 들이마시니까 속이 시원해진다. 느티나무에서 우는 매미 소리가 낭랑하게 들려온다. 느티나무의 높은 가지 꼭대기에 앉아 노래 부르는 매미의 투명한 날개 위에 햇빛은 은종이 가루를 빛나게 뿌리고 있다. 느티나무 밑에 오자 깨끔이가 입을 열고 쨀쨀거린다.

"우리 아버지 빨리 죽었으면 좋겠다."

"죽으면…… 죽으면 뭐가 좋으니?"

계집애의 당돌한 말에 놀란 소년이 묻는다. 파랑재 너머에서 포성이 쿵쿵 울려온다. 어젯밤보다도 포성소리가 한결 크게 들린다. 소나기를 곧 몰아올 천둥소리처럼 요란해진다.

"죽으면 내가 비석을 잘 세워줄 수 있거든. 우리 아부지가 어디다가 곱돌을 묻어놨는지 아니? 벌써 작년에 묻었으니까 지금쯤 아주 하얗게 됐을 거야."

"어디다가 묻었는데?"

"응? 바로 저기야. 저, 거름더미 옆에 큰 돌이 있지? 그 돌 밑에다 묻었다……."

소년은 아무 말도 않고 땅에서 돌을 집어서 느티나무로 휘익 던진다. 돌은 느티나무의 허리에 맞고 땅으로 굴러떨어진다. 매미가 울음을 뚝 그쳤다가는 다시 울기 시작한다. 점점 세게. 점점 세게.

"빨리 죽는 게 좋아. 죽으면 쌀밥을 먹을 텐데, 뭐 썩는 냄새만 풍기니까 보기도 싫어. 그렇지? 산새야."

느티나무 밑둥에서 개미떼가 우글거린다. 나무로 기어올라가는 놈과 나무에서 먹이를 들고 기어내려오는 놈이 서로 길을 비켜 주면서 오르락내리락거린다. 흑색 적삼을 입은 딱정벌레가 개미떼들의 교통을 정리하느라고 촉각을 부지런히 움직이며 어슬렁어슬렁 기어 다닌다.

느티나무 잎사귀가 팽그르르 맴을 돌며 떨어져 내린다. 콩밭에서 들쥐가 찍찍거린다. 소년은 바지를 까내리고 오줌을 눈다. 요도를 손으로 쥐었다 폈다 하는 바람에 오줌 줄기가 끊겼다 이어졌다 한다. 깨끔이가 근심스럽다는 듯이 묻는다.

"산새야."

"왜야?"

"내가 애기 낳으면 이름을 뭐라고 지을까? 산새새끼라고 지을래?"

"산새새끼?"

"그럼, 뭐라고 지을까?"

소년은 오줌을 누고 나서 꼬추를 톡톡 흔든다. 오줌 방울이 똑똑 떨어진다.

"뭐라고 지을까? 깨끔이새끼라고 지을까?"

"그게 젤 좋다."

"나는 그럼 깨끔이새끼 엄마가 된다."

"나는 뭐가 되니?"

"이 바보야. 너는 깨끔이새끼 아부지가 된다."

"어쩐지 무서운 생각이 든다."

느티나무 잎새가 바람에 흔들리며 손뼉을 친다. 매미가 다시 노래를 부르기 시작한다. 개미 한 마리가 길을 횡단하다가 소년이 눈 오줌을 만나자 잠시 멈추어 선다. 개미는 오줌을 그냥 건너가기로 작정한다. 개미는 발이 오줌 속에 빠져서 한참 동안 허우적거리다가 무사히 길을 건너 바위틈으로 쏙 들어간다.

소년은 느티나무 밑둥에서 개미를 한 마리 잡아서 깨끔이의 입에다가 대준다. 개미의 똥구멍에서 흐르는 염분이 많은 분비

물을 빨아먹으며 즐거운 듯이 생글생글 웃는다. 소년도 개미의 분비물을 빨아먹으며 즐거운 듯이 흥흥거린다.

"맛있지?"

소년이 묻는다. 깨끔이는 고개를 끄덕거린다. 소년이 개미를 내던지고 나서 말한다.

"맛이 짠 것 있지? 그게 뭐였지?"

"응?"

"왜 모래알처럼 생긴 것 있잖아? 어른들이 숯을 팔아서 사 오는 것 말이야."

"소금?"

"응, 응, 소금. 개미똥이 소금보다 맛있지?"

대답 대신 생글생글 웃으며 동의를 표시한다. 느티나무 위에 서는 매미의 노래가 계속된다. 잎새들도 귀를 쫑긋대며 손뼉을 친다. 매미는 맨 꼭대기 가지에 초연하게 앉아 투명한 의상을 얌전히 차려입고 노래를 부른다. 축제날 폭죽 소리처럼 포성이 쿵쿵 울려온다.

"너의 아부지는 벙어리가 됐니?"

"아냐. 아냐. 아침때는 말을 했다."

"우리 어므이가 무슨 말을 물어도 아무 대답도 안 하던데?"

"기운이 없나 봐……. 우리 아부지가 그러는데 지금 남쪽에 서는 전쟁이 한창이래. 사람이 막 죽고 뭐 아주 야단법석이래."

"사람들이 막 죽는대? 커다란 어른들이 막 죽는대?"

"으응, 으응, 우리 아버지 얼른 죽었으면 좋겠다. 곡식도 하나도 없는데 말이야……."

그들은 햇빛의 시냇물을 깡충깡충 뛰어서 교회당으로 간다. 교회당 마당에는 벌써 아이들이 모여서 비석치기를 하고 있다. 곰보가 큰 소리로 떠들며 아이들을 지휘하는 소리가 들린다. 소년이 가까이 가자 아이들이 쩍쩍거리며 쳐다본다. 곰보가 이마에 묻은 땀을 닦으며 웃는다.

"깨끔아! 너의 아부지 왔지?"

"응."

"죽었지?"

"아냐, 아직 살았다."

"히히, 얘들아. 이것 봐라. 그렇게 말도 못하고 있는 게 살았다는구나."

"너는, 바보야. 숯불이 나왔는데도 그렇게 바보 소리만 한다, 히히."

"살 썩는 냄새가 코를 찌르더라."

"아마 밤나무도 다 썩었을 거야."

"아마 곱돌도 만들어 놓지 않았을 꺼야."

깨끔이는 꽥 고함을 지르듯 악을 쓰면서 대꾸한다.

"곱돌을 만들어 놨다. 어디다 묻어 놓았는지도 다 안다!"

아이들은 그제서야 입을 다물고 깨끔이를 놀리지도 않는다. 숯을 지고 파랑재를 넘어가던 사람이 비탈에서 굴러떨어져서 다리와 팔이 부러졌는데, 그 사람은 얼마 후에 정신을 차리고 파랑재를 엉금엉금 기어서 마을로 돌아왔다. 물론 그의 밤나무는 심한 부상을 당했다. 마을 사람들이 모여 그가 부상이 심한 것을 보자, "미쳤다! 미쳤다!"라고 투덜대며 돌아가 버렸다. 이 말은 아이를 낳게 할 연장도 망가진 주제에 뭣 하려고 기어왔느냐는 뜻이다. 그 부상당한 남자의 여편네는 그를 굶겨 죽이고 나서 곱돌을 찾으려고 마당을 파보았으나 곱돌은 없고 딴딴한 차돌만 몇 개 나왔다. 그래서 그는 비석도 없이 땅에 묻혀 지옥으로 갔다…… 이러한 이야기를 알고 있는 아이들이기 때문에, 깨끔이 아버지가 부상을 당해서 파랑재에서 기어왔다는 이야기를 듣고 우선 밤나무와 곱돌에 대하여 물어보는 것이다.

배꼽이 돌을 집어 들고 팔을 앞뒤로 흔들어댄다. 아이들은 뺑 둘러서서 노래를 부른다.

밤나무는 썩어도 된대요
비석만 만들면 용용
쌀밥 먹는 하늘로 간대요

소년은 종루 밑으로 가서 어제 차돌을 묻었던 곳을 찾는다. 흙이 수북이 쌓여 있어서 금방 눈에 띈다. 깨끔이도 다가와서 차돌 묻었던 곳을 찾는다. 소년은 차돌을 묻은 곳에다가 오줌을 눈다. 계집애도 오줌을 누면서 둘이서 같이 노래를 부른다.

똥만 먹여도 안 돼요

오줌도 먹고 오줌도 먹고

얼씨구 얼씨구 흰곱돌 쌀곱돌

비도 먹고 눈도 먹고 용용

바람도 먹고 용용

쌀밥 먹다 하늘 문을 열어 준대요

소년과 깨끔이는 오줌을 다 누고 종루를 쳐다본다. 등나무의 푸른 줄기가 잎새를 앞세우고 종루 기둥을 따라 쏜살같이 기어올라갔다. 등나무 줄기는 종루 위를 삿갓처럼 덮은 지붕까지 기어올라 초록색 깃발을 흔든다. 삿갓 아래 매달린 종도 등나무 잎사귀에 가려서 반쯤밖에 안 보인다. 줄기에서 고사리순처럼 끝이 도르르 말린 순이 돋아나와서 바람이 불 때마다 흔들리며 햇빛을 받아 빛난다. 햇빛 속에서 반짝 빛나며 실눈을 깜박거린다.

"등나무가 꼭 사람 같다. 그렇지?"

소년이 종루를 말똥말똥 쳐다보면서 말한다.

"그렇지? 꼭 사람……."

"뭐가 사람 같니? 그냥 나무야."

"아냐, 아냐, 사람이 아니구, 저, 뭐라구 그럴까? 꼭 무슨 살아있는."

"그럼 등나무가 죽었니? 가을에 서리가 와야지 죽는다. 그래도 봄만 되면 또다시 살아나는 거야."

"아냐, 아냐, 저, 저걸 봐. 바람에 나풀거리는 잎새와 꼭대기까지 기어올라간 줄기를 봐……."

"포성이 점점 크게 들리지? 어제는 부엉이 울음소리만큼 멀리서 작게 들리더니 오늘은 꼭 이리떼가 울부짖는 소리같이 시끄럽다. 그지 산새야?"

비석치기 하는 아이들이 와와 하는 소리가 들려온다. 차돌이 딱딱하고 땅에 떨어지는 소리에 이어 다시 왁자지껄하는 고함소리가 터진다.

소년은 아이들이 비석치기 하는 곳으로 와서 아이들 틈에 낀다. 아이들의 몸뚱이는 햇빛의 이슬에 함초롬히 젖어서 반들반들 빛난다. 배꼽이 돌을 픽 던진다. 세워놓은 돌을 못 맞히고 엉뚱한 자리에 가서 딱 떨어진다. 아이들의 그림자가 발밑에 깔려서, 커다란 검은 구두를 신은 것처럼 보인다. 한낮이 된 것이다. 포성이 점점 요란하게 들린다. 포성 사이로 매미 우는 소리가 낭랑하게 들려온다. 점점 여리게. 점점 여리게. 이윽고 매미의 노래는 쉼표를 만나 딱 그쳐버린다. 매미는 쉼표가 지시하는 박자가 지났는데도 잠잠하다. 포성은 연달아 쿵쿵 들린다.

"왜가리 아저씨가 아프대."

배꼽이 소년에게 말한다.

"지금 움막 안에 누워 있다."

소년이 움막으로 가려고 발을 옮기자 그것을 저지라도 하려는 듯 곰보가 외쳐댄다.

"됐다! 됐어!"

발밑에 있는 그림자를 내려다보던 곰보가 발을 탁탁 구르며 외친다.

"도토리! 도토리!"

몸집이 작고 얼굴이 까무잡잡한 도토리가 들고 있던 차돌을 내던지며 곰보에게 달려간다.

"됐다! 됐어! 그림자 봐라!"

"정말이네. 그림자가 정말 쥐새끼만 해졌네."

곰보와 도토리는 마당 한구석을 파내어 곱돌을 꺼낸다. 아직 곱돌이 되지 않은 차돌 위엔 똥 찌꺼기가 그대로 말라붙어 있다. 아이들은 곰보와 도토리를 앞세우고 교회당을 나온다. 왜가리를 보러 움막으로 가려던 소년은 아이들과 함께 햇빛의 빛나는 이슬비를 맞으며 목청을 세워 노래를 부른다. 왜가리 생각은 까맣게 잊어먹는다.

쥐새끼를 잡아야 해요
어물어물하다 못 잡으면
쥐새끼를 낳는대요 용용

장가를 드는 시간을 잘 지키라는 경고의 뜻으로 불리워지는 노래다. 그림자가 쥐새끼같이 작을 때, 정각 한낮에 장가를 가야지 그렇지 않으면 시집온 색시가 쥐새끼를 낳는 재앙을 당하게 된다. 조금 후면 벌어질 신랑 곰보와 신부 도토리의 예식장인 밤나무 숲을 향하여 깡충거리며 뛰어가는 아이들의 머리 위로 햇빛이 빛나게 쏟아져 내리고 포성이 우박 소리를 내며 떨어져 내린다.

밤나무 숲의 혼례

밤나무 숲으로 들어온 아이들은 제일 큰 밤나무를 찾는다. 밑둥의 둘레가 열 아름은 실히 되게 맨 밑둥에 아이들 서너 명이 들어갈 수 있을 만한 넓이로 뚫린 공동이 있는 밤나무 앞까지 와서 우루루 멈추어 선다.

숲속은 바깥처럼 밝지는 않지만, 나뭇가지 사이로 햇빛이 둥글둥글한 원을 그리며 땅 위에 쏟아져 내리고, 지난해에 떨어졌던 밤나무 낙엽이, 바람이 불면 깡충깡충 뛰어다니며 버석버석 소리를 낸다. 밤나무 버섯이 노란 우산을 쓰고 여기저기 차렷 자세로 서 있다. 밤나무에서 풍기는 밤나무 특유의 나무냄새와 흙냄새가 혼합된 점액질의 냄새가 아이들의 후각을 신선하게 자극한다.

아이들은 엄숙한 표정으로, 곰보와 도토리가 옷을 벗는 광경을 지켜본다. 곰보는 옷을 벗은 다음 땅바닥에서 밤나무 낙엽을 긁어모아서 공동의 바닥에다 깐다. 불알산의 모습처럼 두 개의 균형 잡힌 조그만 구릉으로 딱 갈라졌을 뿐, 사실은 그렇지도 않으나, 곰보의 표현을 빌리면, 엄청 큰 궁둥이를 가진 도토리는, 손에 쥐고 있던 차돌을 공동의 입구에 단정하게 세우며 자랑스럽고 만족한 표정으로 아이들을 둘러본다. 밤나무 가지에서 낮잠을 끝낸 매미가 쓰르램쓰르램 노래한다. 곰보는 도토리의 손을 잡고 공동 속으로 기어들어 간다. 공동 속에서 낙엽이 밟히는 소리가 간결하고 신선하게 들린다. 곰보가 밖을 내다보며 씽긋 웃는다. 아이들은 공동을 에워싸고 반원으로 삥 둘러서서 밤나무 낙엽을 주워 날리며 노래를 부른다.

쥐새끼를 잡아요 용용
어물어물하다 못 잡으면
쥐새끼를 난대요 용용

아이들이 공중으로 내던지는 잎새가 팽그르르 맴을 돌면서 바닥에 떨어져 흩날린다. 올뱅이의 홈처럼 맴을 그리며 원둘레가 점점 작아지면서 떨어져 내린다. 곰보가 누런 이빨을 드러내고 밖을 내다보며 히죽히죽 웃는다. 아이들은 곰보에게 손짓을 하면서 나뭇잎새를 공중으로 자꾸 내던진다. 잎새들은 예식을 축하하는 색종이처럼 여러 가지 빛깔을 띠며 공중으로 흩어진다. 의젓하게 차려입은 장수벌레가 기다란 촉각을 휴대용 안테나처럼 앞세우고 밤나무 가지로 기어올라간다. 허리가 잘룩한 까만 개미떼들이 밤나무 위에서 기어내려온다.

시악씨야 시악씨야
밤나무 밑에서 울지 마
암만 아퍼도 도망도 못 가
밤나무 속에 쥐처럼 갇혔대요

밤나무집 색시가 첫날밤에 신방에서 도망을 쳐서 밤나무 밑에 와서 울게 된 사건이 발생한 다음부터, 아예 밤나무 공동에서 장가를 들고 그 속에서 하루를 보내게 하는 관습이 생겼다.

비석돌도 반듯하게 세웠지
색시를 얻으면 얼씨구
쌀밥 먹는 나라에 간대요

아이들은 공동 앞에 세워 놓은 차돌을 향해 나무 잎새를 휙휙 뿌리며 노래를 부른다.

공동 속에서 곰보는 도토리의 배 위에 엎드린다. 곰보의 궁둥이가, 방아깨비가 방아 찧는 것처럼 아래위로 움직이기 시작한다. 푸르스름한 그늘이 진 공동은 인자하게 신랑신부를 두

팔로 안고 있다. 나뭇가지에서 매미가 쓰르름쓰르램하며 낭랑한 음정으로 노래하고, 밤나무 잎새들도 바람에 흔들리며 손뼉을 친다. 나뭇가지 사이를 비집고 쏟아지는 햇빛이 동글동글한 은접시를 땅 위에 그리며 빛나고, 아이들은 잎새를 뿌리며 깡충깡충 밤나무 둘레를 맴돈다. 공동 속에서 도토리의 울음소리가 들린다. 나뭇잎이 바스락거리는 소리도 잇달아 들린다.

울지 마 울지 마 도토리야
털을 뽑아줄 테야

그때 갑자기 밤나무 숲 밖에서 폭음소리가 들려온다. 땅이 흔들리는 바람에 아이들은 깜짝 놀라 멈추어 서서 서로 얼굴을 마주 본다. 고막을 찢는 듯한 폭음이 연달아 쾅쾅 들려오고 땅이 우릉우릉 흔들린다. 매미들도 푸드득거리며 날아가 버린다.

아이들은 놀란 새떼처럼 짹짹거리며 밖으로 나온다. 강렬하게 쏟아지는 햇빛 때문에 눈이 부시다.

"비행기다! 비행기."

소년이 하늘을 쳐다보며 외치자 아이들은 일제히, 물을 마신 새가 물을 마신 다음에 하늘을 쳐다보듯, 고개를 들고 하늘을 바라본다. 파랑재 쪽에서 믿을 수 없을 정도로 큰 날개를 반짝이며 비행기가 날아오고 뒤이어 폭음이 우박처럼 쏟아진다. 비행기는 독수리같이 하늘을 빙빙 돌다가 갑자기 급강하하면서 주둥이로 시뻘건 불덩이를 내뿜는다. 불덩이가 떨어진 파랑재 고개에서 폭음이 일어나고 시커먼 연기가 구름처럼 살구꽃처럼 피어오른다. 적색, 백색, 흑색이 알맞게 조화되어 만발한다. 꽃처럼 아름답게 피어오르는 연기를 뚫고 비행기가 다시 급강하하며 불덩이를 내뿜고 산 너머로 쏜살같이 날아간다. 아이들은 경악과 기대로 뒤끓는 마음을 진정하지 못하여 서로 얼굴을 마주 보며 쨍쨍거린다.

"비행기에서 기관총을 쏘는 거야!"

"폭탄도 떨군다!"

"숯불이 나오는 것처럼 빨갛다야!"

"비행기도 숯불을 눌 꺼야!"

"그럼 비행기가 여자니?"

"비행기가 시집을 간다구?"

비행기 소리가 잠잠해지자 아이들은 햇빛의 이슬비를 함초롬히 맞으며 개울로 향해 깡충거리며 뛰어간다. 깨끔이가 소년의 팔을 툭툭 친다.

"응? 응? 산새야?"

"뭐……."

"곰보하구 도토리는 무섭겠다……. 그 속에서 오늘 밤까지 나오지 않는 거지?"

"내일 아침에 나오는 거야. 그래야지 아이를 많이 낳는다. 우리 엄마가 그렇게 말했다."

"내일 아침까지나……."

"……."

"응? 응? 산새야. 나 말이야. 지금 막 이상한 생각이 났다."

"응?"

"무얼 잃어버린 것 같은 생각이 났다…… 응, 응, 이상하다. 아무것도 잃어버린 건 없는데…… 이상하다."

깨끔이는 깡충깡충 뛰어가며 고개를 살래살래 흔들어댄다. 아이들이 느티나무 아래까지 왔을 때, 하늘에서 또 비행기 소리가 요란하게 들린다. 비행기는 쏜살같이 뱀산 너머로 날아가 버린다. 느티나무에서 새 우는 소리가 들린다. 아이들은 일제히 고개를 들고, 나뭇가지 꼭대기에 앉아있는 새를 가리킨다.

"산새야! 산새! 네가 잃어버린 산새야!"

"정말이다…… 주둥이에 파란 점도 있다."

깨끔이가 이렇게 말하며 소년을 말똥거리며 쳐다본다. 가느다란 나뭇가지 위에 위험스레 앉은 새가 쩩쩩 운다. 소년은 나무 위를 한참 쳐다본 다음 아이들을 돌아보며 강경하게 말한다.

"아니야! 저 새는 내가 잃어버린 새가 아니야! 저렇게 생기지 않았다!"

"그럼 어떻게 생겼니? 응?"

"아니야……"

"참 이상한 말을 하는구나. 저 봐라. 날개에 점이 똑똑 찍혔고, 주둥이에 파란 점도 있고……"

"내가 잃어버린 새가 아니야!"

"그럼 네가 잃어버린 새는 어떻게 생겼니? 응?"

소년은 입을 꼭 다물어 버린다. 나뭇가지 위에서 새가 찍찍거리는 소리가 아이들의 귀에는 제각기 다른 소리로 들린다.

깨끔! 깨끔!

배꼽! 배꼽!

콩! 콩!

배꼽이 앞으로 썩 나서며 산새에게 말한다.

"네가 잃어버린 새가 어떻게 생겼는지 잊어버렸지? 그렇지?"

"아니야."

"그럼? 에, 에, 가만있어 봐. 내가 나무 위에 올라가 저 새를 잡아올 테다."

배꼽은 느티나무로 기어오르려고 발을 허우적거리며 안간힘을 쓴다. 부스럼처럼 느티나무의 수피가 부서져 내린다. 배꼽은 개구리가 되어 나무 위에 달라붙어서 기어오른다. 새가 찍찍거리며 운다. 아이들은 배꼽을 쳐다보고 찍찍거리며 발을 동동 구른다.

"으응, 으응, 산새야. 네가 잃어버린 새의 생김새를 잊어버렸니? 정말?"

"아니야……내 눈앞에는 똑똑히 선하게 보이는데 말을 할 수가 없어."

"너 참 이상하구나? 아까는 등나무를 보고 이상한 말을 하더니."

"아니야……"

배꼽이 가지 위로 점점 높이 기어오르는 바람에 나뭇가지가 우수수 소리를 내며 흔들린다. 가지가 흔들리는 바람에 새가 포롱포롱 날아가 버린다.

"날아갔어! 날아가 버렸다!"

아이들은 함성을 지르며 새가 날아가는 쪽으로 얼굴을 돌린다. 햇빛이 눈부시게 쏟아지는 물결 속으로 날개를 파닥거리며 날아가는 새를 한참 동안 바라보느라고 아이들은 눈이 부셔서 눈을 깜박거린다. 다시 눈을 뜨자 새의 모습은 보이지 않는다. 새가 날아간 하늘 가득히 햇빛의 이슬이 쏟아진다.

"어디로 날아갔니?"

"아물아물하더니 보이지 않는다."

"아이, 눈을 깜박거리느라고 놓쳤다."

"어이! 어이!"

느티나무 위에 올라간 배꼽이 소리를 친다. 배꼽은 꼭대기 가지 위에 올라가서 새처럼 가지를 밟고 쪼그리고 앉아 아이들을 내려다본다. 나무 잎새가 우수수 소리를 내며 흔들린다.

"어이! 너희들도 이리 올라와라! 아주 시원하다!"

아이들은 하나씩 나무 위로 기어오른다. 딱정벌레가 엉금엉금 기어 달아나고 개미들이 쏜살같이 종종걸음으로 도망친다. 가슴에 층층이로 줄이 난 갑충 한 마리가, 손풍금을 켜는 장님처럼 촉각을 더듬거리며 내려온다.

아이들은 느티나무 가지 위에 올라가 새처럼 쪼그리고 앉는다. 어떤 놈은 나뭇가지 사이로 하늘을 쳐다보기도 하고 어떤 놈은 마을을 내려다보기도 한다. 몸을 움직일 때마다 가지가 휘청휘청 흔들리고 잎새들이 살랑살랑 노래를 부른다.

소년은 한 손으로 가지를 붙들고 쪼그리고 앉아서 나뭇가지 사이로 하늘을 쳐다본다. 새가 날아간 하늘에서 곧 새소리가 들려 올 듯하고 하늘은 눈이 아프도록 새파란 빛깔로 팽팽해서 손으로 조금만 건드리면 탱탱하고 소리가 날 것 같다. 소년은 느티나무 잎새를 하나 따서 입에다 문다. 입안으로 향긋한 나뭇잎 냄새가 퍼진다.

'주둥이에 파란 점이 있는 새. 아까 그 새는 내가 잃어버린 새하고는 달라. 어디가 다른지는 몰라도 하여간 다르단 말야.'

"산새야!"

깨끔이가 가지를 휘청휘청 흔들어댄다.

"산새야!"

"응?"

"개미 줄까?"

개미의 똥구멍을 빨아 먹으면서 생글생글 웃는다. 소년도 개미를 잡으려고 나뭇가지를 들여다본다.

집게벌레 한 마리가 커다란 아가리를 벌리고 소년의 손가락을 깨문다. 소년은 입술을 꼭 깨물고 한 손으로 집게벌레를 손에서 떼어낸다. 집게벌레는 찍찍 소리를 내면서 시커먼 물똥을 싼다.

"개미 줄까?"

소년은 아무 대꾸도 하지 않고 집게벌레를 손가락 끝에다 댄다. 집게벌레는 입을 딱 벌리고 꼭 깨문다. 깨끔이가 가지를 휘청휘청 흔들며 노래를 부른다.

배가 고파도 울지를 않아
개미처럼 허리를 졸라매고
울지를 않아 울지를 않아
개미똥은 소금보다 맛있어
울지 않아 암만 굶어도 울지 않아

가지가 휘청휘청 흔들리는 바람에 깨끔의 짧은 치마가 나풀나풀 춤을 춘다.

"왜가리 아저씨도 울지 않아."

배꼽이 깨끔이의 목소리를 흉내 내어 큰 소리로 꺾어 넘긴다. 그 소리를 듣자 아이들이 와아 웃는다.

"근데 말이야."

콩이 큰 소리로 말을 잇는다.

"왜가리 아저씨는 지금 병이 들어서 앓는대요."

"아니야. 너무 오래 굶었기 때문에 배가 고파서 그러는 거야."

"굶었니? 왜가리 아저씨가 굶어서 그러니?"

소년이 놀라서 이렇게 묻자 배꼽은 그 대답은 안 하고 다른 말을 계속한다.

"왜가리 아저씨는 말이지. 밥을 안 먹어도 사는 사람이래. 여태까지 밥 먹는 것을 아무도 못 봤다고 하더라."

"읍내에서 그전에 살았다지?"

"그래. 그래. 읍내가 얼마나 멀까?"

"파랑재를 넘어서 하루 왼종일 가야 된대. 거기 가면 소금이 많다던데."

"지금은 안 그래. 우리 아부지가 그러는데, 사람이 막 죽고 온통 전쟁이 막 벌어졌대."

깨끔이가 치마를 나풀거리며 이렇게 말하며 생글생글 웃는다. 소년은 집게벌레를 아래로 던져버린다.

"애 배꼽아! 왜가리 아저씨가 정말로 굶어서 아프대? 응? 아무것도 안 먹어서 그러니?"

배꼽은 배꼽에 낀 때를 손톱으로 후벼 파면서 콧노래를 흥얼거린다. 아이들도 배꼽을 따라 노래를 부른다.

왜가리 아저씨는 울지를 않아

암만 굶어도 울지를 않아

소년은 나무에서 내려온다. 내려와서 나무를 쳐다보니까 느티나무 가지에 오똑오똑 앉아서 노래를 부르는 아이들의 모습이 새처럼 보인다. 느티나무 그림자가 땅바닥에서 풍뎅이처럼 엉금엉금 기어 다니고, 나무 위에 앉은 아이들이 가지를 흔들면 붕붕거리며 날개를 푸드득거린다. 어젯밤에 다리를 잘라서 맴을 돌던 풍뎅이가 생각난다.

어디로 날아갔을까? 다리가 없어서 앉지도 못할 텐데……자꾸 날아다니다가 날개가 아파서 떨어져 죽었을 꺼야.

소년은 햇빛이 시냇물처럼 넘치는 길을 깡충거리며 뛰어간다. 배가 고프다. 그래서 왜가리 생각은 또 잊어버린다. 고양이만 한 그림자가 발꿈치 뒤에 바짝 따라온다. 길 한복판에 앉아 일광욕을 즐기던 개구리가 고양이한테 놀라 펄쩍 뛰어 풀섶으로 달아나자 풀섶에서 낮잠을 즐기던 메뚜기들이 잠을 깨어 후다닥후다닥 뛴다.

"꼭 꼬리에 불붙은 강아지처럼 왜 지랄이냐?"

밭에서 벌레를 잡던 꽃데이가 허리를 펴고 일어선다. 꽃데이가 얼굴을 찡그리며 말한다.

"이것 봐라. 오늘은 감자벌레까지 날아온다. 아마 감자잎은 모두 갉아 먹었나 보다. 아이구 모든 게 다 벌레투성이구나."

감자벌레들이 후루룩후루룩 이랑 사이를 날아다닌다.

"벌레를 잡아도 아무 소용이 없다…… 고추밭도 깨밭도 다 망가졌다."

소년은 꽃데이를 따라 집으로 들어가서 마루 끝에 걸터앉는다. 마루 기둥에 매달린 새장을 내려서 무릎 위에 놓는다. 새장 속에 단정하게 앉아있는 둥그런 새집, 솔잎과 마른 풀잎으로 교묘하게 지은 새집에서는 비릿한 산새의 냄새가 풍겨온다.

"감자 먹어라."

꽃데이가 찐감자를 부엌에서 가지고 나온다.

"다른 집은 벌써 식량이 다 떨어졌다더라야."

꽃데이는 소년 옆에 걸터앉아 통감자를 입에 처넣고 우물우물 먹는다. 새장을 한참 들여다보던 소년이 꽃데이의 얼굴을 빤히 쳐다본다.

"내가 키우던 산새가 어떻게 생긴 새였지?"

"모르겠다……."

"인제 그 새는 돌아오지 않나?"

"한번 날아간 새는 그만이다……."

잠자리 떼가 마당 위로 유유히 날아다닌다. 투명한 날개와 몸뚱이로 햇빛 속을 헤엄쳐 다니다가, 한 놈이 방향을 바꾸면, 마치 되돌이표로 만난 음표처럼 쏜살같이 떼 지어 몰려다닌다.

"곰보 장가들었니?"

"응, 지금 밤나무 속에 있다."

꽃데이는 감자를 먹으며 흥얼흥얼 노래를 부른다.

밤나무야 밤나무야
밤톨을 두고 어디 갔노야
밤톨 밤톨 밤톨이여

소년은 감자를 한입 물어떼다 말고 발딱 일어선다. 왜가리가
보고 싶다. 그리고는 새장 속에다가 감자를 서너 개 집어넣은
다음, 새장을 들고 밖으로 깡충깡충 뛰어나간다.

소년은 감자가 든 새장을 들고 깡충깡충 뛰어 느티나무 밑에
와서 걸음을 멈추고 나무 위의 아이들을 쳐다본다. 아이들은
느티나무의 껍질을 벗겨서 질겅질겅 씹으며 소년을 내려다본
다. 깨끔이, 콩, 깨 같은 계집애들의 사타구니가 환하게 올려다
보인다.

소년은 느티나무 밑을 지나 교회당으로 뛰어 들어간다. 교회
당 마당 끝에 있는 종루는 푸른 등나무 잎사귀에 뒤덮여 있고
마당에는 비석치기를 할 때 쓰는 돌멩이가 여기저기 나둥그러
져있다. 소년은 벽과 지붕이 허물어져 버린 교회당 안으로 들
어간다. 바닥에는 풀이 무성하게 돋아있고 흙과 부러진 나무가
뒤범벅이 되어 흩어져 있다. 불에 타다 남은 시커먼 서까래가
발길에 차여 뱀처럼 몸을 꿈틀댄다. 왜가리가 설교를 하던 맞
은편 벽에는 커다란 십자가가 그려져 있다. 십자가 위에 못 박

힌 예수 그리스도의 조상이 불에 그을린 채 희미하게 보인다. 십자가 위로 거미줄이 안개처럼 덮여있다. 청개구리가 펄쩍 뛰어서 벽에 찰싹 붙었다가는 오줌을 찍 내갈기며 뛰어다닌다. 갑자기 찬송가 한 구절이 생각난다.

"만세반석……."

그다음이 생각나지 않는다. 소년은 고개를 갸우뚱갸우뚱하다가 깡충깡충 뛰어 밖으로 나온다.

교회당 뒤편에 있는 움집 앞에 서서 소년은 찬송가의 그다음 구절을 다시 생각해 보다가 화난 듯이 발을 탁탁 구른다. 쥐 한 마리가 움집에서 나와 마당을 가로질러 달아난다.

소년은 움집 앞에서 멈추어 선다.

"아저씨……."

대답을 기다리지도 않고 움집으로 쏙 들어간다. 왜가리는 눈을 감은 채 움집의 흙벽에 비스듬히 기대어 앉아 있다가 소년이 들어오자 눈을 뜨고 빙그레 미소를 한다. 다시 눈을 감아 버린다. 왜가리가 머리를 벽에 기대는 바람에 목에 걸린 십자가가 흔들린다.

"아저씨."

소년은 왜가리 앞에 쪼그리고 앉아서 눈을 말똥거리며 얼굴을 쳐다본다. 얼굴빛이 박꽃처럼 하얗고, 덥수룩한 머리칼이 눈썹을 덮고 있다. 소년은 새장을 열고 감자를 꺼낸다. 감자 냄새가 훅 풍긴다.

"감자 가지고 왔어요."

왜가리는 눈을 뜨고 소년을 물끄러미 내려다본다.

"새장 안에다 감자를 넣어 가지고 왔구나."

"아저씨, 감자 먹어요."

"응, 응, 괜찮다."

"······."

"산새 아직 못 찾았지?"

"······."

"새장을 이리 가져와라, 응, 산새집도 들어 있구나. 내가 새를 한 마리 줄까?"

왜가리는 손을 부들부들 떨면서, 목에 걸린 십자가를 끌러서 새장 안에다 넣는다. 소년은 가슴이 두근거린다.

"어젯밤에 준다고 한 바로 그 새다."

이렇게 말하고 왜가리는 눈을 도로 감아버린다. 귀뚜라미가 찌륵대며 움집 안을 기어 다닌다. 소년은 새장 속에 든 십자가를 보면서 이상하게 눈물이 난다.

"아저씨, 정말 새 같아요."

소년은 울면서 감자를 집어서 왜가리의 입 안에 넣어준다. 왜가리가 눈을 뜨고 빙그레 웃는다. 소년은 새장을 들고 밖으로 뛰어나온다. 눈물을 닦으며 깡충깡충 뛰어간다. 강아지만 한 그림자가 소년 뒤를 바짝 쫓아온다. 새집 안에 든 은빛 십자가가 햇빛을 받아 반짝반짝 빛난다.

소년이 느티나무 아래 왔을 때, 나무 위에서 아이들이 큰 소리로 외친다.

"야아! 저기 봐라. 사람들이 줄을 지어 온다!"

"파랑재에서 내려온다. 아유, 꼭 연기처럼 아물아물하다."

"뱀같이 꿈틀대면서 온다."

"병정들이다야……."

장례식의 원무

어이 어이 느티나무야

어이 어이 어이

깨끔이네 집에서 노랫소리가 들린다. 느릿느릿한 목청으로 마을 여자들이 부르는 합창 소리. 아이들이 깡충거리며 뛰어온다. 사다리처럼 생긴 들것이 마당 한가운데 놓여 있고 그 위에 깨끔이 아버지가 누워있다. 창백한 얼굴이 햇빛을 받아 은빛으로 빛나고, 부상당한 다리에서 살이 썩는 악취가 코를 찌르며 풍겨온다. 마을 여자들은 들것을 중심으로 원을 그리며 껑충껑충 뛰면서 느린 목청으로 합창을 한다. 춤을 춘다. 사람이 병이 들어서 살아날 가망이 없을 때 그 사람의 영혼을 달래는 일종의 위령무인 것이다. 기근뿐인 삶을 청산하고 쌀밥이 있는 저승으로 인도해주는 의식이 시작된 것이다.

눈을 꼭 감아 어이 어이
보이지 보이지 저승이 보이지
소리개 할망구는 눈을 떠서
비석도 없이 자빠졌대요

여자들은 땀을 뻘뻘 흘린다. 신들린 무녀처럼 덩실덩실 춤을 춘다. 들것 주위를 빙빙 돈다. 느티나무는 눈을 꼭 감은 채 손을 힘없이 내젓는다. 어서 무덤으로 가자는 시늉이다. 소리개에 살던 할머니가 병이 들어서 앓을 때 사람들이 모여서 춤을 추고 노래를 부르며 무덤에 묻을 때까지도 커다란 눈을 그대로 뜨고 있었기 때문에 비석도 없이 무덤에 묻혔다. 그래서 그 할머니는 죽어서도 기근을 못 면하게 됐다. 들것 위에 누운 느티나무가 다시 손을 내젓는다. 아이들은 그제서야 마당 한구석으로 몰려가 마당을 파기 시작한다. 느티나무가 묻은 곱돌을 찾는 것이다. 땅을 파자 지렁이가 마당 위로 기어 나온다. 지렁이는 땅바닥이 뜨거워서 몸을 비비 뒤튼다. 깨끔이가 땅속에서 돌멩이를 꺼내며 소리친다.

"이거야! 이거! 하얗게 곱돌이 됐다!"

아이들은 우루루 몰려와서 곱돌을 놀란 눈으로 바라본다. 하얗게 된 곱돌은 손으로 만지기만 해도 백묵 같은 하얀 가루가 묻어난다.

아이들은 다시 들것이 놓인 마당 한복판으로 우루루 몰려온다. 느티나무의 귀에다 대고 깨끔이가 자랑스럽게 소리친다.

"아부지. 곱돌이 하얗게 됐어요."

느티나무는 얼굴에 경련이 짧게 일어날 뿐 아무런 대꾸도 하지 않는다. 색시를 얻는 날과, 무덤으로 가는 날에는 입을 다물고 아무런 말도 하지 않는 법.

"아부지는 쌀밥만 먹게 됐지."

깨끔이가 또 한 번 소리친다. 느티나무는 힘없이 손을 내젓는다. 여자들은 두 패로 갈려서 들것의 앞뒤를 들고 밖으로 나간다. 상여 행렬이 느릿느릿한 걸음으로 밤나무 숲을 향하여 움직인다. 아이들은 땀을 쫄쫄 흘리며 그 뒤를 따른다. 길가 풀섶에서 방아깨비가 초록빛 운동복을 입고 넓이뛰기를 한다.

염소만 한 그림자가 아이들 발꿈치를 물며 따라온다. 들것을 들고 가는 여자들이 느릿느릿한 목청을 돋우며 노래를 부른다.

어이 어이 느티나무여
한평생 굶주린 배
쌀밥으로 꽉 채우지
어이 어이 느티나무여

느티나무에서 매미가 울어댄다. 매미의 낭랑한 노랫소리는,

잔잔한 수면 위에 떨어지는 빗방울처럼 햇빛의 시냇물 위로 흩어져 내리며, 아이들의 귓속으로 스며든다. 들것 위에 반듯하게 누워있는 느티나무는 쏟아지는 햇빛 때문에 얼굴이 뜨거워서인지 눈썹이 떨리며 경련을 일으킨다.

밤나무 숲에서도 매미가 요란하게 울어댄다. 나뭇잎새들도 바람에 손을 비비며 버석버석 소리를 내고 땅바닥에서는 낙엽들이 바람을 타고 깡충깡충 뛰어다닌다. 노란 우산을 펴들고 서 있는 버섯 위로 개미가 부산하게 기어 다닌다. 곰보와 도토리가 들어앉은 밑둥에 공동이 뚫린 밤나무 앞에서 상여가 멈추어 선다. 여자들은 들것을 땅에 내려놓고 그것을 중심으로 삥 둘러선다. 아이들도 눈을 말똥거리며 둘러선 밤나무 가지 위에서 새가 짹짹거린다. 햇빛은 밤나무 가지 사이를 비집으며 은사슬을 던지고 땅에 던져진 은사슬은 낙엽 위로 굴러다닌다. 공동 안에서 낙엽이 부스럭거리는 소리가 들린다. 알몸뚱이의 곰보가 밖을 내다보며 누런 이빨을 내보이며, 건강하게 히죽히죽 웃는다. 곰보의 궁둥이가 방아깨비처럼 아래위로 움직인다.

절을 해야 절을 해야
밤나무 앞에서 절을 해야
어이어이 밤나무 앞에서

여자들은 들것을 중심으로 빙빙 돌면서 노래를 부른다. 아이들도 빙빙 돈다. 들것 위에 누운 느티나무가 손을 내젓는다. 밤나무는 갑옷처럼 튼튼한 수피와 수많은 가지와 푸른 잎사귀로 성장하고 장대한 체구로 우뚝 버티어 서서, 밑둥에는 곰보와 도토리를 인자스럽게 안은 채, 들것 위에 누운 사람의 마지막 고별인사를 받는다. 누구든지 죽을 때면, 자기가 색시를 얻을 때 품에 안긴 밤나무 숲에 와서 고별인사를 하는 것이다. 죽은 다음에 저승에 가서는 밤나무처럼 건강하게 오래오래 풍요로운 생명을 누리게 해달라고 기원을 하는 뜻으로 노랫소리에 박자를 맞추려는 듯 곰보의 궁둥이가 아래위로 자꾸만 움직인다. 장례와 혼례가 같은 날 이루어지는 일은 극히 드물기 때문에, 이런 날이 생기면 길조라는 신념을 가진 마을 사람들은 어떤 때 누가 색시를 얻는 날이 돌아오면 일부러 환자의 병세가 악화되기도 전에 앞당겨 안락사 장례를 치르기도 하는 것이다. 노래를 부르는 여자들의 얼굴엔 신비한 긴장감이 떠돈다.

들것 위에 누운 느티나무가 손을 내젓는다. 빨리 무덤으로 가자는 신호. 여자들은 다시 들것을 들고 밤나무 숲을 빠져나와서 밤나무 숲 뒤편에 있는 공동묘지로 향하여 걸음을 옮긴다. 백여 평쯤 되는 작은 언덕에는 구들장만 한 비석이 여기저기 서 있다. 봉분은 없이 그냥 땅을 파서 사람을 묻은 다음 흙으로 덮고 그 위에 평석을 세우고 곱돌로 그림을 그리면 장례는 끝나는 것이다. 묘지의 비석 위로 햇빛이 밝게 쏟아져 내리고, 투명한 날개의 잠자리가 비석 위에 앉아 있다가 날벌레가 지나가면 쏜살같이 급습하여 잡아먹는다.

여자들은 들것을 묘지의 입구에 내려놓고 땅을 파기 시작한다. 아이들도 엎드려 땅을 파면서 이마에 줄줄 흘러내리는 땀방울을 닦는다. 배꼽이 오뚜기처럼 발딱 일어서서 배꼽에 낀 때를 긁어내면서 말한다.

"야. 저기 파랑재 봐라. 병정들이 막 온다."

"큰 구렁이처럼 꿈틀거린다."

다른 아이가 땅을 파다가 일어서면서 말한다. 땅을 파던 여자들도 우루루 일어서서 손으로 햇빛을 가리고 파랑재를 바라다본다.

"뱀이 움직이는 것 같구나!"

갑자기 공중에서 우박이 쏟아지듯 소리가 들린다. 비행기가 파랑재 쪽으로 급강하하면서 궁둥이에서 시뻘건 불덩이를 뿜어댄다. 파랑재 아래에서 콰콰하는 폭음과 함께 연기가 뭉게뭉게 피어오른다.

"무슨 놈의 병정들이 저렇게 많이 온대야?"

"그놈들이 이제 쫓겨 달아나는 게지야. 밤나무가 돌아올 날도 멀지 않았다야."

비행기는 파랑재 너머로 먹이를 잡은 독수리처럼 쏜살같이 날아가 버린다. 여자들은 다시 등을 구부리고 계속해서 땅을 파내려간다. 구덩이가 서너 자 깊이로 깊어진다. 여자들은 들것이 놓인 묘지 입구로 몰려와서 들것을 들고 구덩이로 간다.

들것에서 느티나무를 내려서 구덩이 속에다 길게 눕힌다. 깨끔이의 어머니가 구덩이 속에 든 느티나무를 보면서 나지막한 소리로 말한다.

"쌀밥 먹는 나라에 가게 돼서 좋겠어야!"

여자들은 손에 가득히 흙을 쥐고 구덩이 둘레를 빙빙 돌면서 느릿느릿한 목청으로 노래를 부르며 구덩이 속으로 흙을 던져 넣는다. 아이들도 여자들을 따라 깡충깡충 뛰면서 노래를 부른다.

눈을 꼭 감아야
눈을 꼭 감아야
쌀밥 먹는 하늘로 가지야

흙가루가 뿌옇게 날리며 구덩이 속으로 떨어진다. 깨끔 아버지의 몸은 이미 흙으로 덮여버렸다. 가슴을 덮은 흙이 몇 번 움직이다가는 이내 잠잠해진다. 흙은 점점 빠른 속도로 뿌려진다.

느티나무야 느티나무야
수염도 가지런히 빗고
저승의 문을 힘껏 열어라
저승에도 밤톨이 있갔지야

구덩이에 흙이 가득 차자 아이들은 묘지의 언덕 위에서 평석을 굴려온다. 어른들과 합세하여 평석을 무덤 앞에다 세운다. 깨끔이는 손에 들고 있던 곱돌로 평석 위에다 그림을 그린다. 밤나무를 그리는 것이다. 죽죽 굵은 줄을 내리긋고 가지를 그린다. 깨끔이 어머니가 곱돌을 뺏는다. 가지 위에다 흰 점을 꾹꾹 찍으며 잎사귀를 그린다. 영원한 생명의 나무를 그리는 것이다.

여자들은 무덤을 빙빙 돌면서 어깨를 으쓱으쓱하며 춤을 춘다. 풀섶에서 방아깨비와 메뚜기들이 대머리를 반들반들 빛내며 눈을 말똥거린다. 여치들도 풀잎 위에 올라와서 찌룩찌룩 울어댄다. 깨끔이 어머니가 밤나무를 다 그리고 일어서자 원무를 추던 여자들도 춤을 그치고 느릿느릿한 걸음으로 묘지에서 나온다. 여자들의 얼굴에는 땀이 줄줄 흐른다.

"깨끔이네 밤나무는 좋겠어야."

"곱돌이 그렇게 하얗게 된 건 처음이야."

"그나저나 전쟁은 다 끝난 모양이지야? 병정들이 되몰려 오는 걸 보면."

"이젠 산으로 달래 뿌리를 캐러 가야지야. 그래야 목구멍의 거미줄을 걷지."

"밤나무가 돌아와도 먹을 게 있어야 힘을 쓰지야."

"깨밭에 가서 깻망아지도 잡아야지."

아이들은 깡충깡충 뛰어서 밤나무 숲으로 들어간다. 밤나무에서 매미가 귀가 쨍쨍하도록 낭랑한 목청으로 노래를 부른다. 밤나무 잎새는 손뼉을 치면서 바람에 흔들린다.

"병정들이 점점 가까이 온다."

콩이 파랑재 쪽을 바라보며 말한다. 아이들은 눈을 말똥말똥 빛내며 바라다본다. 어른들이 밤나무 숲을 지나 제각각 집으로 흩어져 간 다음, 아이들은 곰보와 도토리가 들어앉아 있는 밤나무 앞으로 우루루 몰려간다. 배꼽이 공동 앞으로 다가가서 속삭이듯 말한다.

"병정들이 점점 가까이 온다."

곰보는 누런 이빨을 드러내고 씽긋 웃는다. 건강하다. 깨끗하다. 냄새 나는 누런 이빨이 보이는데도 불구하고 또 아름답다. 공동 속에서 도토리가 얼굴을 내밀고 밖을 내다본다.

"도토리야! 밤톨이 깨졌니?"

깨끔이가 머리카락을 팔락거리며 뛰어간다. 도토리의 까무잡잡한 얼굴에는 눈물이 흥건하게 묻어있다. 도토리는 아무 말도 안 하고 고개만 끄덕거린다. 바람이 점점 세차게 분다. 밤나무 숲은 커다란 악기처럼 잎새가 버석버석하는 소리와 가지 위에서 우는 매미 소리가 화음을 이루며 영롱한 울음을 토해낸다. 아이들은 나뭇잎을 주워서 공중으로 뿌리며 깡충깡충 뛰면서 노래를 부른다.

아이들은 노래를 마치고 밤나무 숲을 빠져나온다. 깨끔이가 소년한테로 다가오면서 쩍쩍거린다.

"새장 안에 든 게 뭐니?"

"왜가리 아저씨가 준 거야."

"왜가리 아저씨가?"

"응."

"그게 뭐니? 십자가 아니야?"

"왜가리 아저씨가 목에 걸고 있던 거야."

"응?"

"왜가리 아저씨는 눈을 감고……벽에 기대어 있더라. 꼭 죽은 사람 같다."

"왜가리 아저씨는 곱돌도 안 묻어 놨을 텐데."

"……."

소년은 아무 말도 안 하고 새장 속을 들여다본다. 동그란 새집 안에 단정하게 놓인 십자가가 햇빛을 받고 반짝반짝 빛난다. 아이들은 불알산으로 가는 비탈길을 다람쥐처럼 기어올라간다. 소년은 비탈길을 올라가다가 멈추어 서서 바지를 까내리고 오줌을 눈다. 오줌 줄기가 노랗다. 파랑재 쪽에서 병정들이 줄지어 오는 모습이 이젠 뚜렷하게 보인다. 개구리 한 마리가 오줌 줄기 속으로 뛰어들어 왔다가, 오줌을 뒤집어쓰고 펄떡 뛰어 달아난다. 앞서가는 아이들의 목소리가 새소리처럼 요란하게 들린다.

"아니야. 달래는 수사터꼴에 많아."

"아냐. 불알산에 많아. 달래, 잔대, 도라지, 더덕…… 그렇지?

배꼽아."

"불알산에 많다야."

아이들은 비탈길을 올라서서 샘터로 뛰어간다. 산매미 소리가 점점 가까이 낭랑하게 들려온다. 아이들은 샘터로 몰려와서 무릎을 꿇고 엎드려 물을 마신다. 물속에는 9처럼 생긴 짱구벌레가 기어 다닌다. 아이들은 물을 입안에 가득 들이킨 다음 새처럼 고개를 쳐들고 목구멍으로 물을 삼킨다. 8처럼 생긴 산개미가 물 위에 둥둥 떠서 수욕을 한다.

아이들은 불알산 비탈로 깡충거리며 뛰어올라가서 달래, 잔대, 더덕, 도라지를 찾느라고 눈을 말똥거린다. 한 아이가 코를 훌쩍거리며 노래를 부른다.

저녁 햇살이 쏟아지는 산에는 푸른 나무 잎새들이 햇빛을 받아 반짝반짝 빛난다. 오리나무는 작디작은 잎사귀를 하늘 높이 쳐들고 손을 흔든다. 떡갈나무는 커다란 잎사귀를 벌름벌름하면서 아이들의 목소리를 엿듣는다. 개암나무 잎사귀가 바람에 살랑살랑 움직이며 빛나고 잎사귀 뒤에 숨은 개암은 표피에 조그만 얼굴을 감추고는 눈을 꼭 감는다. 작은 손이 개암나무로 살며시 다가온다. 개암은 숨바꼭질하다가 들킨 아이처럼 조그만 손에 붙잡혀서 똑 소리를 내며 떨어진다. 조그만 손은 개암 껍질을 까지도 않고 입으로 가져간다. 떡갈나무 잎새에 가렸던 아이의 얼굴이 빛나는 햇빛 속에 나타난다.

"산새야! 달래 줄까?"

오리나무 뒤에서 깨끔이가 말하며 깡충깡충 뛰어온다. 개암
을 오물오물 씹으며 소년이 대답한다.

"달래는 아려서 못 먹겠더라."

"그래도 이런 뿌리를 먹어야 배도 부르고, 그리구, 꼬추가 커
진다."

소년은 계집애의 얼굴을 흘겨본다. 달래를 물어뜯은 가지런
한 이빨이 곱게 보인다. 깨끔이는 나이에 비해 철이 든 계집애
이다. 아까 장례 때만 해도 깨끔이는 어른처럼 의젓하고 당당
한 자세로 노래를 부르고 흙을 뿌리고 비석 위에 밤나무를 그
렸던 것이다. 만일 소년의 아버지가 앓아서 누웠을 때, 아직 숨
도 끊어지지 않아서 땅속에 묻는다면 소년은 깨끔이처럼 의젓
할 수 없을 것 같은 생각이 든다. 갑자기, 깨끔이는 벌써 옛날
에 새를 잃어버린 것이 아닌가 하는 생각이 일어난다. 소년은
따지듯 묻는다.

"너도 산새를 잃어버렸지? 그렇지? 네가 기르던 산새는 벌
써 옛날에 날아가 버렸지?"

"무슨 말을 하는 거야?"

심드렁하게 대꾸하는 깨끔이의 표정은 더욱 어른같이 의젓
하다. 달래 뿌리를 꼭꼭 씹어 먹으면서 생글생글 웃는다.

"새장을 들고 다니면 날아가 버린 산새가 돌아오니? 이 바보
야."

개암 껍질을 뱉어버리면서 소년이 눈을 깜박거린다. 대답할

말이 생각나지 않는다.

"새집 안에 십자가가 날아와 앉았구나. 새처럼."

"새처럼."

깨끔이의 말을 흉내 내다가, 소년은 눈을 똥그랗게 뜬다. 가슴이 이상하게 두근댄다. 눈시울도 두근댄다.

나뭇잎새의 물결이 점점 빠르게 흔들려댄다. 바람이 점점 세차게 부는가 보다. 소년의 귓가에 바람이 지나가는 소리가 뚜렷하게 들린다. 저녁 햇빛이 산 위를 덮은 푸른 잎사귀의 물결 위로 비스듬히 쏟아져 내린다.

소년은 좀처럼 도라지나 달래 같은 아린 뿌리를 캐먹을 생각이 나지 않는다. 그대로 그루터기에 앉아 산 아래를 내려다본다. 파랑재 비탈에는 병정들이 끊임없는 발걸음으로 마을을 향해 오고 있다. 커다란 뱀처럼 꿈틀대면서 마을로 점점 기어오는 것 같이 보인다. 너무 거리가 멀어서 기어오는 것 같은 완만한 동작으로 보이지만, 아마 그것은 굉장히 빠른 속도로 다가오고 있을 것이다.

오리나무 가지 위에서 새 우는 소리가 들린다. 소년은 재빠르게 얼굴을 들고 나무 위를 정찰한다. 고개를 들 때 떡갈나무 잎사귀를 건드려서 우수수 소리가 났기 때문에 산새는 포롱포롱 날아가 버린다. 날아가면서 산새가 찍찍거리며 노래를 한다. 소년은 얼른 눈을 돌려 새장 안에 든 십자가를 본다. 흰빛을 내며 움직일 뿐 날아갈 시늉은 없다.

소년은 가만히 웃는다. 또 눈시울이 두근거린다.

"병정들이 교회당 마당까지 왔다!"

산 위에 있던 아이가 소리친다. 그 바람에 아이들은 때그르르 때그르르 소리치며 산비탈을 미끄러져 내려온다. 소년도 은빛 십자가가 든 새장을 손에 꼭 쥐고 아이들 틈에 섞인다. 송아지만 한 그림자들도 아이들 뒤에서 껑충껑충 뛴다.

십자가

"그만 쏘다니고 집에 좀 박혀 있어야! 그놈들이 또 왔으니 무슨 짓을 할지 모른다야."

꽃데이가 부엌에서 나오며 소년의 머리를 쥐어박는다. 소년은 십자가가 든 새장을 기둥에 건다. 어둠이 머리를 풀어헤치고 마당 구석구석에 내려앉는다. 꽃데이는 무릎을 긁적이면서 한숨을 쉰다. 땀 냄새가 훅 풍긴다. 감자를 삶느라고 땐 솔가지에서 매캐한 연기가 난다. 마루 밑에서도 연기가 살금살금 기어나와서 어둠과 뒤섞여 울타리를 넘어간다.

"이제 아부지가 올 날도 멀지 않았다야. 전쟁이 끝난 모양이다야. 밤나무여, 밤나무여. 밤톨을 두고 어디 갔노야……."

"아부지도 다 죽어서 오면 어쩌나?"

"입방아 찧지 말라야. 우리 집 밤나무는 힘이 장사다야. 깨끔이네처럼 엉금엉금 기어서 오지 않는다야."

소년은 울타리로 다가간다. 막 노래하기 시작한 밤여치를 냉큼 잡아 온다.

"떡두꺼비 같은 놈 댓 놈은 낳아놔야 늙은 뒤 팔자가 피겠는데."

꽃데이는 사타구니를 긁으며 한숨을 쉰다. 소년은 밤여치의 기다란 뒷다리를 들고 방아를 찧게 한다. 그러다가 공중으로 획 던진다. 여치는 프르르하며 울타리 너머로 날아간다. 어둠이 점점 머리를 풀어헤친다. 풀섶에서 개구리떼가 운다. 울면서 찐득찐득한 어둠을 토해낸다.

"등잔불을 켜야 되겠다."

소년이 말하고 일어선다. 기름접시가 안 보인다. 어젯밤 비행기 소리에 집이 와르르 흔들릴 때 깨져버린 것이다.

"그만둬라. 아주까리 기름도 다 떨어졌다야. 캄캄한 게 더 낫다야. 놈들이 또 지랄하러 올지도 모르니까."

꽃데이가 삶은 감자를 꺼내오면서 말한다.

"병정들이 나쁜 놈이나?"

"아부지를 붙잡아 간 놈들이다야. 벌써 곡식을 뺏으러 눈깔에 불을 켜고 마을을 뒤지고 갔다야."

소년은 감자를 한입 물어뗀다. 왼종일 쏘다녀서 피곤하다. 눈까풀이 무거워진다. 불알산에서 우는 부엉이 소리도 잠꼬대처럼 들린다. 곰보가 도토리에게 장가를 들었다. 깨끔이 아버지가 엉금엉금 기어 왔다가 땅에 묻혔다. 왜가리가 십자가를 새장 안에 넣어주었다. 소년의 눈앞에 오늘 낮에 일어난 일들이 떠오른다. 눈까풀이 점점 무거워진다.

"벌써 잠이 오니야? 그것 봐라. 그렇게 개 싸매듯 하니 안 그래야? 이번 여름에는 애들이 더 극성이다. 온 마을을 안 쑤시는 데가 없이 돌아다니니 말이다야. 깨끔이는 벌써 숯불이 나왔는데, 우리 새끼는 저 모양이니 어쩔고야."

꽃데이가 모기를 쫓으며 욕을 한다. 소년은 감자를 한 개 더 먹고 나서 마루에 눕는다. 마당에서 모깃불이 틱틱 소리를 낸다. 소년은 무거운 눈까풀을 뜨고 밤하늘을 올려다본다. 별들이 초롱초롱 눈을 뜨고 서로 눈싸움을 한다. 기둥에 걸린 새장을 본다. 보이지 않는다. 어둠만 보인다. 왜가리가 준 새가 희미하게 보일 뿐. 소년은 눈을 감는다. 병정들이 몰려온 교회당 마당에서는 아무 소리도 들려오지 않는다. 아침 일찍 가보리라 마음먹는다. 노래기가 툭 떨어지는 바람에 얼굴을 돌리고 모로 눕는다. 꽃데이도 모깃불을 쑤시며 흥얼흥얼 노래를 부른다.

소년은 어둠 속에서 눈을 떴다. 오줌이 마려운 것도 아닌데 잠이 깼다. 이상하다. 흙벽에서 후덥지근한 냄새가 뭉클뭉클 몰려온다. 소년은 하품을 하고 몸을 뒤챈다. 그러다가 눈이 말똥말똥해진다. 눈을 도로 감는다. 웅얼거리는 목소리가 어둠 속에서 계속해 들려온다. 소년은 점점 정신이 든다. 달빛이 문틈으로 새어든다. 개구리 우는 소리가 마루 끝에 와서 헐떡인다. 부엉이 울음도 울타리까지 날아왔다.

"임자 생각이 나서 미칠 뻔했네그려."

"밤나무가 성하니 다행이다야. 깨끔이네 아부지는 다 죽어서 왔던데."

"하늘이 도왔지 뭔가. 아무튼 사람 죽는 구경을 실컷 했네. 앞에서 뒤에서 쿡쿡 자빠지는 거야. 글쎄 놈들의 탄약을 지고 싸움터까지 백 번도 더 갔었다네. 총알이 나를 비켜서 갔으니까 살았지, 나는 영 죽은 목숨이었네. 새끼 농사 잘 지으라고 하늘이 살렸지, 암."

"그래 누구누구 왔어야?"

"소리개 텁석부리하구 곰보 큰형하구 배꼽 아버지하구 넷이서 왔네."

"그나저나 저놈들이 눈치를 안 챘으니 망정이지…… 저놈들이 가기 전에는 꼼짝말고 숨어있어야."

"저놈들도 끝장이네그려. 다 죽어서 후퇴를 하는 거야."

소년은 말소리를 들으며 그제서야 아버지가 몰래 도망을 쳐서 집에 돌아온 것을 깨닫는다. 소년은 살며시 눈을 뜬다. 말소리가 나는 아랫목 쪽을 돌려다본다. 달빛이 흰 종이처럼 아랫목으로 던져져 있다. 그때 소년은 아버지의 벌거벗은 커다란 몸을 본다. 이쪽으로 등을 돌리고 있다. 어머니는 아버지의 등에 가려 보이지도 않는다. 소년은 벌떡 일어난다.

"아부지!"

아버지는 벌거벗은 채로 소년을 끌어안는다. 소년은 눈물이 난다. 아버지의 몸에서 퀴퀴한 악취가 났지만 오랜만에 아버지한테 안겨보니 즐겁다. 잠이 스르르 온다.

"아이구 내 새끼야."

아버지는 소년의 궁둥이를 쓰다듬는다. 손바닥이 꺼칠꺼칠해서 궁둥이가 아팠지만 소년은 울지 않는다.

"그것 보라야. 너의 아버지는 힘이 장사래서 털끝도 다치지 않고 왔지야."

꽃데이가 느릿느릿 말하며 방귀를 풍 내뀐다. 소년은 잠이 막 쏟아져 눈이 감긴다.

"밤나무도?"

소년은 쏟아지는 잠 속으로 막 빠지며 말한다.

"아이구, 내 새끼가 많이도 컸구나. 애비 밤나무 걱정을 다 하구."

소년은 아버지의 목소리를 어렴풋이 들으며 잠이 든다.

아침이다. 눈을 떴다. 아버지부터 찾는다. 소년은 마루로 뛰어나오며 소리친다.

"아부지!"

꽃데이가 뒤꼍에서 나오며 소년의 머리를 쥐어박는다.

"입 닥쳐야! 놈들이 알면 큰일 난다. 뒤꼍에 숨어 있으니까 아무 말도 하지 말라야."

소년은 쥐어박힌 머리가 아팠지만 울지 않는다. 마루 끝에

서서 오줌을 눈다. 불알산 이마가 안개에 덮여있다. 안개를 헤집으며 아침 햇살이 금빛 부챗살처럼 마을로 마을로 흩어져온다. 땅에 떨어진 햇살은 이슬을 뒤집어쓰고 뒹군다.

아버지가 돌아왔으니 이제 감자밭과 고추밭의 벌레들도 다 없어질 것이다. 산밭의 김도 매고 잡초도 뽑고 하면 곡식도 잘 될 것이다. 숯도 많이 구워서 읍내에 갖다 팔면 쌀도 사고 소금도 산다. 또 옷도 산다. 소년은 이런 생각을 하며 마당으로 내려가서 껑충껑충 뛴다. 울타리에서 이슬을 먹던 여치들이 파란 날개를 프륵프륵하며 날아가고, 눈깔이 데룩데룩한 개구리 한 마리가 굴뚝 뒤로 펄쩍 뛰어 달아난다.

소년은 아침을 먹자마자 새장에서 십자가를 꺼내 들고 느티나무 밑으로 뛰어간다. 깨끔이가 소년의 발소리를 듣고 달려나온다. 아이들도 하나둘 모여든다. 아침의 맑은 햇빛 속을 첨벙거리며 뛰어와서 모두들 종아리가 함초롬히 젖었다. 느티나무 가지 상수리에서 부지런한 매미가 울기 시작한다. 아이들은 쩍쩍거리며 조그만 입술을 놀려댄다.

"비석치기 하러 가자!"

소년이 말한다.

"너는 불알산으로 산새 찾으러 갈 거 아니야?"

"이제 안 간다."

소년은 손에 든 은빛 십자가를 꺼내 보인다.

"이게 있으니까 이제 안 간다."

"흥, 너는 이상한 소리만 하는구나."

아이들이 쩍쩍거린다.

"병정들이 무얼 하나 구경도 하자!"

"나쁜 놈들이래."

깨끔이가 눈을 멀뚱대며 한마디 한다.

"나쁘긴 왜 나빠?"

배꼽이가 대어든다.

"사람을 막 붙잡아 가고 곡식도 뺏고 또 교회당에 불을 질렀으니까 나쁘지."

깨끔이가 말하자 배꼽이 배를 쑥 내어민다.

"너는 바보야. 우리 아부지는 어젯밤에 왔다. 병정들이 나쁘면 어떻게 우리 아부지가 말짱하니 돌아오니?"

"너의 아부지가 왔니?"

"말짱하니 다친 데 없이?

"그럼."

배꼽은 배를 더욱 내어민다. 아이들은 더 쩍쩍대고 싶었지만 콩이 소리를 지르는 바람에 그만둔다.

"저, 뱀 봐라! 아이 무섭다."

콩이 가리키는 느티나무 밑둥에 뱀이 한 마리 혀를 날름대며 똬리를 틀고 있다. 아이들이 돌팔매를 던지자 돌틈으로 스르르 숨어 버린다. 그 바람에 매미 소리도 뚝 끊긴다. 느티나무 잎사귀들이 와르르 흔들린다. 이슬이 떨어진다.

아이들은 떼를 지어 교회당으로 몰려간다. 이슬에 젖은 길 섶에서 풀벌레들이 띈다. 한여름의 햇살은 아침이래도 뜨겁다. 아이들의 콧등에는 땀이 솟는다. 첨벙첨벙 햇살을 헤치며 간다. 풀섶이 파랗게 불탄다. 이글이글 불탄다.

교회당 마당에는 누런 군복을 입은 병정들이 우글대고 있다. 어깨에 멘 총에서 쇠붙이가 딸각대는 단조로운 소리만 날 뿐 조용하다. 아이들은 가까이 가기가 두렵다.

아침을 굶은 사람들처럼 병정들은 힘도 없는 모양이다. 아무 소리도 안 난다. 그냥 스적스적 움직인다. 불에 타서 부서진 교회당의 폐허 속에서도 병정들이 꾸역꾸역 밖으로 나온다. 커다란 벌레들같이 수물거린다. 종루를 휘감아 오른 등나무 줄기만이 푸른 옷을 입은 거인처럼 당당하게 서 있다.

"꼭 죽은 사람들 같다."

깨끔이가 소년에게 속삭인다. 아이들은 겁에 질린다. 병정 몇이 이쪽으로 성큼성큼 다가오기 때문이다. 소년의 가슴도 콩콩 띈다.

"어이 어린애 동무들!"

그들은 아이들 앞으로 다가온다. 힘없어 보이는 모습과는 달리 째지는 소리로 말한다. 히죽히죽 웃는다.

"너희들 아침 먹었나?"

소년은 병정들을 쳐다본다. 누런 빛깔이 나는 군복은 구멍이 펑펑 뚫려 해질대로 해어졌다. 어깨에 멘 총 끝이 햇살을 받아 반짝반짝 빛난다. 총구 끝에서 잠자리가 맴을 돈다. 앉을까 앉을까 망설이다가 똥파리를 찾아 날아간다.

"감자 먹었어요, 아저씨."

"나는 나물죽 먹었고요."

아이들은 저마다 앞으로 나서며 말한다. 깨끔이는 아침을 못 먹어서 대답을 못하고 울상이 된다.

"거보라우! 식량이 동이 났다는 건 반동들의 거짓말이야. 식량 한 톨이 아쉬우니 다시 뒤져보고 오라우!"

병정 하나가 얼굴을 실룩댄다. 나머지 병정들이 마을로 뛰어가며 알아듣지 못할 욕을 한다. 아이들은 눈이 똥그래져서 그들을 쳐다본다.

아침 햇살은 불알산 이마를 벗어나서 마을로 콸콸 쏟아 져내린다. 종루를 휘감아 오른 등나무 잎사귀들이 햇빛을 받아 싱싱한 몸을 흔든다. 푸르게 불타오르는 것 같이 쉬쉬 소리를 내며 흔들린다. 들쥐가 길섶에서 나와 쏜살같이 달려간다.

교회당 마당을 가득 메운 병정들은 이제 막 떠나려고 짐을 꾸리는 모양. 이불짐 같은 것을 진 사람도 있고 자루를 멘 사람도 있다. 얼굴과 팔을 헝겊으로 동여맨 부상병도 수두룩하다. 아이들은 한 발짝 한 발짝 그들에게로 가까이 가며 눈치를 살핀다.

"산새야. 너의 집에는 감자가 아직 남았지? 이제 다 뺏길 거야."

깨끔이가 소년의 귀에 대고 속삭인다. 그러나 소년은 아무렇지도 않다. 다른 아이들도 마찬가지이다. 어서 병정들이 떠나서 교회당 마당에서 비석치기를 하고 싶을 뿐. 병정들은 아이들을 거들떠보지도 않는다. 모두들 지쳐있는 얼굴. 검고 삐적 마른 얼굴에서 두 눈만이 빨갛게 타오른다.

"야! 곰보가 온다. 도토리도 오고."

마을 쪽에서 곰보가 도토리와 함께 뛰어온다. 아이들은 물끄러미 서서 곰보를 부러운 듯 쳐다본다. 밤나무 속에서 하룻밤을 지낸 곰보가 부럽다.

"곰보야. 비석치기 안 하니?"

아이들이 묻는다. 곰보는 이빨을 드러내고 히죽댄다.

"이제 너희들하고 안 논다. 어른이 됐으니까."

"정말이야? 그럼 누구하고 놀 거야?"

배꼽이 혀를 쑥 내밀고 말한다. 곰보는 또 히죽댄다. 곰보는 어른이다. 도토리도 어른이다. 아이들은 그제야 생각난 듯이 곰보와 도토리를 둘러싸고 노래 부르기 시작한다. 얼굴이 검고 몸이 삐적 마른 병정들이 우글대고 있다는 것을 까맣게 잊는다.

밤나무야 밤나무야
밤톨을 깨도 아주 깨면 안돼
숯이 꺼지면
새끼를 못 봐 새끼를 못 봐

곰보가 도토리의 손을 잡고 아이들한테 둘러싸여 껑충껑충 춤을 춘다. 병정들은 아이들의 모습을 보며 빙그레 웃기도 하고 얼굴을 찡그리기도 한다. 마침내 한 병정이 벌떡 일어서서 꽥 소리친다.

"야, 이 간나새끼들! 시끄럽다!"

아이들은 돌땅을 맞은 피라미처럼 그 소리에 죽는다. 곰보가 코를 힝 푼다. 그리고 병정을 향해서 당당하게 말한다.

"아저씨들은 노래가 싫어요?"

"빌어먹을! 그런데 마을에 간 새끼들은 왜 아직 안 와?"

곰보의 말은 대꾸도 않고 그 병정은 고개를 돌린다.

"질서정연하게 부대별로 집합하라우! 꾸물대지 말고 빨리빨리 집합하라우! 해방전사들이 왜 이래 다 죽어가는 거야?"

병정들이 수물수물 움직이며 종루를 향해 몇 줄로 늘어선다. 그때 마을 쪽에서 와자지껄한 소리가 난다. 고함 소리, 우는 소리, 욕하는 소리가 뒤엉킨다.

조금 후에 마을로 식량을 뺏으러 갔던 병정들이 손에 총을 들고 나타난다. 그 앞에는 고개를 푹 숙인 소년의 아버지가 붙잡혀 나온다. 텁석부리와 곰보 큰형과 배꼽 아버지도 잇달아 붙잡혀 나온다. 여자들이 매달리며 뒤를 쫓아온다. 아이들은 왕벌에 쏘였을 때처럼 정신이 아찔해진다. 그러다가 온몸이 돌멩이처럼 굳어져 버린다. 종루의 삿갓 위에서 투명한 예복을 입은 매미가 울기 시작한다.

"반동들을 잡아왔수다! 해방전선에서 도망쳐 와서 숨어 있는 놈들이오."

병정들은 의기양양해져서 소리친다. 여기저기서 웅성거리는 소리가 난다. 삽시간에 활기를 되찾은 모양. 고함을 지르고 발을 구른다.

"제발! 제발!"

여자들이 땅바닥에 주저앉아 애걸을 한다. 소년도 병정을 붙잡고 소리친다.

"우리 아부지는 나쁜 사람이 아니야! 우리 아부지는 착한 사람이야!"

병정이 소년의 손을 뿌리친다. 소년은 비석치기 할 때 세워 놓은 돌처럼 모로 쓰러진다. 아이들이 저마다 쩍쩍거린다. 병정들은 여자들과 아이들을 한쪽으로 몰아붙인다. 마을에서 붙잡아 온 사내들을 종루 아래 쭉 늘어세운다. 그들의 손은 뒤로 묶여져서 서로 연결돼 있다.

"우리는 죄가 없소. 하늘 아래 부끄러운 게 없소."

소년의 아버지가 묶인 손을 풀려고 용을 쓰며 큰 소리로 외친다. 소년은 눈물이 난다. 아버지는 커다란 몸과 튼튼한 손으로 곧 새끼줄을 끊어버릴 수 있으리라 믿는다. 등나무의 푸른 그늘이 아버지의 얼굴을 물들인다. 소년은 아버지의 힘을 믿는다. 아버지는 이를 뿌드득 간다. 고개를 숙인다. 잠잠하다.

움집에서 왜가리가 허우적허우적 걸어 나오며 손을 내젓는다. 아이들은 왜가리 아저씨가 어른들을 구해주리라 믿는다. 소년의 손이 땀에 젖는다.

"죄 없는 양을 해치지 마시오!"

왜가리 아저씨는 외친다. 손을 내저으며 종루 밑으로 걸어온다. 병정들은 왜가리 앞으로 다가선다. 욕을 한다. 총으로 왜가리의 머리를 때린다. 피가 흐른다.

왜가리는 고개를 푹 숙인다. 잠잠하다.

"자, 시간이 급하다. 놈들의 공습이 시작되기 전에 마을을 떠나야 한다."

우두머리가 외친다. 모든 게 조용하다. 숨을 죽인다. 매미도 개구리도 산새도 방아깨비도, 느티나무 등나무 사과나무 밤나무도, 불알산의 오리나무 개암나무 떡갈나무 상수리나무도, 소년도 깨끔이도 콩도 배꼽도 곰보도 도토리도.

병정 몇 명이 총을 손에 들고, 서서 쏴 자세로 종루를 향하여 둘러선다.

"쏴!"

우두머리가 뱀눈을 뜨고 소리를 지른다. 병정들의 총이 불을 뿜는다. 땅이 흔들린다. 어른들이 흔들린다. 아이들은 기겁을 해서 땅바닥에 주저앉는다. 소년은 엎드리며 손에 든 은빛 십자가를 더욱 꼭 쥔다.

화약 냄새 속에 귀가 멍멍하다. 소년은 고개를 들고 아버지를 찾는다. 아버지가 벌떡 일어서서 솥뚜껑 같은 손으로 병정들을 한 움큼씩 잡아서 멀리멀리 내던지리라고 믿는다. 그러나 아버지는 없다. 아버지는 땅바닥에 쓰러져 있을 뿐. 꿈틀댈 뿐. 꽃데이가 악을 쓰며 울자 병정들은 꿈틀거리며 피를 토하는 아버지를 향해 또 총을 쏜다. 왜가리와 텁석부리와 곰보형과 배꼽이 아버지도 꿈틀대다가 다시 총을 맞고 숨이 넘어간다.

그 위로 금빛 햇살이 쏴쏴 흩어져 내린다. 바람이 몇 올씩 분다. 숨이 넘어간 어른들은 햇살을 받고 온몸을 금빛으로 빛내며 둥둥 떠다닌다.

그때, 느닷없이 종루에서 종이 울린다. 사람들은 눈이 둥그레진다. 죽은 왜가리가 일어나서 종을 치는 줄 안다. 뎅그랑 뎅그랑. 종은 맑고 우렁차게 울린다. 왜가리는 종루 밑에 쓰러져 있을 뿐. 바람이 점점 세게 분다. 그제서야 사람들은 줄이 끊어진 종이 울리는 까닭을 안다. 종루의 삿갓까지 기어올라간 등나무 줄기가 어느새 종의 추를 감았나 보다. 바람이 불 때마다 등나무 잎이 푸르게 불타오르고 그럴 때마다 종이 뎅그랑 뎅그랑 울린다. 등나무의 수많은 잎사귀들도 모두 화난 듯 푸른 눈을 부릅뜬다. 종은 계속해서 울린다.

"저놈의 종은 왜 저절로 울리고 지랄이가!"

"기분이 안 좋군. 어서 빠져나가자."

병정들은 소리를 지르며 교회당 마당을 빠져나간다. 뎅그랑 뎅그랑 울리는 종을 향해서 총을 따따따 쏘아대면서 뱀처럼 꿈틀거리며 마을을 떠나간다.

여자들은 종루 밑에 죽어 자빠진 남자들을 향해서 몰려간다. 더러운 손으로 눈을 비벼서 얼굴은 눈물과 때로 얼룩이 졌다. 그러나 아무도 소리를 내어 울지를 않는다.

밤나무여 밤나무여
밤톨을 두고 왜 혼자 갔노
천지신명도 눈깔이 멀었지
다시 못 볼 밤나무여 힝힝

느릿느릿한 소리로 노래를 부른다. 울음을 운다. 노래를 부르며 사내들을 수습해나간다. 검고 탄력 있던 사내들의 몸은 죽었다. 몸은 벌집처럼 구멍이 뚫렸다. 붉은 피가 흥건하다.

소년은 손에 든 십자가를 더욱 꼭 쥔다. 온몸이 땀에 흠뻑 젖는다. 금빛 햇살이 성난 듯 후두둑후두둑 떨어져 부서진다. 아이들은 죽은 어른들이 묻어 놓은 곱돌을 찾으러 갈 생각을 한다. 소년은 손을 꼭 쥐고 아버지가 곱돌을 어디다 묻어 놓았는지를 기억해낸다. 왜가리 아저씨는 곱돌을 묻는 걸 보지 못했다. 소년은 제가 묻어 놓은 곱돌을 하나 꺼내서 왜가리 아저씨에게 주리라 마음먹는다. 오줌이 마렵다.

(문학사상, 1977)

| 작품 서지 |

오탁번 소설 1 『굴뚝과 천장』

「처형의 땅」　　　　　　(대한일보, 1969)

「선」　　　　　　　　　(현대문학, 1969)

「종소리」　　　　　　　(월간문학, 1969)

「가등사」　　　　　　　(현대문학, 1970)

「국도의 끝」　　　　　　(월간문학, 1970)

「한겨울의 꿈」　　　　　(현대문학, 1971)

「황성 옛터」　　　　　　(월간문학, 1971)

「실종」　　　　　　　　(현대문학, 1971)

「귀로」　　　　　　　　(신동아, 1972)

「거인」　　　　　　　　(문학사상, 1973)

「아이 앰 어 보이」　　　(월간중앙, 1973)

「굴뚝과 천장」　　　　　(현대문학, 1973)

오탁번 소설 2 『맘마와 지지』

「종우」　　　　　　　　(기원, 1973)

「아옹·다옹」　　　　　　(여성동아, 1973)

「아이스크림 킥」 (여성중앙, 1974)

「1984년」 (여성동아, 1974)

「우화의 집」 (현대문학, 1974)

「세우」 (세대, 1974)

「어둠의 땅」 (문학사상, 1974)

「쥐와 자전거」 (서울평론, 1974)

「불씨」 (문학사상, 1975)

「망년회」 (*****, 1975)

「내가 만난 여신」 (*****, 1975)

「지우산」 (현대문학, 1976)

「맘마와 지지」 (문학사상, 1976)

「뼈」 (한국문학, 1977)

「작은 바닷새」 (월간중앙, 1977)

「흙덩이와 금불상」 (뿌리깊은나무, 1977)

「동행」 (소설문예, 1977)

「옛 친구」 (세대, 1977)

오탁번 소설 3 『아버지와 치악산』

「호랑이와 은장도」 (한국문학, 1977)

「절망과 기교」 (문학사상, 1978)

「달려라 밤 버스」 (한국문학, 1978)

「아버지와 치악산」 (문학사상, 1979)

「인형의 교실」 (문학사상, 1980)

「부엉이 울음소리」 (현대문학, 1980)

「해피 버스데이」 (문학사상, 1980)

「사금」 (한국문학, 1980)

「패배선」 (문학사상, 1981)

「열쇠를 돌리는 법」 (월간조선, 1981)

「정받이」 (현대문학, 1982)

「솔제니친을 위하여」 (광장, 1982)

오탁번 소설 4 『달맞이꽃』

「언어의 묘지」 (소설문학, 1982)

「비중리 기행」 (문학사상, 1982)

「저녁연기」 (문학사상, 1984)

「달맞이꽃」 (현대문학, 1984)

「아가의 말」 (한국문학, 1984)

「낙화」 (샘이깊은물, 1986)

「우화의 땅」 (문학사상, 1986)

「빈집」 (한국문학, 1987)

「절필」   (문학사상, 1987)

「하느님의 시야」   (문예중앙, 1989)

「깊은 산 깊은 나무」   (문학과비평, 1989)

「섬」   (현대문학, 1993)

「반품」   (현대문학, 2010)

오탁번 소설 5『혼례』

「혼례」   (세대, 1971)

「목마와 숙녀」   (문학사상, 1975)

「새와 십자가」   (문학사상, 1977)

오탁번 소설 6『포유도』

「미천왕」   (민족문학대계, 1974)

「겨울의 꿈은 날 줄 모른다」 (현대문학, 1987)

「1억 년 전의 새 발자국」   (문학사상, 2000)

「포유도」   (현대문학, 2007)